LIAISON INDECENTE

STEPHANIE JULIAN

Traduction par
ISABELLE WURTH

Une femme. Deux hommes. Une seule nuit.

Kat refuse de céder à l'injonction de sa mère d'épouser un homme qu'elle ne supporte pas. Après des années à ne faire confiance à personne, ni à son cœur ni à son corps, elle veut se faire séduire, perdre la tête et s'abandonner complètement, ne serait-ce que pour une nuit.

Tristan convoite Kat depuis des années. Elle est la femme qu'il veut voir entre lui et son meilleur ami, Adam, et il a enfin fait son choix. Il va la piquer à son frère, qui ne la mérite pas. Ensuite, lui et Adam lui donneront exactement ce dont elle a besoin.

Désormais prête à prendre le contrôle de sa vie, Kat déménage à Philadelphie pour ouvrir son propre cabinet d'avocate et pour prendre le risque de donner son cœur aux deux hommes qui lui ont ouvert les yeux sur le désir.

Tristan et Adam sont déterminés à garder Kat près d'eux et à conquérir son cœur. Mais les risques du métier et les obligations familiales se liguent pour les séparer avant que leur fragile relation n'ait une chance de se transformer en quelque chose de plus fort.

Kat, Tristan et Adam pourront-ils construire une base solide pour leur vie ensemble ? Ou toutes les choses pour lesquelles ils se sont battus vont elles s'écrouler autour d'eux ?

CHAPITRE UN

— Elle a amené un rencard.

— Tu plaisantes ?

— Pourquoi je ferais ça ? Elle est arrivée au bras d'un type qui a l'air de ne quitter le sous-sol de ses parents que pour manger.

Tristan Donovan se retourna et fronça les sourcils en regardant l'homme qui était soudain apparu à ses côtés. Adam Oleksy avait toujours été un petit malin qui leur avait sauvé la vie plus d'une fois. Il avait aussi une tête de joueur de poker de classe internationale, mais Tristan savait bien quand il racontait des conneries. Ce qui n'était pas le cas en ce moment.

Merde.

— Où sont-ils ?

— Ils viennent de passer la porte. Je crois que ton frère vient de faire une petite attaque.

La lèvre supérieure de Tristan se souleva.

— Ça lui apprendra à ce con. Son frère aîné, Philip, ne méritait pas Katrina Riley. Elle était trop bien pour lui. De plus, Tristan avait déjà décidé que lui et Adam auraient la petite avocate glaciale pour eux. L'éloigner de Philip serait la cerise sur le gâteau.

Debout devant le bar du bureau de la maison d'Arthur et Angelica Riley, à Beacon Hill, Tristan laissa son regard se perdre sur les invités de la journée portes ouvertes annuelle des Riley. Un terme pas du tout approprié, car c'était l'un des événements les plus fermés de la haute société de Boston.

Arthur Riley avait hérité de l'un des plus anciens et des plus prestigieux cabinets d'avocats de Boston et, comme la famille Donovan était cliente de Riley & McNassett depuis plus de cinquante ans, elle avait une invitation à vie.

C'était seulement la deuxième année que Tristan participait à cette journée.

Pendant qu'Adam commandait un verre, Tristan essayait d'apercevoir Katrina par l'entrée du salon, mais la porte ne lui permettait de voir qu'une partie de la grande salle située à l'avant du manoir des Riley.

À une autre époque, cette pièce aurait été appelée salle de bal, mais plus personne ne tenait de bal chez soi. Ou du moins, ils n'étaient pas assez prétentieux pour l'appeler ainsi.

— Et maintenant ?

Adam prit une gorgée de whisky en attendant que Tristan réponde à sa question. Il le connaissait assez bien pour savoir qu'il élaborait un plan B. Katrina avait fait foirer le plan A avec son rencard.

Mais Tristan était tout sauf dénué de ressources. Alors qu'il réfléchissait à différents scénarios, il savait qu'il n'y avait de toute façon qu'une seule issue à envisager : Katrina partant avec Adam et lui.

Il n'était pas question qu'elle parte avec un autre homme. Il paierait un taxi à son rencard s'il le fallait. Mais qui il soit, il ne partirait pas avec Katrina.

— Maintenant je pense qu'il est temps d'aller saluer Kat.

Adam jeta un regard à Tristan par-dessus son épaule en lui faisant un sourire ironique.

— Ça ressemble un peu au premier plan.

Tristan rendit le sourire à son ami.

— Ce n'est pas différent du plan A. Ça veut juste dire qu'il y aura deux hommes déçus au lieu d'un.

— ça double le plaisir, dit Adam d'une voix traînante.

— Oui, c'est ça. Allons-y.

Kat réalisa son erreur dès que Philip Donovan se glissa à ses côtés et commença à ignorer chaque tentative de moins en moins subtile de sa part pour l'éviter comme s'il avait la peste. Elle aurait aimé s'enfuir à l'autre bout de la pièce, mais cela aurait provoqué une scène, et Angelica Riley ne supportait pas les scènes. Surtout pas de la part de sa fille.

Et Kat ne voulait pas attirer l'attention sur elle non plus. Même si elle se fichait de ce que pensait sa mère, elle ne voulait pas embarrasser son père.

Mais même la présence d'un autre homme à ses côtés n'avait pas suffi à dissuader Philip. Il faisait comme si Garret n'était tout simplement pas là.

Aux yeux de Philip, il n'était d'ailleurs probablement pas là. Philip ne reconnaissait que les personnes de sa propre tranche d'imposition comme étant dignes de son attention. À moins, bien sûr, qu'il n'ait besoin de quelque chose.

— Alors j'ai dit au gouverneur que ça n'arriverait pas. Je n'arrive pas à croire que cet homme ait eu le culot de me demander...

Kat se soucia peu de cacher son soupir alors que Philip continuait à jacasser sur un marché qu'il était en train de conclure. Philip dirigeait l'entreprise de son père, une entreprise de plusieurs milliards de dollars qui n'avait qu'un but lucratif. Elle n'était même pas complètement sûre du type d'affaires qu'ils faisaient.

Pourquoi la bourse ne s'effondrait-elle pas, juste un peu, pour qu'elle n'ait pas à supporter ce vantard suffisant ? En plus de l'énerver, Philip mettait Garrett de plus en plus mal à l'aise en continuant à l'ignorer, et c'était inacceptable. C'était de sa faute si Garrett était là. C'était de sa faute s'il était en train de passer ce qui allait probablement être la pire soirée de sa vie simplement parce qu'elle avait demandé à son frère de lui trouver un rencard pour cette mascarade. Quelqu'un qui ne s'attendrait pas à ce qu'elle couche avec lui à la fin de la soirée, mais qui lui ferait au moins croire qu'il l'aimait bien.

Ce qui était assez ridicule en soi. Tous ceux qui la connaissaient savaient qu'elle n'était pas aimable. Elle s'appliquait à ne pas l'être.

Kat ravala un soupir de plus et fit de son mieux pour ne pas s'échapper en hurlant. Son père s'inquiéterait. Et elle ne voulait certainement pas que Garrett retourne voir Erik et lui dise que sa sœur était au bord de la dépression nerveuse.

Comme Garrett travaillait pour Erik, il se sentirait probablement obligé de raconter à son patron tout ce qui s'était passé ce soir.

« ...bien sûr, le sénateur et moi avons déjà fait quelques tours de piste ensemble alors il savait où cela le menait. Je devais juste lui dire exactement pourquoi je pensais que l'accord n'était pas dans son intérêt. »

Lorsqu'elle avait supplié Erik de lui trouver quelqu'un à amener à cette soirée, elle avait pensé que Philip serait plus facile à gérer s'il voyait qu'elle avait un partenaire. Qu'il ne penserait pas qu'elle était sa propriété personnelle, accordée par l'approbation de sa mère.

Maintenant, elle devait s'inquiéter non seulement pour elle, mais aussi pour Garrett, un type bien qui ne méritait pas d'être humilié par Philip.

« ... Et puis... »

— Philip, je suis désolée de t'interrompre, mais pourrais-tu être assez gentil pour m'apporter un whisky avec des glaçons ? Je ne vois de serveur nulle part.

Elle s'était assurée qu'il n'y en avait pas dans les environs immédiats avant de demander. C'était un geste désespéré et puéril, dont elle n'était pas sûre que Philippe soit dupe. Il tourna la tête brièvement vers Garrett avant de sourire et d'acquiescer. Apparemment, il avait dû décider que si elle demandait ses services, c'est qu'elle le préférait à Garrett.

Connard d'égoïste.

— Bien sûr. Il sourit, lui donnant envie de faire la grimace. Je reviens dans une minute.

Dès qu'il fut hors de portée, Kat se tourna vers Garrett.

— Je suis vraiment désolée...

Garrett rit un peu, pas assez fort pour attirer l'attention, mais avec juste assez de modulation pour qu'elle sache qu'il ne se moquait pas d'elle.

— Hé, Kat, pas besoin de t'excuser. Je savais à quoi m'attendre ce soir. Erik m'avait dit que j'allais sûrement m'ennuyer à mourir et être ignoré la majeure partie de la soirée par des connards. Il m'a aussi dit que sa sœur avait besoin de quelqu'un pour l'empêcher de devenir folle. Et j'ai toute la journée de demain et de lundi pour rendre visite à la mienne à l'université de Boston. De plus, quand Erik me demande un service je ne refuse généralement pas.

Oui, son frère avait des amis fidèles qui l'avaient soutenu après le sabotage de son laboratoire et l'explosion qui avait failli mettre fin à sa vie et l'avait laissé avec des cicatrices sévères sur le visage et le corps. Erik avait des gens vers qui il pouvait se tourner, y compris un meilleur ami et une femme qui l'aimait.

Kat n'avait que lui.

— Eh bien, j'apprécie vraiment que tu sacrifies une soirée pour sortir avec une inconnue. Je suis désolée que ce soit si affreux.

Le sourire de Garrett s'élargit.

— Les boissons sont gratuites, la nourriture est excellente et mon rencard est magnifique. Ce n'est pas une perte totale de temps.

Ses lèvres s'écartèrent et au même moment elle pensa à s'éloigner de lui. C'était un gars assez sympa, mais... mais quoi ?

Garrett était effectivement un gars assez sympa. Du moins, il en avait l'air. Et elle faisait confiance à son frère pour ne pas envoyer un mec bizarre à un rendez-vous avec sa jeune sœur. Alors pourquoi ne pouvait-elle pas sourire, dire merci pour le compliment, et lui demander de partir avec elle ? Pourquoi ne pouvait-elle pas le ramener à son appartement, baiser comme une malade, puis le renvoyer chez lui le lendemain matin ?

Parce que je suis une lâche, voilà pourquoi.

Elle cligna des yeux et referma la bouche. Puis elle s'efforça de prendre une profonde inspiration.

— Merci pour le compliment, Garrett, mais...

— Hé ! Il leva une main. Je connais la musique. C'est bon. Et je ne te drague pas. Sérieusement. C'est cool.

Elle sentit un énorme poids se retirer de ses épaules et se rappela d'envoyer un énorme merci à son frère pour Garrett. Dommage qu'il ne soit pas du tout son genre. Un beau garçon, mince et tout simple, aux yeux bleus et aux cheveux blonds. Seules les lunettes à monture noire donnaient un indice de sa vraie nature. Mais ce n'était pas pour se donner un genre. Garrett était ingénieur en électricité avec un QI supérieur à 150. Comme il travaillait pour son frère, c'était sans aucun doute un geek.

Et elle ne repiquerait pas au truc. Jamais.

— Merci, Garrett. Elle mit autant de chaleur que possible dans sa voix. J'apprécie vraiment...

— Katrina.

La voix derrière elle était familière, et il lui fallut une seconde pour reprendre cette expression distante qu'elle affichait habituellement en ce genre d'occasion. Elle s'était laissé aller en s'occupant de Philip.

Elle tourna la tête et se figea dès qu'elle aperçut les hommes qui se tenaient derrière elle. Elle en connaissait un. L'autre lui était inconnu.

Luttant pour garder un sourire agréable, elle savait que ce serait peine perdue si elle devait le conserver longtemps.

— Tristan. Comment vas-tu ?

— ça va bien. C'est sympa de te voir, Kat. Comment ça va, toi ?

Mal, en fait.

Elle hocha la tête.

— Tout va bien. Et toi ?

— Occupé.

Le mot sortit d'un coup, comme s'il ne voulait pas perdre de temps en bavardages. Ce qui était étrange, car ils n'avaient jamais rien partagé d'autre que des bavardages. En vérité, elle avait même essayé d'éviter cela avec Tristan. Il la mettait mal à l'aise.

Elle n'eut pas le temps de dire quelque chose d'aussi court avant d'essayer de fuir, car il se tourna vers l'homme à ses côtés en disant :

« Kat, j'aimerais te présenter Adam Oleksy. Adam est mon partenaire en affaires. »

— C'est un plaisir de te rencontrer, Kat.

Elle prit la main que lui tendait ce bel homme impressionnant, mais la relâcha aussi vite que possible. Si Tristan la mettait mal à l'aise, cet homme lui donnait envie de courir dans l'autre sens. Et une toute petite part en elle voulait qu'ils la poursuivent.

Elle se força à tenir bon et à garder ce sourire figé.

En contraste direct avec son frère, Philip, Tristan Donovan était le parfait exemple du grand beau brun. Il faisait au moins un mètre quatre-vingt-cinq, le regard trompeusement froid jusqu'à ce qu'il ne sourie. Là, il se transformait en bourreau des cœurs avec ce sourire ravageur et ses yeux d'un vert profond. Ses cheveux noirs étaient coupés court, mais pas aussi court qu'à l'époque où il était dans l'armée.

Il avait deux ans de plus qu'elle, ce qui lui faisait dix ans de moins que son frère, Philip. Et il provoquait chez elle une réaction totalement opposée.

Philippe la repoussait. Tristan... non. Elle devait donc rester à distance.

— Tristan, Adam, voici Garrett. Il travaille avec mon frère.

— Vous êtes aussi ingénieur ?

Tristan regarda Garrett dans les yeux et réussit à avoir l'air vraiment intéressé par sa réponse.

— Oui. Électricité. Je travaille avec Erik depuis qu'il a créé la société.

Alors que Tristan et Garrett échangeaient des banalités, Adam se rapprocha de Kat.

— J'ai cru comprendre que tu étais avocate.

Elle se força à le regarder en face et à maintenir ses yeux dans les siens.

— Oui. Et toi ?

— Je travaille avec Tristan.

Bon, ça allait être une très courte conversation. Sans parler du fait que cet homme l'intimidait. Il était un peu plus petit que Tristan et un peu plus carré, ce qui le faisait paraître un peu plus dangereux. Si elle avait dû faire le casting d'un film de James Bond, il serait l'homme qui se tient derrière le mafieux russe, qui fait craquer ses articulations et qui ressemble à un tueur à sang-froid avec des yeux bleu pâle.

De beaux yeux, en fait. Et plus il maintenait son regard, plus elle se rendait compte qu'ils n'étaient pas froids du tout. Ils étaient ardents. Combiné avec les cheveux courts blond-roux qui étaient encore assez longs pour boucler et la légère cicatrice sur une pommette parfaitement ciselée... Elle n'arrivait pas tout à fait à reprendre son souffle.

Elle respirait fort, bien qu'elle essaie de le cacher.

— Tu apprécies la fête, Adam ?

— Maintenant, oui.

Elle cligna des yeux et ses lèvres se séparèrent sous le choc. Avait-elle mal compris ? Ou avait-il simplement laissé entendre qu'elle était la raison pour laquelle il appréciait désormais la fête ? Tout en continuant à la fixer en silence, elle avait vu ses lèvres former un léger sourire. Et la chaleur s'était répandue au creux de son ventre.

Elle fit vraiment un pas en arrière et se tourna vers Garrett pour essayer de dissimuler son malaise. Visiblement Adam ne fut pas dupe, car son sourire s'élargit.

— Garrett, je dois aller voir mon père. Messieurs, c'était un plaisir de vous voir. Merci d'être venus.

Adam et Tristan hochèrent la tête, sans la quitter des yeux.

— On se reverra, Kat, entendit-elle répondre Tristan à voix basse.

Elle réprima à peine un frisson et continua à s'éloigner à un rythme régulier alors que ce qu'elle voulait vraiment, c'était courir, même si elle ne savait pas trop dans quelle direction. Quel que soit le chemin qu'elle prendrait, il y aurait forcément un obstacle.

Garrett la suivit alors qu'elle s'éloignait des deux hommes. Elle ne savait pas très bien où elle allait, mais elle devait s'éloigner avant de dire ou de faire quelque chose qu'elle regretterait.

Elle se détourna instinctivement du bruit et des lumières, se dirigeant vers le fond de la maison. Lorsqu'elle réalisa qu'elle avait quitté les pièces de la fête, elle s'arrêta et reprit son souffle. Ils étaient maintenant dans le couloir qui menait à la cuisine, pour l'instant déserte. Heureusement.

— Hé Kat, ça va ?

Garrett lui toucha le coude. Il ne l'attrapa pas, ne la retint pas, mais elle dut résister à l'envie de s'écarter. Non, elle n'allait pas bien. Son niveau d'anxiété atteignait un seuil critique, et si elle ne le faisait pas tomber rapidement, la panique la submergeait et elle vomirait ou s'évanouirait. Et elle ne pouvait faire ni l'un ni l'autre ici. Sa mère n'en finirait pas d'en parler. Et son père voudrait l'emmener d'urgence à l'hôpital.

Elle fit des efforts pour remplir ses poumons, mais ils étaient comme pris dans un étau, incapables de se gonfler. Ce qui conduirait bientôt à une respiration hachée.

— Kat ?

Son estomac se retourna et elle posa une main contre le mur à côté d'elle, alors que le monde tanguait un peu.

Bon sang. Cela ne pouvait pas arriver maintenant.

« Hé, qu'est-ce qui ne va pas ? Tu as du mal à respirer ? Kat... »

Elle entendit Garrett parler, mais on aurait dit que sa voix était étouffée par l'eau. Comme si elle se noyait.

Arrête ça. Tout de suite. Il n'y a pas de raison de faire ça. Tu es une femme adulte.

Logique. Chaque mot. Et pourtant d'aucune aide alors qu'elle essayait de ne pas s'évanouir.

— Merde, Kat, je vais chercher de l'aide.

— Non ! À l'aveuglette, elle attrapa Garrett avant qu'il ne puisse partir et exposer sa faiblesse. Elle ne pouvait pas le permettre. Non, j'ai juste besoin d'air. J'ai juste...

Deux mains lui saisirent les épaules par-derrière, puis elle se sentit poussée vers l'avant.

— Accroche-toi, Kat. Juste encore un peu...

Tristan.

— Quoi ?

Elle essaya d'inspirer suffisamment pour pouvoir parler, mais la crise d'angoisse avait maintenant pris le dessus. Elle n'avait aucune idée de l'endroit où Tristan l'emmenait, mais elle ne pouvait pas se plaindre. Elle ne pouvait rien faire d'autre que de se laisser guider.

Quelques secondes plus tard, l'air froid la saisit alors que Tristan la poussait dans la buanderie à côté de la cuisine et qu'elle sortait par la porte du patio. Le courant d'air menaça de lui voler le peu de souffle qu'il lui restait.

— Assieds-toi. La tête entre les genoux.

Avant qu'elle ne puisse faire quoi que ce soit, Tristan l'avait fait s'asseoir. Mais pas sur une chaise froide en métal, comme elle s'y attendait. Non, il l'avait installée sur ses genoux. La surprise la fit se relever, mais la main sur sa tête la poussa à nouveau vers l'avant.

« Inspire et retiens ton souffle. Allez, chérie. Je pense que tu sais comment faire. »

Elle connaissait le truc, mais pourquoi lui... ? Peut-être qu'elle ne voulait pas savoir ? Au lieu de cela, elle se concentra pour ne pas se mettre totalement dans l'embarras en vomissant le peu qu'elle avait dans l'estomac. Bien sûr, plus elle y pensait plus elle se sentait nauséeuse.

« Inspire, Kat. Maintenant ! »

La force contenue dans la voix de Tristan déclencha une réponse physique et elle suivit son ordre. Et c'était bien un ordre. Elle inspira, retint l'air en comptant jusqu'à dix puis expira entre ses lèvres en sentant ses poumons protester. Puis elle recommença. Son estomac se souleva, mais elle retint la nausée, aspirant de l'air et le retenant jusqu'à ce qu'elle se sente presque étourdie. Puis elle relâcha tout.

Elle ne savait pas combien de temps cela avait pris, mais finalement l'anxiété s'atténua et elle commença à se rendre compte à nouveau de ce qui l'entourait. Spécialement qu'elle était assise sur les genoux de Tristan et que la main sur son cou qui la maintenait penchée en avant frottait ses muscles tendus.

Et qu'il faisait un froid glacial.

Elle frissonna, et dans la seconde qui suivit, la main de Tristan bougea et quelque chose de chaud et de lourd lui couvrit le dos et les épaules. Un parfum masculin au bois de santal l'entoura, et elle prit une autre grande inspiration. Elle eut l'envie presque irrépressible de se couvrir le nez avec le tissu et d'inhaler à nouveau.

Oh mon Dieu.

Elle se redressa, remplie d'embarras. Mais lorsqu'elle essaya de se lever, Tristan enroula ses bras autour de sa taille et la maintint fermement.

« Reste tranquille une minute. »

Elle frissonna, bien qu'elle essaie de se retenir.

— Je vais bien maintenant. Lâche-moi, s'il te plaît.

Ses bras se détendirent, mais il ne les retira pas.

— Je ne te retiens pas, mais je pense que tu ne devrais pas te relever tout de suite. Accorde-toi un moment.

Il lui avait parlé à l'oreille, ses lèvres la frôlant presque. Elle avait frissonné en guise de réponse, espérant qu'il penserait que c'était à cause du froid et non de sa proximité.

— ça va...

— Non, ça ne va pas. Si tu te lèves trop tôt, tu auras des vertiges. Fais une pause. Prends une minute.

Elle savait qu'il avait raison, qu'elle ne voulait pas s'embarrasser plus qu'elle ne l'avait déjà fait. Mais si elle restait assise sur ses genoux plus longtemps...

« Hé Kat respire profondément. Continue de respirer. »

Ne réalisait-il pas qu'elle n'en serait pas capable si elle ne s'éloignait pas de lui ? Son regard fit un tour d'horizon, à la recherche d'une ancre, quelque chose sur quoi se concentrer, pour...

« Katrina. Regarde-moi. »

Adam avança directement devant elle puis s'accroupit jusqu'à ce que ses yeux soient au niveau des siens. Son regard bleu pâle se planta dans le sien, lui fournissant l'ancre dont elle avait besoin.

— Inspire, demanda Adam.

Impossible de ne pas obéir. Elle aspira de nouveau de l'air et le retint jusqu'à ce qu'il fasse un signe de tête, puis le relâcha pour en aspirer encore. Entre les yeux d'Adam et les bras de Tristan, elle commença à retrouver ses esprits. Et à refouler l'anxiété dans le trou noir où elle la retenait.

Finalement, Adam sourit.

« Et voilà. »

Ce sourire le transforma en un clin d'œil de l'homme glacial au bourreau des cœurs aux yeux bleus.

— Tu crois que tu peux te lever maintenant ? demanda Tristan.

Détacher son regard de celui d'Adam s'avérait presque impossible, mais elle réussit finalement et baissa les yeux. Elle réalisa qu'elle devait porter le manteau d'Adam. Sa chemise blanche brillait comme un phare dans l'obscurité.

— Tu dois être gelé.

— Je ne suis pas si délicat, chérie. Garde-le pour l'instant.

Puis il lui tendit une main. Elle la prit sans réfléchir et le laissa l'aider à se lever, consciente du fait que Tristan avait toujours les mains sur ses hanches et se tenait juste derrière elle.

— Je pense que nous devrions retourner à l'intérieur avant

qu'on se transforme tous en blocs de glace. Tristan lui tapota les hanches avant de la relâcher et de s'éloigner.

Sa chaleur lui manqua immédiatement. C'était vraiment ridicule.

Plus ridicule que d'avoir failli craquer devant deux quasi inconnus ?

Si sa mère l'apprenait...

— Je dois retourner à l'intérieur. Je suis vraiment désolée.

Maintenant que la crise d'angoisse était passée, la colère et l'humiliation s'accumulaient pour prendre sa place. La colère contre elle-même pour avoir laissé les choses aller aussi loin. L'humiliation d'avoir fait ça en public. Elle ne pouvait pas les regarder, ne pouvait pas se résoudre à rencontrer leurs yeux et à voir la pitié qu'elle suscitait.

Pauvre petite Kat. Son frère était assez fort pour résister à une explosion horrible, et elle est trop faible pour contrôler ses émotions.

Elle se retourna, prête à s'échapper pour retourner à la maison, mais les deux hommes lui firent face. Tristan et Adam se tenaient maintenant devant elle, faisant du surplace, lui bloquant la vue de tout ce qui était derrière eux. Si elle regardait droit devant elle, elle voyait leurs larges épaules et leur torse. Si elle regardait vers le bas, elle fixait leurs cuisses, qui semblaient étonnamment musclées, même en pantalon de costume. Si elle remontait plus haut... Elle ne pouvait pas lever les yeux et garder son calme.

— Ouah Kat. Tristan posa une main sur son bras. Ralentis !

Elle essaya de ne pas tressaillir, mais sans succès. Un autre signe de faiblesse.

— Je suis désolée. Elle dut prendre une grande inspiration avant de pouvoir continuer. Il faut vraiment que je retourne à l'intérieur.

— Je pense surtout que tu as besoin de t'éloigner.

Tristan ne lâchait pas son bras. Au lieu de cela, il fit glisser sa main de son épaule à son poignet et retour.

Étonnamment, le mouvement l'apaisa.

— Viens avec nous, fit la voix d'Adam. J'aimerais bien changer de décor.

Nous.

Tous les deux.

Tous les muscles de son corps se rigidifièrent et elle s'éloigna, ne faisant aucun effort pour cacher son mécontentement. Elle lui jeta la veste d'Adam, sans attendre qu'il la récupère, et seuls ses réflexes rapides lui permirent de l'attraper avant qu'elle ne touche le sol.

— Je vais rentrer maintenant. Merci de m'avoir aidée avec mon... problème. J'espère que vous saurez être discrets.

— Kat, attends. Qu'est-ce que...

— Bonne nuit, messieurs.

Puis elle tourna les talons et se dirigea vers la porte, espérant qu'ils ne la suivraient pas.

CHAPITRE DEUX

— Qu'est-ce qui vient de se passer, putain ?

Tristan secoua la tête les sourcils froncés en guise de réponse.

— Je n'en ai pas la moindre idée.

Adam fixait la porte par laquelle Kat avait disparu. Ils lui avaient fait peur, ce qui était la dernière chose à laquelle ils s'attendaient. Tristan voulait qu'elle soit seule avec eux et qu'elle les accompagne. Il voulait la mettre dans un lit entre eux et lui montrer tout le plaisir qu'ils pouvaient lui donner.

Au cours de leurs dix années communes de service dans l'armée, Adam et lui avaient appris beaucoup de choses l'un sur l'autre. Ils s'étaient rencontrés en camp d'entraînement et, depuis, ils étaient pratiquement inséparables. Même si Adam était un punk d'un mauvais quartier de Philadelphie dont les parents avaient émigré de Moscou quand il avait deux ans, Tristan, le gosse de riches, avait reconnu son alter ego en lui.

Gros fêtards et arrogants comme pas possibles à leur entrée en service, ils avaient développé un lien que seuls les hommes qui risquaient régulièrement leur vie ensemble connaissaient. Ils se protégeaient mutuellement, se serraient les coudes, avaient recousu leurs blessures respectives et avaient passé bien des nuits dans des situations assez dangereuses.

Ils se connaissaient mieux qu'ils ne se connaissaient eux-mêmes, et Adam savait que Tristan pensait être amoureux de Kat depuis des années. Du moins, amoureux de l'idée qu'il se faisait de Kat. Adam ne croyait pas en quelque chose d'aussi nébuleux que l'amour.

Le désir, l'admiration, la loyauté. Voilà des émotions qu'Adam comprenait. L'amour était un conte de fées. Mais quand Tristan parlait de Kat, il la considérait comme une déesse sur un piédestal. La quintessence du modèle de la féminité inaccessible. Et celle qui serait un finalement sienne.

Tristan avait tellement parlé de Kat à Adam que celui-ci savait qu'il allait la rencontrer un jour. Cette femme qui avait capté le désir de son ami par le simple fait d'exister. Et qu'il devait s'assurer qu'elle ne le l'emprisonnerait pas dans des nœuds qu'il ne pourrait pas démêler.

— Bon sang, Adam, que s'est-il passé ? Elle a fait une putain de crise de panique. Est-ce que quelqu'un lui a dit quelque chose ? Je vais tuer tous ceux qui lui ont fait du mal.

Adam détourna le regard de la porte que Kat avait pratiquement franchie.

— Je n'ai aucune idée de ce qui a pu la déclencher. J'espère bien que ce n'était pas nous.

La bouche de Tristan s'amincit et ses yeux s'assombrirent. Adam pouvait voir ça même dans la faible lumière du patio.

— Merde. Il faut qu'on la rattrape.

Adam mit sa main sur la poitrine de Tristan pour le retenir.

— Donne-lui quelques minutes.

Tristan ouvrit la bouche pour répliquer, mais il s'arrêta en expirant un grand coup. Adam retira sa main.

— Ce n'est pas comme ça que je voulais que la soirée se passe, dit Tristan.

Non, Adam savait comment Tristan avait voulu que ça se passe. Et il allait l'aider comme il le pouvait. Après l'avoir entendu parler de Kat pendant des années et après avoir vu les photos qu'il avait réussi à obtenir, Adam voulait rencontrer la femme qui avait complètement ensorcelé son meilleur ami.

Tristan parlait d'elle tout le temps. De l'entraînement de base à l'enrôlement dans les Rangers et à leurs nombreux déploiements, elle avait été son sujet préféré. Même lorsqu'elle s'était fiancée à l'associé de son frère, Tristan n'avait jamais cessé de parler d'elle. Il avait cessé de dire à quel point elle était merveilleuse désormais et disait qu'elle était en train de faire une énorme erreur si elle devait épouser Philip.

Heureusement, les fiançailles avec l'associé n'avaient pas duré longtemps, sinon Adam aurait craint que Tristan ne soit porté déserteur pour pouvoir aller l'en dissuader. Ou bien il l'aurait kidnappée avant le mariage. Maintenant, Adam observait Tristan réfléchir au problème qui se posait. Il voyait le cerveau de son ami travailler à toute vitesse sur différents scénarios. Cette capacité faisait de Tristan un leader naturel et l'avait aidé à gravir les échelons à un rythme bien plus rapide qu'Adam.

Adam se contentait d'être le soldat parfait. Posé. Loyal. Impitoyable quand il le fallait. Le scalpel du chirurgien Tristan. Ils travaillaient ensemble comme une machine bien huilée. Maintenant, Adam devait simplement attendre...

— Quelque chose lui est arrivé. Tristan détourna le regard de la porte et revint vers lui. Ce n'est pas la Kat dont je me souviens.

— Peut-être que la Kat que tu connaissais n'existait pas vraiment.

Tristan avait tellement parlé de sa beauté et de son intelligence qu'Adam savait qu'elle ne pouvait pas être à la hauteur du matraquage publicitaire. Personne ne le pouvait. Bien sûr, lorsqu'il avait taquiné Tristan à ce sujet, celui-ci avait souri et proposé un pari. Un pari qu'Adam n'avait pas pu refuser.

Maintenant, Tristan secouait la tête en soupirant.

— Non. Je ne l'ai pas vue depuis deux ans, mais quelque chose s'est passé. Elle est... plus fragile.

— Peut-être à cause des fiançailles ?

Tristan soupira à nouveau.

— Peut-être. Peut-être.

— Ça pourrait avoir un rapport avec l'accident de son frère ?

— D'après ce qu'Erik m'a dit, elle l'a aidé à ne pas se retirer complètement du monde.

— Je n'avais pas réalisé que tu étais si proche de son frère.

— Nous ne le sommes pas. Mais quand Erik était en cure de désintoxication, Kat m'a demandé des recommandations pour des thérapeutes près de chez lui, à l'extérieur de Reading. Je l'ai mis en contact avec Jimmy Cochrane.

— Ah. C'est Jimmy le lien, n'est-ce pas ?

— Ouais. Erik et moi sommes restés en contact par e-mail. Mais je n'ai pas eu de nouvelles de lui dernièrement. Peut-être qu'il faudrait que je l'appelle ?

— Peut-être.

— En attendant, nous devons faire une petite reconnaissance.

***

— Où étais-tu, Katrina ? Disparaître comme ça, c'était extrêmement impoli.

Comment Angelica Riley réussissait-elle à sourire alors qu'elle sifflait entre ses dents ? C'était un mystère. Mais la mère de Kat avait l'habitude de cacher un intérieur hideux derrière une belle façade.

Pendant toutes ces années, Angelica avait réussi à faire

croire au père de Kat qu'elle avait un vrai cœur humain qui battait dans sa poitrine. Mais la façon dont elle avait réussi était un mystère, tout comme l'identité de la personne qui avait tué Jimmy Hoffa.[1] Kat et Erik essayaient de le découvrir depuis des années. Ils ne s'étaient jamais approchés de la vérité.

« Ton père et moi t'avons élevée mieux que ça. Comment oses-tu nous mettre dans l'embarras comme ça ? »

Eh bien, merde. Sa mère était royalement furieuse. Quand elle commençait avec "Ton père et moi...", Kat avait appris à se taire et à surmonter la tempête. Même si elle savait que sa mère n'avait jamais impliqué son père dans ce genre d'affaires.

Arthur Riley était l'un des hommes les plus intelligents que Kat connaissait. Bien qu'il ne pratique plus le droit, il conseillait certains des hommes les plus influents du monde sur des sujets aussi variés que les transactions de plusieurs milliards de dollars, le droit international, la politique mondiale et le changement climatique. Kat n'avait jamais douté de l'amour de son père, même si elle ne le voyait que quelques fois par semaine en raison de son emploi du temps chargé.

Mais elle doutait que sa mère n'ait jamais ressenti un quelconque amour, que ce soit pour son mari ou pour ses enfants. La seule chose qu'Angelica Riley aimait, c'était sa position de pouvoir. Sur sa maison, sur sa vie, sur ses enfants. Au moins sur un de ses enfants, en tout cas. Erik avait réussi à lui échapper quand il est parti à l'université. Kat n'avait pas eu autant de chance. En fréquentant l'université de Boston, elle était suffisamment proche pour que sa mère la garde sous sa coupe.

Là où elle était restée bien trop longtemps.

— J'avais besoin d'un peu d'air, maman.

Mais Kat n'avait pas été assez intelligente pour garder Garrett auprès d'elle à son retour dans la pièce. Il l'attendait à la porte alors qu'elle s'était précipitée à l'intérieur. Heureusement, il n'avait pas posé de questions, mais elle avait besoin d'un peu d'espace, alors elle l'avait envoyé lui chercher un verre. Et c'est là que sa mère l'avait apostrophée.

— Ce que tu dois faire, c'est t'excuser auprès de Philip Donovan pour l'avoir abandonné. Honnêtement, Katrina, je te jure que tu n'as pas plus de cervelle qu'un moineau. Cet homme veut t'épouser et tu le traites comme un lépreux. Tu n'as pas le luxe de le rejeter. Quel autre homme sera prêt à te supporter, toi et tes humeurs ?

Comme c'était à peu près ce qu'elle s'attendait à entendre de sa mère, les piques ne faisaient pas aussi mal que d'habitude. Ou peut-être qu'elle avait fait des progrès pour les ignorer. Quoi qu'il en soit, elle refusait de donner à sa mère la satisfaction d'une grimace ou même d'un clignement des yeux.

— Peut-être qu'aucun homme ne m'intéresse, maman. As-tu déjà pensé à ça ?

Angelica ne prit pas la peine de répondre.

— Quand tu t'excuseras auprès de Philip, assure-toi de te rendre crédible. Et souris. Peut-être qu'il croira que tu essaies d'être agréable.

Kat laissa le fiel glisser sur elle, en prenant délibérément une gorgée de son soda au gingembre et en regardant droit devant elle. Ce qui rendit sa mère plus déterminée à l'énerver. Comme elles n'avaient pas guerroyé sur ce sujet depuis plusieurs semaines, Kat réalisait qu'elle aurait dû s'attendre à une attaque. Elle n'imaginait tout simplement pas que sa mère le ferait au cours d'une soirée où d'autres personnes pourraient l'entendre. De plus, pour tous ceux qui regardaient, il semblait probablement qu'elles avaient une conversation anodine.

Angelica souriait, après tout. Et Kat s'assurait que son visage affiche un masque lisse et placide. Jusqu'à ce qu'Angelica mette son bras autour de sa taille et, qu'à l'abri des regards, elle la pince. Fort. Elle allait avoir un bleu à cet endroit. Ce ne serait pas le premier.

« Je n'apprécie pas d'être ignorée, surtout quand tout ce que j'ai fait a toujours été pour ton bien. »

Kat dut se mordre la langue pour ne pas répliquer immédiatement. Sa mère n'avait rien fait qui ne soit pas pour son propre bénéfice. Angelica voulait lier la famille Donovan à la famille Riley. Cela signifiait offrir sa fille sur un plateau. Kat se demandait ce que sa mère penserait si elle lui disait qu'elle envisageait sérieusement d'accepter la proposition du jeune fils Riley de partir avec lui. Et plus important encore, de faire sa propre proposition. Une proposition si indécente que sa mère pourrait ne plus jamais lui parler.

Et ne serait-ce pas merveilleux ?

— Excuse-moi, Maman. Kat se retourna pour faire un sourire insipide à sa mère. Il faut que je retrouve mon cavalier.

L'idée lui trottait dans la tête depuis qu'elle avait quitté Tristan et Adam. Que diraient-ils si elle leur demandait de l'emmener ? L'idée ne la rendait pas malade finalement et c'était une surprise. Compte tenu de son passé, cela aurait dû être le cas.

Un sourire plaqué sur les lèvres, elle se déplaça parmi la foule, souriant aux invités et serrant des mains, mais sans s'arrêter. Elle savait que sa mère n'essaierait pas de la suivre. Elle ne voulait pas se donner en spectacle.

L'anxiété qui l'avait presque étouffée auparavant bouillonnait dans le creux de son estomac, mais elle avait réussi à la maîtriser. Au moins pour le moment.

Mon Dieu, elle était dans un sale état. Si Tristan et Adam pouvaient lire dans ses pensées, ils se rendraient compte qu'elle était une épave et ne voudraient plus rien avoir à faire avec elle. Elle n'avait toujours pas trouvé de réponse réaliste à la question de savoir pourquoi ils voulaient qu'elle parte avec eux.

Peut-être avait-elle mal interprété leur réaction ? Peut-être qu'ils voulaient seulement l'aider à surmonter sa crise de panique ? Peut-être qu'ils avaient le syndrome du chevalier servant et qu'ils ne voyaient que la demoiselle en détresse qui avait besoin d'aide ? Peut-être étaient-ils trop nobles pour la laisser sombrer toute seule ?

Tristan avait été dans l'armée. Il avait l'habitude d'aider les gens, et elle avait eu besoin d'aide.

Non, son passé devait obscurcir sa vision. Elle était une fille peu sûre d'elle, immature et froide quand elle avait accepté la demande en mariage du meilleur ami de son frère il y a sept ans. Ses fiançailles avec Keegan n'avaient pas duré, et c'était de sa faute. Elle s'en rendait compte aujourd'hui. Keegan ne l'aurait jamais partagée avec un autre homme, car le seul homme avec qui il partageait des femmes était le frère de Kat.

Quand elle l'avait découvert... elle en avait presque fait une dépression nerveuse. Si Keegan l'avait épousée, ils auraient été malheureux. Et Keegan et Erik n'auraient pas rencontré Julianne et ne seraient pas tombés amoureux d'elle. Tous les trois étaient en train de construire une vie ensemble en Pennsylvanie, et Kat espérait, du moins pour son frère, que ça marcherait. Bien sûr, elle avait des doutes, mais, après ce que son frère avait vécu, elle pouvait se tromper.

Jusqu'à présent, elle n'avait *jamais* envisagé d'explorer elle-même une relation à trois.

Sa mère aurait hurlé en disant que c'était immoral. Un mois auparavant, elle aurait pensé exactement la même chose. Même si son frère était dans cette situation. Aujourd'hui...

Désormais, elle ne comprenait pas pourquoi deux hommes magnifiques et pleins d'avenir, qui pouvaient avoir n'importe quelle femme dans leur lit, la voulaient, elle. Sans doute qu'elle devait se tromper. Ils n'avaient pas voulu qu'elle parte avec eux. Ils avaient seulement essayé de l'aider.

L'idée avait le pouvoir de l'apaiser. Comme si quelqu'un lui avait tendu les rênes d'un poney, une tiare en diamant rose ou une licorne, puis les avait repris avec un "Oups, désolé. Pas pour toi." Et n'était-ce pas l'histoire de sa vie ?

Ouah, tu t'apitoies beaucoup sur ton sort, non ?

Gardant le sourire par pure volonté, elle se dirigea vers le bureau. Il était temps de partir. Elle devait trouver Garrett et se tirer d'ici. Si elle restait plus longtemps...

Ses lèvres lui faisaient mal. Ses joues aussi. Ses tempes palpitaient. Elle voulait fermer la porte de son appartement à clé derrière elle, se déshabiller, rester sous une douche chaude pendant au moins vingt minutes, puis tomber dans son lit et ne pas en sortir pour le reste du week-end.

— Ah, te voilà. J'ai essayé de te rattraper. Ta mère a dit que tu me cherchais.

Philip apparut devant elle comme son pire cauchemar, et son cerveau cala. Elle eut une brève image d'elle-même en train de lui crier à la figure de s'éloigner d'elle. Mais cela ne faisait qu'étayer la théorie de sa mère selon laquelle elle avait besoin d'une thérapie. Tout comme elle l'avait fait quand elle était adolescente.

Elle réussit à se ressaisir.

— Je suis désolée, Philip. Elle a mal compris. En fait, je cherchais ton frère. As-tu vu Tristan ?

L'expression du visage de Philip était impayable ! La confusion totale. Cela donna à Kat le temps de le contourner et de continuer son chemin. Et en un clin d'œil, elle se décida.

Elle parcourut la pièce des yeux et trouva les trois hommes qu'elle cherchait au bar. Ils semblaient avoir une discussion intense, leur attention était totalement focalisée sur eux trois. Mais une fraction de seconde après qu'elle soit entrée dans la pièce, Tristan et Adam levèrent les yeux. Ils se dirigèrent droit sur elle. Comme s'ils avaient un sixième sens, qu'ils essayaient sur elle.

Comme ce serait merveilleux d'avoir quelqu'un qui s'intéresse à elle, mais qui ne veuille pas s'approprier son âme !

Elle s'approcha de Garrett et se força à sourire.

Adam plissa immédiatement les yeux. Les sourcils de Tristan se levèrent. Garrett lui sourit en retour, comme pour l'encourager.

Mon Dieu, comme ce serait plus facile si j'étais attirée par lui.

Mais là encore, rien dans sa vie n'avait jamais été facile.

— Désolée de vous interrompre, mais j'aimerais parler à Garrett une seconde, si ça ne vous dérange pas.

Adam hocha la tête.

— Bien sûr. Les lèvres de Tristan formèrent ce qui ressemblait à un sourire, mais son regard la transperça. Cette fois, elle refusa de reculer. Mais nous aimerions te parler avant que tu ne partes. Si cela ne te dérange pas.

Son sexe se mit à fourmiller sans aucune autre raison que ses yeux sur elle, et elle était sûre qu'il le savait. Elle réussit à sourire.

— J'en ai pour une minute.

Elle conduisit Garrett dans le couloir où elle s'était sentie si mal plus tôt, le remercia pour sa compagnie de la manière la plus sincère possible, et le renvoya chez lui. Il ne semblait pas si malheureux de partir sans elle, et elle ne savait pas si elle devait être offensée ou non.

Elle se demandait alors si elle perdait vraiment la tête. Parce qu'elle était sur le point de faire quelque chose qu'elle n'aurait jamais pensé faire avant.

Elle allait être impulsive.

CHAPITRE TROIS

— Tu penses qu'elle reviendra ? demanda Adam.

— Je n'en suis pas sûr.

Tristan se tourna vers Adam et regarda son ami fixer la porte que Kat et Garrett avaient franchie, comme s'il pouvait faire réapparaître la jeune femme à volonté. Aux yeux de tous, sauf de Tristan, Adam semblait calme, comme si rien ne l'effrayait. Ce n'était pas pour rien qu'il avait mérité le surnom de Glacier. Pour dire glacial. La plupart des gens pensaient que c'était à cause de ses yeux.

Ceux qui le connaissaient savaient.

Adam voulait arracher la tête de quelqu'un en ce moment même. Probablement celle de Philip, car c'est lui que Tristan rendait responsable de l'état d'esprit de Kat. Si Tristan lui donnait le signal, Adam ferait souffrir Philip. Tristan n'aurait jamais fait de mal à ses parents en tuant son frère aîné, mais cela ne signifiait pas qu'il ne pouvait pas rêver de le mutiler. Douloureusement.

— Tu devrais peut-être faire marche arrière pour ce soir, suggéra Adam.

Tristan secoua la tête.

— Si on fait ça, elle aura le temps de se barricader dans son trou ou le quelconque endroit sûr qu'elle a bâti autour d'elle.

— Et si elle s'enfuit quand même ?

— Alors on la suit.

Adam le regarda les sourcils levés.

— Et je suppose que tu sais où elle va s'enfuir ?

Tristan le regarda sans répondre.

Adam considéra le non-dit en haussant légèrement les épaules.

« Bien sûr que tu le sais. Et tu ne crois pas qu'elle va flipper quand on se pointera à sa porte ? »

— Elle va devoir s'habituer à nous un jour.

Parce que Tristan n'allait pas céder et rentrer chez lui. Il avait attendu trop longtemps pour manquer sa chance avec elle. Il voulait lui montrer à quel point il la désirait. Le plaisir que lui et Adam pourraient lui procurer.

Il ne s'attendait pas à ce qu'elle en ait autant besoin que ça. Elle l'avait prouvé après s'être presque évanouie de sa crise de panique. Il ne leur restait plus qu'à la convaincre. Et de la convaincre que, même si ce qu'ils voulaient n'était pas conventionnel, elle devait en prendre le risque, car la récompense serait incroyable.

— Et si elle ne le fait pas ?

Adam avait une voix blanche. Ce qui signifiait qu'il réfléchissait trop.

Tristan le regarda dans les yeux.

— Tu veux jeter l'éponge ?

— Je pense que tu ne voudrais pas la faire fuir en la poussant directement dans un lit entre nous deux.

Tristan regarda Adam plus attentivement, se demandant s'il n'avait pas raté quelque chose parce qu'Adam semblait inquiet. Et Adam ne s'inquiétait jamais.

— Qu'est-ce que tu suggères ?

Un muscle de la mâchoire d'Adam commença à se contracter.

— Que je m'écarte. Que tu établisses le premier contact.

Tristan leva un sourcil.

— Et tu serais d'accord avec ça ?

C'était au tour d'Adam de le fixer. Mais Tristan le connaissait bien, il savait ce qu'il pensait.

Il pouffa, de façon à peine audible, même dans la pièce silencieuse.

« C'est ce que je pensais. »

Adam serra les lèvres.

— Bon sang, Tris. C'est marqué gros fiasco partout !

— Pas possible, putain. Ça n'arrivera pas. Ne perds pas ta foi en moi.

— Tu sais que je te fais confiance pour me sauver la vie. Mais ce n'est pas avec ma vie qu'on merde là. C'est...

Adam coupa court, le regard fixé sur un point quelque part par-dessus l'épaule de Tristan. Tristan réprima un sourire avant de se retourner pour voir Kat revenir dans la pièce.

Le menton levé, le dos raide, les yeux fixés droit devant. Elle avait l'air confiante... sauf si on considérait les poings serrés le long de ses flancs.

Tristan se retourna pour se tenir à côté d'Adam et la laissa avancer vers eux. Ils avaient besoin qu'elle fasse le premier pas.

Elle s'arrêta juste hors de portée.

Il détestait qu'elle soit mal à l'aise avec eux, mais il ne pensait pas qu'ils étaient les seules personnes avec lesquelles elle l'était. Il était presque sûr que c'était comme ça avec tout le monde. Il voulait savoir pourquoi. Il voulait découvrir tout ce qu'il pouvait sur elle. La mettre entre lui et Adam, la faire sortir directement de la maison et la ramener chez eux.

Bien sûr, pour l'heure la maison c'était à Philadelphie. Lui et Adam avaient prévu de passer le week-end chez ses parents, mais si elle acceptait, ils rentreraient tous les trois en avion à Philadelphie. Le jet de la compagnie familiale l'attendait dans le hangar d'un aéroport privé situé juste au nord de la ville. Le plein était fait et l'avion était prêt, au cas où. Ils pourraient être en route en une demi-heure et passer la porte de l'immeuble que lui et Adam possédaient au centre-ville.

Mais il se dit qu'elle n'accepterait jamais de les accompagner où que ce soit, et encore moins à Philadelphie. Et il ne s'attendait pas à ce qu'elle leur demande de la ramener chez elle. Il était déjà en train de faire une liste d'hôtels convenables dans le coin quand elle ouvrit finalement la bouche.

— J'aimerais partir, et je me demandais si vous aimeriez m'accompagner dans un endroit plus tranquille. Maintenant. Sans faire d'histoires et sans que personne ne le sache. Pouvez-vous faire en sorte que cela se produise ?

Tristan regarda Adam, qui lisait dans ses pensées.

— Je vais chercher nos manteaux. Adam se dirigeait déjà vers la porte, mais il s'assura de faire un signe de tête à Kat avant de disparaître.

Tristan resta où il était, à regarder Kat.

— Tu es venue en voiture ?

Elle prit une profonde inspiration.

— Oui. Mon sac est dans le vestiaire. En fronçant les sourcils, elle regarda par-dessus son épaule. Merde, j'aurais dû penser à le prendre.

Tristan sortit son téléphone de sa poche.

— Ne t'inquiète pas. Adam va le faire. À quoi il ressemble ?

Elle cligna des yeux, comme si elle essayait de traiter cette information.

— Noir. En cuir. Coach.[1]

Il n'avait aucune idée de ce que ça voulait dire, mais il envoya un texto à Adam. Il comprendrait, lui.

— Où est ta voiture ?

— Dans le garage derrière la maison.

— Peut-on y aller sans passer par la pièce de devant ?

Elle plissa les yeux en réfléchissant pendant une seconde. Sa poitrine montait et descendait plus rapidement, et il pouvait dire que son anxiété revenait. Il s'avança, prit sa main, et la serra dans la sienne. Elle inspira et retint sa respiration pendant plusieurs secondes avant que ses poumons ne recommencent à fonctionner.

— Oui.

Par-dessus son épaule, Tristan aperçut son frère dans la pièce de devant, en train de tourner la tête dans tous les sens. Il cherchait quelqu'un. Tristan savait exactement qui c'était. Comme Kat était dos à la porte, elle ne vit pas Philip la chercher. Le salaud n'allait pas obtenir ce qu'il voulait.

Mettant son bras autour de ses épaules, Tristan la dirigea vers la seule autre porte qu'il pouvait voir dans la pièce.

— Alors, allons-y.

Elle se raidit contre lui, mais ne fit rien pour qu'il la lâche. Elle se laissa guider vers la porte, mais une fois qu'ils furent passés, elle passa devant lui pour traverser deux pièces obscures avant qu'ils ne s'arrêtent finalement dans un couloir sombre au-delà de la cuisine. Il ne pouvait plus entendre la musique venant de la maison.

Tristan sortit son téléphone de sa poche et regarda Kat dans les yeux.

— Où dois-je dire à Adam de nous rejoindre ? Devant ?

Il la regarda respirer profondément, presque comme si elle rassemblait son courage. Et toutes ces pulsions protectrices se manifestèrent à nouveau. Il faillit se pencher en avant pour l'embrasser, et la faire sortir de cette brume dans laquelle elle semblait être. Au lieu de cela, il maîtrisa cette envie. Il ne voulait pas la perdre maintenant et s'il la bousculait, elle s'enfuirait.

— Peut-il y arriver sans être vu ? Sa voix était presque devenue un murmure.

Se penchant, il lui parla directement à l'oreille.

— Nous avons été Rangers, ma chérie. Fais-moi confiance. Personne ne se rendra compte qu'il était là.

Un léger frisson la traversa, et il voulut presser son corps contre le sien et la laisser puiser un peu de sa force. Au lieu de cela, il attendit qu'elle le regarde. Lorsqu'elle le fit enfin, il sourit parce qu'elle avait fait de même.

— Je suis prête.

Bon sang, il espérait qu'elle le pensait vraiment, car son désir pour elle était devenu une bête presque vorace qui ne se calmerait pas. Il ne la forcerait jamais, il se couperait la bite s'il ne faisait qu'y penser, mais si elle était trop fragile pour qu'Adam et lui puissent la mettre au lit, il aurait envie de frapper quelqu'un. Il avait l'habitude d'obtenir ce qu'il voulait, et il voulait Kat. Et Kat semblait être partante, alors c'est ce qui allait se passer.

Et si ça n'arrivait pas ce soir, eh bien, il y avait toujours un lendemain soir. Ou la nuit d'après...

Kat s'arrêta et Tristan réalisa qu'ils avaient atteint une porte dans ce qui semblait être un autre vestiaire. Il faisait trop sombre pour en être certain, mais lorsqu'il regarda par la fenêtre à côté de la porte, il vit le faible contour d'un bâtiment au-delà de ce qui ressemblait à une petite cour. Une passerelle couverte reliait la maison au garage.

Kat prit la poignée de porte, mais marqua une pause d'une seconde avant de la tourner. Il sourit derrière son dos, sachant qu'elle venait de faire le choix conscient de continuer.

Il enleva sa veste de costume et l'enroula autour de ses épaules. Sa robe n'était pas du tout décolletée, mais elle n'était certainement pas faite pour les températures négatives.

Elle lui jeta un rapide coup d'œil en franchissant la porte.

— Ma voiture est juste là.

Il la maintint en mouvement en enroulant un bras autour de ses épaules et en continuant à avancer.

— Dis-moi que tu as une berline et non une petite voiture de sport. Adam ne sera pas content s'il doit se replier sur le siège arrière d'un petit machin étranger.

Un petit sourire rapide illumina son visage.

— C'est une Jeep Grand Cherokee en fait. Je suis sûre qu'il rentrera.

— Je suis sûr qu'on y rentrera tous.

Ses insinuations à peine dissimulées la firent rougir, et il fut frappé de voir à quel point il ignorait tout de cette femme. Il la désirait depuis des années, mais n'avait jamais eu l'occasion de l'approcher auparavant. Ils étaient allés dans le même lycée privé, mais il avait deux ans de plus et elle était... jeune. Intouchable. Elle avait deux ou trois copines avec qui elle partageait la table du déjeuner, mais le plus souvent, elle était seule. Elle était presque complètement coupée du reste des lycéens. Elle ne parlait à personne en dehors de son petit groupe d'amies, et elle n'avait jamais eu de copain. Du moins, pas à ce que Tristan ne sache.

Et pendant qu'il pratiquait la crosse, la lutte et la course à pied, elle ne faisait rien du tout. Pas de sport, pas de chorale, pas de club de théâtre. Après avoir obtenu son diplôme, il s'était dit qu'il oublierait la fille sage qu'il n'avait jamais vraiment connue. Mais la lycéenne qu'elle avait été lorsqu'il était parti pour West Point était devenue une belle jeune femme lorsqu'il était rentré chez lui juste avant de partir pour l'école de Rangers.

Ils s'étaient retrouvés lors d'une fête organisée par ses parents pour son départ. Ses parents lui avaient dit plus tard qu'ils avaient invité les parents de Kat, sans s'attendre à ce qu'ils amènent leur fille.

Il avait suffi d'un regard pour que Tristan décide qu'elle

serait à lui. Le premier problème, il l'avait compris, était que sa mère voulait Philip comme gendre. Le second... la fille était un bloc de glace. Mais Tristan n'aimait rien de plus que les défis. Et la piquer à son connard de frère serait la cerise sur le gâteau. Ça lui avait pris quelques années de plus que prévu, mais elle était là avec lui maintenant.

Il l'observa jeter un dernier regard rapide par-dessus son épaule avant d'ouvrir la porte du garage. Des berlines BMW blanches assorties occupaient deux places. Une Jeep noire aux lignes courbes se trouvait sur la troisième au bout. Elle s'y dirigea, accélérant jusqu'à ce qu'à courir presque et fonça droit sur la portière du conducteur.

Il ouvrit presque la bouche pour insister pour conduire, mais il réussit à ravaler ses paroles. Si elle voulait conduire, il pouvait contrôler son instinct masculin pour une nuit.

Ou au moins pour les prochaines minutes.

Après s'être glissée sur le siège du conducteur, elle enleva ses chaussures et enfila une paire de ce qui ressemblait à des ballerines. Lorsqu'il s'assit à côté d'elle, il lui tendit la main pour prendre les chaussures qu'elle serrait dans une main. Bien entendu, elle les posait généralement sur le siège à côté d'elle, ce qui signifiait qu'elle n'avait pas l'habitude d'avoir quelqu'un sur ce siège. Cela lui plaisait.

Avec un léger hochement de tête, elle lui tendit ses chaussures et il se retourna pour les poser sur le sol derrière elle. Bizarre, mais il aimait qu'elle lui fasse confiance pour cette petite chose. Bien sûr, le vrai test viendrait plus tard, quand il voudrait partager bien plus que l'espace d'une voiture.

Elle prit une inspiration tremblante puis appuya sur la télécommande de la porte du garage. Quelques secondes plus tard, elle manœuvra la voiture, maîtrisant parfaitement l'embrayage et le changement de vitesse. Le fait qu'elle sache conduire une voiture manuelle la rendait ridiculement encore plus désirable à ses yeux. Il valait probablement mieux garder cela pour lui. Il ne voulait pas qu'elle pense qu'il était complètement cinglé.

Il lui fallut moins d'une minute pour se ranger à l'avant de la maison, et elle faillit faire caler la voiture quand Adam sortit de derrière un arbuste parfaitement taillé à quelques mètres de l'entrée principale, en tenant quelque chose dans ses mains.

En débrayant, elle reprit son souffle et enfonça les dents dans sa lèvre inférieure, tout en regardant dans le rétroviseur Adam se glisser sur le siège arrière.

— Où êtes-vous descendus ?

Tristan avait espéré qu'elle les inviterait dans son appartement, qu'il savait être de l'autre côté de la ville, pratiquement aussi loin d'ici qu'elle pouvait sans quitter la ville. Mais il n'allait pas la forcer. Cela allait rapidement devenir le mantra de la soirée.

— Au Neuf Zéro, annonça Adam depuis le siège arrière.

Comme ils étaient hébergés dans sa famille, Tristan prit une seconde pour se demander comment Adam avait pu sortir le nom de cet hôtel.

— L'ami d'un ami en est l'actionnaire.

Tristan vit Adam sortir son téléphone de sa poche et se mettre à envoyer des SMS, sans doute pour réserver une suite.

— Je n'y suis jamais allée.

Kat parlait à voix basse, mais elle n'avait pas l'air effrayée. Elle avait l'air intriguée.

— Moi non plus, admit Tristan. Je séjourne généralement chez mes parents quand je leur rends visite.

Alors qu'ils s'éloignaient de la maison, Adam vit son regard plusieurs fois dans le rétroviseur, comme si elle s'attendait à ce que quelqu'un les poursuive dans l'allée. Le lendemain matin, après leur réveil, il lui demanderait ce qui l'inquiétait. Son père ? Sa mère ? Son frère ?

Mais cela allait attendre le lendemain. Ce soir, il voulait

seulement savoir ce qu'ils devaient faire pour la faire crier quand elle jouirait. Cette pensée le fit sourire.

— Je suis allée au restaurant plusieurs fois, ajouta-t-elle.

— On y mange bien.

— Veux-tu que je commande quelque chose au service d'étage et que je le fasse livrer dans la chambre ?

Un sourire fugace traversa ses lèvres alors qu'elle jetait un coup d'œil dans le rétroviseur à Adam.

— Non, merci.

— Je pense que je vais commander une pizza, si ça ne vous dérange pas. Sans vouloir offenser le traiteur de tes parents, les amuse-gueules m'ouvrent l'appétit.

Le silence tomba pendant plusieurs secondes et Tristan était sur le point d'entamer une autre petite série de banalités quand Kat dit :

— Je n'ai pas l'habitude de faire ça.

Tristan savait exactement de quoi elle parlait et il allait la rassurer sur le fait qu'elle n'avait rien à craindre d'eux, mais Adam le devança.

— Nous apprécions le fait que tu sois prête à passer du temps avec nous.

Merde. Tristan était parfois étonné qu'Adam soit capable de trouver exactement la chose parfaite à dire dans une situation donnée. Habituellement, le gars n'ouvrait pas la bouche, sauf pour des phrases monosyllabiques qui commençaient généralement par « *fuck* » et finissaient par « *you* ».

« Tristan m'a dit que tu étais avocate. Tu travailles pour le cabinet de ton père ? »

Kat hocha la tête, soulagée par le changement de sujet, et Tristan réalisa qu'il la rendait probablement plus nerveuse qu'Adam. Adam était en fait un inconnu, ce qui rendait la chose un peu plus anonyme. Tristan était quelqu'un qu'elle avait connu toute sa vie. Et il était le frère de l'homme que sa mère voulait qu'elle épouse. Il valait probablement mieux qu'il se taise et laisse Adam la faire sortir de sa coquille.

— Oui, j'y suis depuis la fac. J'ai commencé comme stagiaire et j'ai gravi les échelons.

— Et tu t'y plais ?

Tristan se demandait si Adam allait capter ce ton dans sa voix. Vulnérable. Un peu mélancolique.

Elle hocha la tête.

— Je m'y suis plu.

— Mais ?

La question d'Adam resta en suspens pendant une seconde avant qu'elle ne réponde :

— Mais je n'en suis plus sûre.

— Alors, pourquoi rester ?

Tristan dut se mordre la langue pour ne pas lui dire de foutre le camp. Faire son propre chemin dans le monde. Il ne pouvait pas croire qu'il n'y aurait pas des tonnes de cabinets qui mourraient d'envie de l'avoir comme partenaire. Il avait entendu dire qu'elle était une sacrée bonne avocate, mais qu'elle pratiquait surtout le droit des affaires. Son frère lui avait dit en passant qu'elle voulait pratiquer le droit pénal, mais sa mère avait rejeté l'idée que Kat puisse être en contact avec des criminels en cols bleus. Par opposition aux cols blancs comme son abruti de frère.

— J'ai... des projets de changements dans ma vie.

Tristan ne pouvait plus se taire.

— Quel genre de projets ?

Elle se raidit et il se maudit en silence pour avoir fait foirer les progrès d'Adam. En général, c'était Tristan qui parlait. Il prenait les rendez-vous, s'occupait des clients, concluait les affaires. Ce n'est pas qu'Adam ne savait pas le faire. C'est juste qu'il n'aimait pas ça autant que lui. Adam aimait la chasse, il aimait se salir les mains. Et en tant que spécialistes des kidnappings et des rançons, ils se salissaient les mains. Beaucoup.

Bon sang, il aurait dû fermer sa grande gueule, laisser Adam...

— J'envisage de prendre un poste dans une autre entreprise.

Ouah ! OK. Ce n'était pas ce qu'il s'attendait à entendre.

— Quelle entreprise ?

— Je n'ai pas le droit d'en parler. Pas encore. Mais... Elle prit une profonde inspiration. Il faudrait que je déménage.

En dehors de Boston ? De la coupe de ses parents ? Kat avait vingt-cinq ans, bien au-delà de l'âge où elle devait demander la permission à quiconque pour prendre un emploi ou déménager dans une autre ville, mais Tristan voyait bien, d'après l'expression de son visage, que c'était un grand pas pour elle.

— Et où déménagerais-tu ? demanda Adam.

Elle se tut à nouveau, et il put constater qu'elle hésitait à leur dire ou non.

— Philadelphie.

Tristan faillit ouvrir grand la bouche, mais il cacha rapidement tout soupçon de surprise. Lui et Adam vivaient et travaillaient à Philadelphie, ce qu'elle devait savoir.

— C'est une grande ville, poursuivit Adam. Il y a beaucoup à faire.

Elle hocha la tête.

— J'y suis allée plusieurs fois. J'y ai toujours apprécié mon séjour.

Eh bien, dites donc. Il ne savait pas quoi penser de ça. Heureusement, il n'eut pas à y réfléchir longtemps. Ils s'arrêtèrent devant l'hôtel quelques secondes plus tard. Mais elle ne s'arrêta pas devant les voituriers. Au lieu de cela, elle continua à avancer au ralenti un peu plus loin dans la rue, le long du trottoir.

Maintenant qu'ils étaient là, il se demandait si elle allait faiblir. Leur dirait-elle qu'elle avait changé d'avis ? Ils la tenaient si près d'un lit que Tristan pouvait presque voir ses beaux cheveux blonds étalés sur des draps de soie noirs, sa peau nue et pâle luisant dans la faible lumière.

— Et si vous me laissiez y aller en premier ? Je vous enverrai le numéro de la chambre par SMS.

Adam était futé, encore une fois. Tristan devait se secouer. Il n'avait jamais été aussi insouciant, aussi irréfléchi. Heureusement qu'Adam assurait ses arrières ce soir, car il était complètement hors-jeu.

Sans attendre de réponse, Adam se glissa hors du siège arrière et se dirigea vers la porte. Il n'y avait pas beaucoup de circulation à cette heure de la nuit, mais l'hôtel était connu, et il était sûr qu'il y aurait du monde dans le hall.

Alors qu'il la regardait, il vit qu'elle suivait Adam des yeux jusqu'à l'entrée de l'hôtel. Et Tristan sentit la faible morsure de la jalousie.

Et si elle ne voulait qu'Adam ? Ne serait-ce pas un coup de pied au cul ?

Eh bien, tant pis. Elle finirait par voir à quel point ça serait mieux avec les deux.

— Tu fais ça souvent ?

Sa voix tremblait un peu, mais son expression ne montrait rien. Pourtant, elle ne le regardait pas pendant qu'elle parlait. Et il voulait voir ses yeux.

— Est-ce que tu me demandes si Adam et moi emmenons régulièrement des femmes dans des chambres d'hôtel ? La réponse est non.

Ce qui était vrai, mais pas tout à fait. Ils partageaient souvent des femmes. Mais ils ne le faisaient pas dans les hôtels. Et même si elle était sur les nerfs, son esprit fonctionnait comme un piège d'acier.

— Ça ressemble étrangement à des tergiversations.

Leurs regards se croisèrent et il ne voulut pas regarder ailleurs. La plupart de ses rêves consistaient à fixer ces beaux yeux alors qu'elle le chevauchait et qu'Adam lui prenait le cul par-derrière. Il se réveillait avec une érection si forte qu'elle lui faisait mal et qu'il devait se branler avant de sortir du lit.

Il en avait marre de se réveiller et d'être énervé parce que ce n'était qu'un rêve. Non pas qu'il s'attendait à ce que ce rêve particulier se réalise cette nuit. Oui, elle était partie avec eux, et oui, elle était encore là. Il avait eu presque peur qu'elle les dépose, puis qu'elle s'en aille à toute vitesse sans se retourner. Mais il avait toujours peur qu'elle s'enfuie s'ils essayaient de la pousser trop loin, trop vite. Il ne voulait pas prendre ce risque, car il voulait que cela dure plus d'une nuit.

Alors ils commenceraient doucement. Et ce soir, il n'y aurait qu'elle qui compterait. Même si ça le tuait, ils suivraient ses ordres. Lui et Adam en avaient discuté. Ils avaient réfléchi à tout. Mais ils n'avaient pas toutes les clés en main, n'est-ce pas ?

— Je ne te mens pas, Kat. Je ne ferais pas ça.

Son menton se releva légèrement.

— Mais tu ne me dis pas tout ce que j'ai besoin de savoir, n'est-ce pas ?

— Et qu'est-ce que tu voudrais savoir ?

Ses yeux se rétrécirent et il pouvait pratiquement voir les engrenages fonctionner dans son cerveau. Il voulait que sa curiosité naturelle gagne, il voulait voir sa vraie nature. Il pensait qu'elle ne laissait pas beaucoup de gens voir cette facette d'elle-même. Et il était presque sûr que la raison pour laquelle elle avait caché cette partie provenait de sa relation avec sa mère. Mais ce n'était certainement pas une conversation qu'il voulait aborder maintenant.

— Que faites-vous exactement, toi et Adam, dans la vie ?

— Nous négocions des rançons et récupérons des victimes de kidnapping.

Elle ouvrit grand les yeux.

— Je croyais que vous étiez dans les assurances.

Il leva un sourcil.

— C'est mon frère qui t'a dit ça ?

Elle cligna des yeux, mais ne le lâcha pas du regard.

— J'essaie de ne pas écouter quand ton frère parle. J'ai envie de le gifler quand je le fais.

— Alors c'est quelque chose que nous avons en commun, mais je préférerais le frapper un peu plus fort. Malheureusement, ce ne serait jamais un combat loyal.

Son regard glissa sur son torse et ses bras, comme pour mesurer les dégâts qu'ils pourraient infliger. Si l'on considérait que son frère pesait environ soixante-dix kilos tout mouillé et qu'il ne mesurait qu'un mètre soixante-dix, elle avait dû arriver à la bonne conclusion. Que Tristan massacrerait Philip. Il se demandait si elle approuverait.

— Tu étais dans l'armée.

Il fit un signe de tête.

— Adam et moi nous sommes rencontrés à l'école des Rangers. On est ensemble depuis.

Elle leva un sourcil et il lut correctement dans son regard.

« Nous ne sommes pas amants. Nous partageons simplement les mêmes goûts en matière de femmes. »

Elle ne répondit pas tout de suite.

— Alors vous aimez tous les deux les blondes menues aux langues bien pendues ? Et comment vous êtes-vous rendu compte de cela ?

C'est ainsi qu'elle se voyait ?

— Peut-être que j'aime les défis. Peut-être que j'aime les femmes qui disent ce qu'elles pensent, indépendamment de ce que pensent les autres.

Ses lèvres se tordirent en une légère grimace.

— En général, les hommes aiment les femmes qui leur disent ce qu'ils veulent entendre.

— Alors tu as rencontré les mauvais hommes.

— Et tu penses que tu es le bon ?

— Je pense que tu seras surprise du genre d'hommes que nous sommes.

Elle voulait dire autre chose. Il aurait juré qu'elle se mordait pratiquement la langue. Alors il attendit. Au lieu de cela, elle tourna la tête et regarda par la vitre de son côté.

Patience. Laisse-lui le temps.

Le problème, c'est qu'il ne voulait pas attendre. Pour rien au monde. Il l'avait presque amenée exactement là où il rêvait de l'avoir depuis des années. Il voulait que ça aille plus vite, voulait tendre la main, la prendre par la nuque et rapprocher leurs lèvres afin de pouvoir la goûter pour la première fois.

L'impatience était comme une démangeaison sous sa peau. Mais il ne voulait pas risquer de la perdre. Pas maintenant. Pas alors qu'ils étaient si près de mettre la main sur elle.

— Alors, dis-moi.

Sa voix était basse, mais il jurait qu'il y avait une once de vulnérabilité en elle. Comme si elle ne voulait pas être curieuse, mais qu'elle ne pouvait pas s'en empêcher.

— Le genre qui sait comment donner du plaisir à une femme.

Elle ne répondit pas, mais il était sûr d'avoir entendu son souffle. Puis son téléphone vibra et il le sortit pour lire le texto. Un numéro de chambre.

Quand il leva les yeux, il vit que Kat le regardait fixement.

— Pourquoi ne pas aller te garer ? L'entrée est juste là.

Il lui montra l'ouverture qui menait au garage souterrain et, avec un hochement de tête rapide, elle mit la voiture en marche et se dirigea vers le parking. Une fois qu'elle eut trouvé une place, il attendit à peine qu'elle coupe le moteur pour sortir de la

Jeep. Il se trouva côté conducteur avant que le moteur ne s'arrête complètement. Il ouvrit la portière et tendit la main pour l'aider à sortir. Elle se figea pendant une seconde puis elle prit sa main en glissant du siège et en sortant de la voiture.

Sans les talons, elle lui arrivait à peine au menton. Et lorsqu'il mit son bras autour de ses épaules, elle s'approcha de lui. Il ne la tint pas serrée, surtout quand il la sentit se raidir. Mais elle ne s'éloigna pas et il considéra cela comme une autre victoire.

Ils atteignirent l'ascenseur sans être vus, ce qui, selon lui, l'aiderait à se sentir à l'aise. Et quand l'ascenseur les amena directement à leur étage, il eut envie de lancer le bras en l'air, poing fermé. Dans la petite cabine, il sentit la chaleur de son corps, incitant son sang à bouillir. Sa poitrine se serra quand il sentit l'odeur de son parfum.

Mon Dieu, s'il ne faisait pas attention, à la seconde où il fermerait la porte, il la ferait reculer contre elle et passerait les mains sur ces seins parfaits. Mais il savait qu'elle s'échapperait comme un lapin effrayé s'il la forçait à aller trop vite.

Parce qu'elle n'était pas un simple coup d'un soir. Pas pour lui.

Tristan n'allait pas pouvoir garder son calme beaucoup plus longtemps. Et surtout, il espérait que Kat voulait de lui autant qu'il voulait d'elle. Sinon, cela allait être un exercice de retenue assez vain.

La pièce se trouvait au bout du couloir selon le panneau en face de l'ascenseur. Il se retourna, en gardant un œil sur Kat pour s'assurer qu'elle ne flippait pas. Il vit plutôt de la détermination. Ce n'était pas exactement ce qu'il avait envie de voir sur le visage d'une femme qu'il voulait mettre dans son lit.

Désir, anticipation. Il se serait contenté d'un simple besoin sexuel. Il ne voulait pas se sentir comme une corvée qu'elle devait accomplir. Ou, pire encore, comme un obstacle à surmonter.

Quand ils arrivèrent à la porte, il avait bien l'intention de la faire entrer et de comprendre ce qui se tramait dans sa tête. Ils la feraient asseoir et parleraient. Adam se rendrait compte de ce que Tristan faisait et le soutiendrait sans manquer une étape.

La porte s'ouvrit à l'instant où ils l'atteignirent. Adam les attendait. Il leur fit signe d'entrer puis adressa un froncement de sourcils à Tristan quand elle fut passée devant. De toute évidence, l'humeur de Kat était facile à déceler.

Tristan secoua la tête presque imperceptiblement puis suivit Kat dans la pièce. Adam ferma la porte derrière eux puis s'appuya contre elle lorsque Kat s'arrêta au milieu de la pièce. Elle se tenait dos à eux et tournait la tête de droite à gauche pour prendre en compte son environnement.

Il voulait seulement la regarder. Il était tenté de passer derrière elle, d'enrouler ses bras autour d'elle et de l'embrasser jusqu'à ce qu'elle se fonde contre lui. Elle se tenait tellement droite et raide qu'elle ressemblait presque à une statue. Jusqu'à ce qu'elle prenne une inspiration audible et que ses épaules se détendent visiblement.

Tristan se laissa alors aller à regarder rapidement la pièce, en essayant de voir ce qu'elle voyait. Adam ayant obtenu une suite, la chambre était cachée derrière une des portes de l'autre côté de la pièce. Une baie vitrée donnait sur le paysage urbain et la rivière. Les meubles étaient modernes, mais pas froids. En fait, ça lui plaisait.

Peut-être que le fait qu'elle ne pouvait pas voir le lit l'aidait à se sentir plus à l'aise. Peut-être que ça lui donnait un peu d'espace pour respirer.

Et peut-être que c'était juste une putain de mauvaise idée.

Adam s'approcha de lui et ils échangèrent un regard rapide.

Merde, qu'est-ce qu'on fait maintenant ? Et si elle s'enfuit si on la touche ?

Ils avaient marché par inadvertance dans un champ de

mines, et il n'avait aucune idée de la façon de s'y diriger. Ils n'avaient jamais eu affaire à une femme qui se posait autant de questions sur le fait d'être avec eux. Les femmes qu'ils avaient déjà mises dans leur lit étaient tout à fait prêtes à accepter ce qu'ils voulaient donner. Ces femmes avaient également été faciles à congédier le lendemain matin, même lorsqu'elles ne voulaient pas partir.

Tristan avait le sentiment qu'il se battrait pour garder Kat au lit parce que c'était elle qui dirait : "Ne m'appelle pas, je t'appellerai".

Bon sang, ce n'était pas du tout comme ça qu'il avait imaginé que cette soirée allait se passer.

Kat se retourna alors et posa furtivement les yeux sur Adam avant de les replonger dans les siens. Et il prit feu presque spontanément. Son regard était empli d'une chaleur non dissimulée, et le désir inonda le corps de Tristan comme une crue soudaine.

Oui, c'était le regard qu'il avait envie de voir. Aucune trace d'hésitation, rien que du désir, et il sentit son sang battre dans ses veines.

Que diable était-il arrivé à ses nerfs ?

Il savait qu'il devait s'en inquiéter, qu'il devait réfléchir plus loin que le bout de son nez. Mais la femme qu'il désirait depuis des années se tenait devant lui, le mettant pratiquement au défi de la toucher. Et il ne pouvait pas supporter de ne pas le faire.

Il s'approcha d'elle en soutenant son regard. Elle cligna des yeux une fois et prit une profonde inspiration, comme si elle allait plonger.

Sans ses talons, elle dut pencher la tête en arrière quand il s'approcha suffisamment pour la toucher. Ses yeux s'élargirent, et Tristan vérifia une dernière fois qu'il ne voyait pas de peur ou d'hésitation dans ses yeux. Quand il fut certain que ce n'était pas le cas, il approcha la bouche et laissa leurs lèvres se sceller.

Putain, oui. Enfin !

Enroulant un bras autour de ses épaules et l'autre autour de sa taille, il l'attira contre lui et l'embrassa. Il se contenta d'une caresse douce et taquine. Il ne voulait pas prendre trop et risquer qu'elle s'enfuie en courant, effrayée.

Mais c'était un enfer de retenir son désir. Alors que ses lèvres effleuraient les siennes, il devait le maintenir en laisse. Le fait qu'elle l'ait simplement laissé l'embrasser embrasa tout son corps du désir qui bouillonnait au creux de son estomac.

Pendant toute la soirée, il avait réussi à empêcher sa bite de se raidir de façon visible par la seule force de sa volonté, mais maintenant il était dur comme de la pierre et son membre pulsait contre la fine laine de son pantalon. Par le seul contact de ses lèvres contre les siennes.

Toujours conscient du fait qu'il pouvait l'effrayer, il ne pressa pas son érection contre elle comme il en mourait d'envie. Au lieu de cela, il déplaça la main sur sa hanche pour la laisser glisser contre le bas de son dos. Sa robe était trompeusement guindée, jusqu'à ce qu'on réalise que le dos était drapé, et cachait une fente qui allait de son cou à sa taille. En glissant sa main entre les bords du tissu, il étouffa un gémissement alors que le bout de ses doigts effleurait sa peau nue.

Putain, c'était si doux.

Il avait hâte de lui enlever cette fichue robe et de voir la chair que lui laissait entrevoir cette fente dans le dos et celle à la cuisse. Il était presque sûr d'avoir vu un soupçon de jarretière là, plus tôt. Lorsque sa peau entra en contact avec la sienne, il sentit qu'elle frissonnait puis se raidissait légèrement contre lui, comme si elle voulait s'écarter.

Il prit un risque calculé et l'embrassa plus fort, en amenant ses lèvres à s'ouvrir pour qu'il puisse glisser sa langue entre elles et enfin la goûter vraiment. Et il dut faire un effort conscient pour ne pas l'attirer contre lui et déchirer la fermeture de sa robe.

Torride.

Il s'attendait presque à ce qu'elle soit un peu froide, mais il commençait à penser que cette posture de déesse de la glace n'était que ça, une posture. Bien sûr, elle continuait à se tenir raide devant lui, mais elle ne le repoussait pas. En fait, elle ouvrit la bouche un peu plus grand pour lui donner un meilleur accès et finalement ses mains se posèrent sur ses épaules. La légère pression de ses doigts le brûla lorsqu'elle le saisit, tandis que le contact presque hésitant de sa langue avec la sienne rendait sa respiration hachée.

Il se recula pendant une brève seconde pour leur permettre à tous deux de reprendre leur souffle, mais il ne voulait pas lui laisser le temps de réfléchir.

Il voulait qu'elle se perde dans ce baiser. Tout comme lui. Leurs lèvres fusionnèrent à nouveau et cette fois, elle ouvrit immédiatement la bouche, prenant l'initiative de glisser sa langue dans la sienne.

Oui. C'est la femme que je veux dans mon lit ce soir.

Là, il fit un pas en avant, réduisant la minuscule distance qu'il avait maintenue entre eux. Il inspira alors que ses seins se blottissaient contre sa poitrine. Kat ne gagnerait aucun concours de t-shirts mouillés et il était plutôt un amateur de seins. Pourtant, il pensait que les siens étaient parfaits. Et quand elle se cambra, il laissa glisser la main qu'il avait gardée sur son épaule jusqu'à ce qu'elle repose sur le renflement de son sein droit.

Cette fois, elle interrompit le baiser, mais ne s'éloigna pas. Elle pencha la tête en prenant une inspiration audible. Et quand elle relâcha son souffle, il le sentit contre sa main. Sa poitrine se souleva et retomba, et il regarda le rythme s'accélérer avec un sentiment d'urgence grandissant. La seule chose qu'il entendait dans la pièce était sa respiration. Il savait comment contrôler la sienne, et il savait qu'Adam le faisait aussi.

Il espérait qu'ils n'auraient plus besoin de le faire pendant longtemps. Il pensait voir son désir commencer à la dépasser. Et quand elle leva la tête pour le regarder, il se retint de sourire.

— As-tu l'intention de faire autre chose que de m'embrasser ? demanda-t-elle.

Il leva une main pour passer ses doigts dans son cou.

— Nous avons l'intention de faire tout ce que tu nous permettras.

Tristan utilisa le pluriel délibérément et regarda son regard se diriger par-dessus son épaule vers Adam qui s'était installé dans un fauteuil près de la porte, mais bien visible. Tristan n'avait pas besoin de regarder, sachant ce que Kat avait vu. Adam était affalé dans le fauteuil, la cravate défaite parce qu'il détestait les porter, la veste jetée quelque part et les manches retroussées.

Kat déglutit avant de porter à nouveau le regard sur Tristan.

— Je n'ai jamais fait ça de ma vie.

Son ton était un peu froid, mais Tristan commençait à se rendre compte qu'elle se servait de ça pour se cacher derrière. À cet instant elle cachait son manque de confiance en elle.

— Tu n'es pas vierge.

Elle leva les sourcils, ce qui le fit sourire légèrement.

— Non. J'espère que ça ne va pas faire retomber le soufflé.

Tristan laissa transparaître son sourire.

— Chérie, rien n'est près de retomber tout de suite.

Ses joues devinrent roses, mais elle soutint son regard.

— Peut-être que tu devrais préciser exactement ce à quoi tu t'attends ce soir ?

Sans blague ? Elle voulait qu'il lui donne l'ordre du jour ?

— Que dirais-tu d'orgasmes multiples ? Peut-être qu'on devrait commencer par là ?

Elle cligna des yeux, le seul indice qu'il ait pu la choquer. Mais peut-être qu'il lisait mal en elle et que c'était juste le désir qui la poussait à faire ça. Elle retint sa respiration, alors il continua.

— On veut te voir jouir. Je veux te voir jouir sous mes doigts au moins une fois. Ensuite, je veux voir Adam te faire jouir avec sa bouche.

Ses lèvres s'ouvrirent, le choc étant évident dans ses grands yeux. Mais le rougissement sur ses joues s'accentua et, combiné à sa respiration rapide, il sut qu'elle n'avait pas peur. Non, chaque mot qu'il prononçait l'excitait un peu plus. Puis il se pencha, les lèvres à quelques millimètres de son oreille.

« Et quand tu seras encore essoufflée et que ta chatte se contractera encore, je vais enfoncer ma bite en toi et te faire encore jouir avant d'exploser. Ensuite, si tu es toujours d'accord, Adam te laissera le chevaucher. »

Elle inspira, et il s'écarta pour voir s'il était allé trop loin.

Le choc était toujours présent dans ses yeux, mais le désir brûlant qu'il avait voulu voir, aussi. Sans cela, il aurait dû la renvoyer chez elle. Et cela lui aurait donné envie de massacrer quelques cloisons. Ou de tabasser quelqu'un, et Adam n'était pas encore prêt pour un round sur le tapis. Pas après leur dernière mission.

Là, il attendit parce que c'était à elle de parler.

Le regard de Kat soutint le sien pendant plusieurs secondes avant de passer par-dessus son épaule en direction d'Adam. Lorsqu'elle se concentra à nouveau sur lui, il réalisa qu'une partie de son choc avait disparu.

Et il commença à sourire.

CHAPITRE QUATRE

Kat regarda Tristan sourire et sentit son cœur battre si fort qu'elle faillit ne pas pouvoir reprendre son souffle.

Elle devrait courir vers la porte. Elle ne comprenait pas pourquoi elle ne le faisait pas. Il lui avait fallu tout son courage pour sortir de la maison de ses parents, monter dans sa voiture avec ces deux hommes et se rendre à cet hôtel.

Mais une partie d'elle-même réalisait que si elle ne le faisait pas maintenant, elle n'aurait plus jamais le courage de faire quelque chose comme ça.

Et elle en avait vraiment marre d'avoir peur. Peur de faire une erreur. Peur de faire quelque chose d'embarrassant. Peur de décevoir son père. Peur que sa mère prononce enfin les mots qui lui feraient perdre son dernier soupçon de retenue. Et que cela ne se termine pas bien. Cette nuit... Cette nuit-là... C'était pour elle.

Elle allait la saisir et profiter de chaque seconde de luxure. Même si c'était l'expérience la plus susceptible de bouleverser sa carrière et sa réputation. Si on apprenait qu'elle était partie avec ces hommes... Si quelqu'un se rendait compte qu'elle avait passé la nuit avec deux hommes dans une chambre d'hôtel... Sa réputation serait anéantie. Sa réputation de princesse des glaces avait été facile à maintenir toutes ces années, car aucun homme n'avait réussi à lui donner envie de sortir de la petite boîte soigneusement scellée, celle qu'elle avait fabriquée pendant des années. Celle qui lui donnait un sentiment de sécurité.

Étonnamment, ces deux hommes la faisaient se sentir en sécurité. Et de savoir qu'ils la désiraient tous les deux... elle aurait voulu faire une danse de la joie. Mais ce serait totalement déplacé et pas du tout son genre. Elle aurait l'air d'une idiote.

Peut-être qu'ils pensent que je suis une fille facile ?

Non. Elle écarta tout de suite cette idée comme une connerie. Ils l'avaient déjà vue se laisser dépasser par une crise de panique. Comment pouvaient-ils penser que quoi que ce soit serait facile avec elle ?

Mais ils étaient toujours là, à la regarder comme s'ils voulaient la dévorer. C'était... incroyable. Comme si tous ses nerfs avaient été électrifiés. L'excitation était palpable, partout entre eux. C'était suffisant pour contenir l'anxiété permanente qui bouillonnait sous sa peau.

Deux hommes.

La seule pensée que ces deux hommes veuillent faire l'amour avec elle l'étourdissait. Et soudain, elle réalisa qu'elle ne savait pas comment continuer.

Tristan attendait qu'elle fasse un geste. Elle n'avait plus qu'à tendre les bras. Ils l'avaient amenée jusque-là. Elle n'avait plus qu'à faire le dernier pas. Elle prit une inspiration et leva la main. Les joues de Tristan étaient couvertes d'une barbe sombre, parfaitement taillée et presque douce au toucher. Leur contact avec la paume de sa main lui donnait des frissons. Elle n'avait jamais été avec un homme qui avait l'air si... viril.

Elle ne lui avait pas menti. Elle n'était pas vierge, mais c'était seulement parce qu'elle était allée à l'université. Elle avait eu deux petits amis réguliers, plus un coup d'un soir qui lui avait laissé un sentiment d'épuisement. Puis, en dernière année de licence, elle avait rencontré Keegan, le meilleur ami de son frère. Elle pensait avoir trouvé l'homme avec qui elle pourrait vivre pour le restant de ses jours. Le calme, sérieux et stable Keegan, qui aurait pu l'aimer pour toujours. Peut-être.

Mais non. Elle savait que leur relation n'aurait jamais duré. Et elle était surtout en colère contre elle-même de ne pas l'avoir réalisé plus tôt. Quand elle et Keegan avaient rompu leurs fiançailles, aucun homme ne l'avait plus intéressée suffisamment pour briser la carapace qu'elle s'était construite. Celle dont elle avait besoin pour se protéger.

Ces deux hommes l'intéressaient. Tristan et Adam avaient l'air durs. Coriaces. Comme si, malgré les costumes qu'ils portaient tous les deux, ils étaient plus à l'aise en jeans. Ou, plus probablement, en treillis. Elle se sentait petite, presque faible, devant Tristan. Mais il ne l'effrayait pas. Il se tenait parfaitement immobile et la laissait passer le bout de ses doigts le long de sa mâchoire. Son regard se fixa sur elle, ses lèvres ne se séparèrent que d'un cheveu lorsqu'elle atteignit sa bouche. Une légère hésitation avant qu'elle ne touche sa lèvre inférieure du bout de son index. Elle était ferme, mais tellement douce. Son souffle se réchauffait au fur et à mesure qu'il expirait. Avant qu'elle ne puisse retirer son doigt, il le lécha.

Ses propres lèvres se séparèrent et elle frissonna. Son corps était envahi par la chaleur, et un désir brûlant s'empara d'elle. Elle voulait céder. Elle voulait, pour ce soir, être une femme qui prend ce qu'elle convoite.

Fixant les yeux sombres de Tristan, elle cherchait un peu de courage. Et le trouva dans la chaleur de son regard. En s'approchant, elle laissa son doigt glisser sur sa lèvre.

Et elle faillit pousser un cri quand il ouvrit assez la bouche pour en saisir le bout entre ses dents. Il la mordit à peine, mais cela suffit pour que son estomac se crispe et que ses cuisses se resserrent. Sans parler de son sexe qui devint humide instantanément, tout comme l'était le bout de son doigt quand il le relâcha, et elle n'avait qu'une idée en tête, l'embrasser à nouveau.

— Allez, Kat.

Sa voix était du genre rauque qui lui faisait penser à des nuits tardives dans des coins sombres de bars obscurs. Quelque part où elle n'était jamais allée. Elle fit le dernier pas pour réduire la distance entre eux, tendit la bouche et pressa ses lèvres sur les siennes.

Oh mon Dieu, c'était une vraie fournaise qui émanait de lui. Elle avait l'impression d'avoir eu froid pendant si longtemps que tout soupçon de chaleur lui faisait perdre le contrôle. Et c'était quelque chose qu'elle n'avait pas fait depuis très longtemps. Jusqu'à ce que ces deux hommes entrent dans sa vie.

Leurs lèvres scellées, elle baissa un peu plus la garde... et sentit Tristan réagir, rapide comme l'éclair. Ses bras se resserrèrent comme de l'acier autour d'elle et elle sut à cet instant qu'il s'était retenu beaucoup plus qu'elle ne l'avait réalisé. Son érection poussait contre son ventre. Sentir sa taille aurait dû la renvoyer au mode panique. Au lieu de cela, elle plaqua ses hanches contre les siennes, dans l'intention de se frotter contre lui pour soulager l'envie qui s'accumulait dans son bas-ventre.

Son clitoris se mit à palpiter et elle crispa les doigts sur ses épaules, tentant de lui arracher sa chemise et d'absorber davantage de sa chaleur. Comme s'il avait lu dans ses pensées, il gémit et inclina la tête sur le côté pour approfondir leur baiser. Sa langue, qui jusqu'à présent ne faisait que flirter avec la sienne, commença à exiger qu'elle lui donne ce qu'il voulait.

C'est ce qu'elle fit. Il la récompensa en glissant ses mains dans le dos de sa robe et en étendant ses doigts sur sa peau nue.

En gémissant dans sa bouche, elle se pressa encore plus contre lui. Ses doigts commencèrent à caresser sa peau. L'un d'eux s'approcha du col de sa robe, qui était la seule chose qui maintenait le corsage en place. L'autre main glissa plus bas, le bout des doigts frôlant le délicat cordon du string qu'elle avait mis pour éviter les marques de culotte.

Tristan s'arrêta net puis s'éloigna. Elle cligna des yeux, n'arrivant pas à déchiffrer son expression. Avait-elle fait quelque chose de mal ?

« Je vais enlever cette robe. »

Elle réalisa qu'il ne lui demandait pas la permission, mais lui laissait un moment pour digérer ce qu'il avait dit. Avant qu'elle ne puisse le faire, ses doigts avaient saisi le fermoir et l'avaient ouvert. Le haut de la robe tomba sur sa taille en faisant à peine un bruit. Elle poussa un petit cri étouffé et ses mains se déplacèrent automatiquement pour se couvrir, mais Tristan les rattrapa avant qu'elle ne puisse le faire.

« Non, Kat. »

Elle sentit une rougeur l'envahir. La gêne ? Ou piquée par le fait qu'on lui ait dit non ? Elle ne savait pas. Quelle que soit l'émotion, elle se transforma vite en chaleur quand Tristan baissa les yeux sur elle. Il serra un peu les doigts sur ses poignets avant de les relâcher. Elle l'entendit respirer plus vite et vit sa poitrine se soulever et retomber plus rapidement.

« Tu es magnifique. »

Elle avait un « non » sur le bout de la langue, mais elle le retint in extremis. Elle savait à quoi elle ressemblait. Maigre, pratiquement plate, pas de hanches. Un vrai bâton, comme sa mère aimait tant dire. Rien qui puisse vraiment inciter un homme à vouloir la déshabiller. Pourtant, cet homme semblait ne pas pouvoir se passer d'elle.

Il faisait semblant, probablement.

Rien que cette pensée lui donna envie de pleurer.

Tristan releva les yeux.

« Tu es parfaite. »

Ses lèvres esquissèrent une grimace alors qu'elle baissait la tête.

— Pas du tout.

— Foutaises. Le fait qu'il nie immédiatement déclencha une lente combustion en elle. Laisse-moi te montrer.

Elle s'immobilisa, attendant qu'il fasse... quelque chose. N'importe quoi. Mais il ne bougea pas.

Perdue, elle leva les yeux... et vit qu'il la fixait d'un air volontairement sombre.

« Dis oui. »

Une requête à laquelle elle voulait céder.

— Oui, dit-elle dans un souffle.

Il tordit la bouche en un sourire satisfait.

— Bonne réponse.

Il enroula un bras autour de sa taille, posa l'autre sur son épaule pour la faire cambrer, se pencha et prit un mamelon dans sa bouche.

Le choc de sa bouche chaude sur sa peau froide la fit haleter. Elle enfonça ses doigts sur ses épaules alors qu'elle perdait ses repères, chaque once de sa concentration focalisée sur la sensation de sa bouche sur son sein. Cela lui semblait... enivrant.

Chaque coup de langue sur le bout de son sein la faisait frémir. Ses muscles se tendirent puis se relâchèrent et elle se sentit étourdie. Tout cela parce qu'il la touchait. Comment avait-il réussi à la faire céder rien qu'avec sa bouche ? Et devait-elle lui permettre de continuer ?

La réponse à cette dernière question fut un retentissant « Seigneur, oui ». Elle en voulait plus. Prisonnière contre lui, elle sentait son érection se presser contre son pubis, provoquant des fourmillements dans son sexe. Sa culotte était déjà mouillée, les bouts de ses seins étaient dressés et... la langue de Tristan...

Oh mon Dieu. Aucun ancien amant n'avait jamais autant

prêté attention à ses seins. Tristan lui donnait envie de céder à tout ce qu'il demandait. Elle ne pourrait pas se supporter si elle faisait ça. Et pourtant là, tout de suite elle n'avait pas envie d'y penser. Elle allait laisser Tristan — et Adam — lui donner une nuit de pur plaisir.

Tristan passa à son autre sein, tétant, mordant, s'attaquant au mamelon avec sa langue.

Le plaisir traversa Kat, échauffant sa peau jusqu'à ce qu'elle ait envie, besoin, d'être nue. Elle avait besoin qu'il soit nu aussi. Une autre première. Il lui fallait généralement plus d'une demi-heure pour être excitée à ce point. Il avait fallu cinq minutes à Tristan pour la rendre folle.

Les alarmes se mirent à sonner dans sa tête, mais elle les ignora. Il y aurait assez de temps pour ça demain. Cette nuit était pour elle. Elle ouvrit les yeux pour regarder Tristan. Sa tête penchée sur elle lui faisait palpiter l'estomac. Relâchant une main sur son épaule, elle laissa ses doigts courir dans ses cheveux foncés et courts. Les mèches semblaient épaisses et un peu raides. Elle voulait frotter son menton contre ses cheveux. Elle voulait qu'il effleure ses seins avec sa barbe. Elle voulait sentir cette barbe contre l'intérieur de ses cuisses.

Elle frissonna et il recula, son mamelon coincé entre les dents. Il ne la libéra qu'à la toute dernière seconde, avant que le plaisir ne devienne douleur. Sans sa bouche, elle ressentait une certaine douleur, pourtant.

Il leva la tête et la regarda fixement.

— Qu'est-ce que tu veux, Kat ? Il faut que tu me parles.

Elle pouvait lui dire ce qu'elle voulait ? Elle n'avait jamais été bavarde au lit, il lui fallait une concentration totale pour tirer un iota de plaisir de cette expérience. Ce qui aurait dû lui faire comprendre quelque chose sur les hommes qu'elle avait eus. Même avec Keegan...

— Je veux que tu sois nu aussi.

Il sourit d'un seul côté seulement.

— Eh bien, alors, je suppose que tu dois m'aider avec ça.

S'assurant qu'elle soit bien stable, il s'écarta un peu. Elle voulait attraper sa chemise et le rapprocher d'elle. Elle se sentait tellement exposée avec sa robe autour de la taille. Mais elle savait qu'il n'allait pas lui faciliter la tâche. Et elle ne voulait pas qu'il le fasse non plus.

Elle leva les mains vers sa chemise et attrapa sa cravate. Il l'avait déjà desserrée, mais elle saisit le nœud et le dénoua en laissant les deux pans de soie de part et d'autre de son cou. C'était la première étape de sa liste de choses à faire.

Kat s'attaqua ensuite aux boutons et fut heureuse de voir ses doigts ne trembler que légèrement. Alors qu'elle libérait les boutons un par un, elle sourit en voyant le coton blanc de son t-shirt apparaître. Elle n'avait aucune idée de la raison pour laquelle la vue de ce coton blanc uni l'excitait plus qu'elle ne l'était déjà.

« Tu ne vas pas plus loin ? » Les mains de Tristan se posèrent sur ses hanches nues, juste au-dessus de la ceinture de sa robe.

Elle se força à lever la tête et à le regarder dans les yeux.

— Non. J'admire juste... ton t-shirt.

Il plissa les yeux, incrédule.

— Et pourquoi tu fais ça ?

— Parce que je pense que, sur un homme comme toi, c'est hyper sexy.

C'était la vérité absolue. S'il la poussait à s'expliquer, elle ne saurait pas quoi lui dire. Apparemment, elle n'avait pas à le faire parce qu'il rit, d'une voix rauque qui lui fit serrer les cuisses.

— Tu peux le laisser si tu veux, chérie, mais j'aimerais vraiment sentir tes seins nus contre ma peau.

Oui, elle voulait ça aussi. Elle desserra rapidement le reste des boutons et dégagea ses épaules de la chemise. Mais il ne bougea pas les bras et la chemise resta collée à ses biceps.

Lorsqu'elle leva les yeux, elle vit le sourire briller dans ses yeux et elle soupira, sachant qu'il voulait qu'elle lui dise ce qu'elle voulait.

Croisant les bras sur sa poitrine, elle essaya d'ignorer le fait qu'elle était nue à partir de la taille.

— Baisse les bras pour que je puisse enlever ton t-shirt.

Il lâcha sa taille.

— Tu vois, ce n'était pas si difficile, n'est-ce pas ?

S'il avait la moindre idée...

— Ta chemise n'est toujours pas enlevée.

— Vas-y. Je t'attends.

Ça lui prit une seconde pour bouger les bras. Elle serait à nouveau exposée. Vulnérable.

Mais Tristan ne la mettait pas mal à l'aise. C'était son propre manque de confiance en elle. Et elle comptait bien ne pas le laisser prendre le dessus ce soir.

Elle s'empara de la chemise et l'air fit à nouveau se dresser les bouts de ses seins. Tristan baissa les yeux sur eux et cette fois, il lui fut plus facile de réprimer l'envie de se couvrir. Elle fit glisser la chemise le long de ses bras et la laissa tomber au sol.

Mon Dieu, il était ridiculement sexy. Ses avant-bras désormais dénudés étaient légèrement recouverts de poils foncés. Elle leva une main pour faire courir ses doigts sur sa peau. Elle eut l'envie irrésistible d'arracher le t-shirt pour pouvoir passer ses mains sur le reste de son corps. Et pourquoi ne le ferait-elle pas ? Il lui avait pratiquement donné carte blanche.

Et si, d'un index taquin, elle faisait signe à Adam de s'approcher, il la laisserait lui faire la même chose. C'était une sensation grisante de savoir que ces deux hommes la désiraient. Elle savait aussi que c'était seulement pour ce soir.

Elle attrapa le t-shirt de Tristan et le fit sortir de sa ceinture.

Elle voulait glisser ses mains sous le tissu et les poser sur sa peau, mais elle se força à ralentir. D'abord, elle savourait, ce qu'elle n'avait pas pu faire souvent. Ensuite, elle se gaverait.

— Penche-toi en avant. Je veux enlever ce t-shirt.

Elle prit un ton un peu plus autoritaire que celui qu'elle avait l'habitude d'avoir. Tristan dut l'entendre parce que les coins de sa bouche se soulevèrent à nouveau. Si jamais il lui souriait franchement, elle risquait d'être dans le pétrin.

— Tout ce que tu veux.

Avant de perdre son sang-froid, elle remonta le t-shirt le long de son torse et lui passa par-dessus la tête. Quand il se redressa, elle retint sa respiration.

Oh mon Dieu. Il est magnifique.

Elle tendit les mains vers ses larges épaules. Sa peau dégageait de la chaleur, ce qui lui donna envie de presser tout son corps contre lui. Sa robe qui pendait sur ses hanches ressemblait plus à une barrière qu'à un bouclier désormais. Il lui suffisait de descendre la fermeture Éclair pour s'en débarrasser. Mais pour ce faire, elle devait le lâcher. La robe pouvait attendre.

Elle fit glisser ses mains de ses épaules à ses biceps, le jeu des muscles sous la peau attira son regard, qui se déplaça rapidement vers ses pectoraux. Tristan devait s'entraîner quotidiennement, car le gars n'avait pas une once de graisse. Rien que des muscles fins et bien dessinés. Aucun bourrelets. Juste magnifique.

Elle entendit sa propre respiration, sut qu'ils devaient se rendre compte à quel point elle était excitée. Pourtant, Adam restait sur le fauteuil et Tristan se tenait fermement devant elle, sa poitrine se soulevant et s'abaissant à un rythme régulier. Que faudrait-il encore pour qu'ils perdent le contrôle ?

Peut-être plus qu'elle ne pouvait offrir ? Peut-être qu'elle ne les inspirait tout simplement pas assez pour...

Elle leva précipitamment les mains, mais Tristan lui prit les poignets et posa ses mains sur ses pectoraux. Maintenant, elle ressentait le rythme rapide de son cœur. Et lorsqu'elle le regarda dans les yeux, elle put constater qu'il n'était pas aussi calme qu'il y paraissait.

« Ne songe même pas à t'arrêter maintenant. »

Sa voix était grave, presque menaçante. Étonnamment, elle ne ressentait aucune peur. Seule la chaleur s'intensifiait entre ses cuisses. Non, elle ne voulait pas s'arrêter.

En passant le bout de ses doigts sur ses mamelons, elle les sentit se raidir, et les siens firent de même. Elle voulait qu'il remette la bouche sur elle, mais elle voulait aussi le goûter. Se penchant vers l'avant jusqu'à ce que ses lèvres ne soient plus qu'à quelques centimètres de sa peau, elle souffla contre le pelage léger de poils foncés sur sa poitrine. Elle en aimait la sensation, plus douce que ce à quoi elle s'attendait. Puis elle passa la langue contre l'un de ses mamelons et entendit l'air siffler entre ses lèvres alors qu'il enfonçait une main dans ses cheveux et l'attirait plus près.

Elle pressa les mains contre ses abdominaux, suça et joua avec ses tétons comme il l'avait fait avec les siens. Elle n'avait jamais voulu goûter à la poitrine d'un homme auparavant, mais apparemment, cette soirée allait être pleine de premières. Légèrement salé. Chaud. Délicieux.

Elle se demandait quel goût aurait sa bite. En fait, vouloir savoir était une autre première. Ses mains tremblèrent rien qu'en y pensant. Voudrait-il qu'elle le fasse ?

Bien sûr qu'il le voudrait. C'était un homme.

Elle réalisa que ses mains étaient arrivées toutes seules à sa ceinture et qu'elle essayait de desserrer la boucle, mais elle n'y arrivait pas bien. En s'éloignant, elle baissa les yeux pour voir quel était le problème, mais elle fut distraite par la bosse que formait son érection à travers son pantalon. Ses mains suivirent son regard vers le bas et elle enserra sa queue à travers le tissu du pantalon.

— Bon sang, Kat. Je vais jouir tout de suite si tu continues comme ça.

Il avait l'air très sérieux, même si elle ne faisait rien de plus que le caresser. L'excitait-elle à ce point ? Elle leva les yeux et vit la sincérité flagrante dans ses mâchoires crispées. Elle sourit, aimant le fait qu'elle le pousse à bout.

— Défais ton pantalon s'il te plaît.

— Dès que tu auras enlevé ta robe. Donnons à Adam un peu plus à regarder. Il est du genre visuel, comme gars.

Elle tourna la tête vers Adam – qui, la braguette ouverte et la main autour de sa bite, se caressait lentement. Elle marqua une pause. Cela aurait dû lui sembler vulgaire. Au moins, ça aurait dû la choquer. Au lieu de cela, cela l'excitait encore davantage.

Il lui sembla soudain manquer d'air, puis elle poussa un petit cri quand Tristan la retourna face à Adam, en restant collé derrière elle. Elle ne pouvait pas détourner le regard, ne *voulait* pas le faire.

Derrière elle, elle sentait les mains de Tristan s'attaquer à sa robe. Elle tomba à ses pieds dans un léger bruissement. Elle se tenait devant eux sans rien d'autre qu'un string à peine visible, des bas en dentelle et un porte-jarretelles.

Et elle se sentit comme la femme la plus sexy du monde.

Le regard d'Adam était brûlant alors qu'il allait de ses seins nus vers son ventre et plus bas.

— Enlève le string. Laisse le reste, dit-il à Tristan, sans sourire.

Elle inspira rapidement en entendant son ordre glacé, un contraste direct avec son regard brûlant. Derrière elle, elle sentit Tristan se rapprocher, la chaleur de son corps s'intensifier. Elle retint sa respiration alors qu'elle attendait qu'il se conforme à la demande d'Adam.

Pourquoi ne flippait-elle pas ? Elle aurait dû. Elle aurait dû être en train de courir, effrayée ou, au moins, essayer de couvrir sa nudité. Pourquoi se sentait-elle en sécurité ici, avec ces deux hommes ?

Kat fixait Adam des yeux. Elle put à peine les garder ouverts quand Tristan passa les pouces sur les côtés du string et le tira vers le bas. Adam continua à la fixer pendant de longues secondes après qu'elle ait senti l'air frôler son pubis nu. Elle avait l'envie presque irrésistible de se couvrir, mais elle serra les poings sur les côtés pour résister.

Adam esquissa un sourire, comme s'il savait combien il lui était difficile de résister à son besoin instinctif de se couvrir. Il baissa finalement les yeux sur son sexe en continuant à se caresser.

Tristan choisit ce moment pour glisser ses bras autour de sa taille et l'attirer contre lui. Sans ses talons, le haut de sa tête arrivait à peine à son menton. Il lui semblait assez grand pour pouvoir la recouvrir entièrement de son corps.

Elle réalisa qu'il était nu. Sa queue était nichée contre le bas de son dos, ses cuisses plaquées contre ses fesses. Elle eut la brève sensation d'être trompée, incapable de le voir. Puis ses mains s'aplatirent sur son ventre avant d'en glisser une vers sa poitrine tandis qu'il faisait glisser l'autre vers le bas.

Kat se raidit, mais pas à cause de l'embarras. Elle se figea parce qu'elle ne voulait pas qu'il s'arrête. La main sur son sein s'empara du petit monticule, tira sur le mamelon et envoya des éclairs de sensations presque douloureuses vers sa chatte, qu'il n'avait toujours pas touchée... Ses doigts s'étaient arrêtés sur son pubis, proches de son clitoris, mais toujours pas assez.

— Mets tes bras autour de mon cou, ma chérie.

Elle obéit sans réfléchir, ne réalisant qu'après avoir levé les bras pour obéir qu'elle était complètement vulnérable. Elle trembla, voulant les baisser, mais Tristan se pencha et pressa ses lèvres contre son cou. Ses yeux se fermèrent, alors que la plus incroyable des envies s'emparait d'elle. Il lui donnait l'impression d'être désirée. Pas convoitée comme un prix, mais vraiment voulue. La vraie elle.

Ce qui était complètement ridicule, car il ne la connaissait pas. Pas vraiment. Pas...

« Respire, ma chérie. » Le souffle de Tristan fut comme une plume sur son cou puis il déposa un autre baiser dans son cou, la faisant frissonner. Nous ne te ferons pas de mal. »

Le ton rude de sa voix la caressa presque physiquement.

— Alors, allez plus vite.

— Oh, mais on va le faire. Quand je te baiserai par-derrière pour que tu puisses sucer Adam, là j'irai vite et fort. Mais pas encore.

Elle dut retenir un gémissement alors que son regard se posait à nouveau sur Adam. Ses traits se crispèrent un peu quand il relâcha sa bite. Elle pensa qu'il pourrait les rejoindre maintenant, et la panique s'empara d'elle. Comme il ne faisait pas un geste pour se lever, l'anxiété disparut sous la sensation de la main de Tristan qui descendait de son pubis jusqu'à son clitoris.

Déjà trop sensible à cause de l'excitation, le petit bouton se dilata lorsqu'il le prit entre son index et son majeur et le pinça. Elle dut se mordre la lèvre pour ne pas gémir lorsque Tristan commença à manipuler son clito jusqu'à ce qu'il fasse deux fois sa taille et qu'elle soit sur le point d'atteindre l'orgasme.

En relâchant son sein, Tristan déplaça son bras pour la tenir de manière à ce qu'elle ne puisse pas bouger les hanches. Et bon sang elle en mourrait d'envie. Elle voulait onduler contre lui, le faire aller plus vite, plus fort. Qu'il lui donne ce dont elle avait besoin au lieu de ce qu'il voulait lui donner.

Apparemment, il voulait la rendre folle. Et il s'y prenait sacrément bien. Elle se sentait coupée de la réalité, son seul lien : les mains de Tristan sur son corps et le regard d'Adam sur les mains de Tristan qui jouaient avec elle.

Adam ne se caressait plus, mais sa queue était toujours à la vue de tous. Ses mains se déplacèrent vers sa chemise, dont il défit les boutons. Sa cravate avait déjà disparu et, après avoir défait le dernier bouton, il se pencha en avant et ôta sa chemise. Il portait également un t-shirt, qui suivit rapidement la chemise et la cravate sur le sol.

Les mains de Tristan s'activèrent, lui faisant perdre la tête, la poussant plus près de l'orgasme à chaque caresse, sans jamais la faire basculer. Mais le simple fait de regarder Adam lui faisait déjà contracter la chatte.

Il avait le corps puissant et sculpté d'un homme qui utilise ses muscles tous les jours et pas seulement dans une salle de sport. Tristan ressemblait à un athlète élégant, mais Adam avait l'air d'un guerrier. Même dans la brume du plaisir, elle comprit à quel point cet homme pouvait être dangereux pour son ennemi.

Et à quel point il était époustouflant à ses yeux.

Le haut du corps de Tristan avait très peu de marques ou d'imperfections, mais Adam avait plusieurs cicatrices visibles. Certaines étaient si anciennes qu'elles n'étaient que de simples lignes blanches. D'autres... Eh bien, celles-là lui donnaient envie de les embrasser... Haletante, elle serra les cuisses autour de la main de Tristan, qui avait glissé en arrière pour caresser l'entrée de son sexe. Elle n'en pouvait plus d'attendre qu'il glisse les doigts entre ses plis et la baise avec, pour soulager un peu la tension qui la tenaillait.

Elle n'avait pas l'habitude d'attendre la satisfaction, principalement parce qu'elle n'avait jamais eu à attendre que quelqu'un d'autre la lui donne. Elle avait elle-même pris soin de ses pulsions sexuelles pendant des années avec des *sex-toys*, qui faisaient exactement ce qu'elle voulait qu'ils fassent, quand elle voulait qu'ils le fassent.

Tristan avait son propre agenda, son propre emploi du temps. Quant à Adam...

Il se leva de sa chaise, le pantalon lâche à la taille, sa bite était si dure qu'elle était recourbée vers le haut.

— Je pense qu'il est temps de passer à l'horizontale.

La voix d'Adam semblait plus rude, plus grave qu'auparavant. Combinée au mouvement de la main de Tristan, elle fit contracter sa chatte, si proche de l'orgasme qu'elle voulait mettre ses mains entre ses cuisses et en finir elle-même. Avant qu'elle ne puisse bouger, Tristan la souleva dans ses bras et commença à marcher. Elle eut à peine le temps de respirer qu'il lui avait fait passer une des portes de la pièce.

Elle ne pouvait rien distinguer dans l'obscurité, mais Tristan semblait bien voir. Il fit quelques pas et s'arrêta puis la déposa sur un matelas ferme recouvert de draps en coton doux. En clignant des yeux, elle fit le point et vit Tristan sur le côté du lit et Adam au pied de celui-ci.

À genoux, elle s'approcha de Tristan, lui saisit les épaules et l'attira vers elle jusqu'à ce qu'elle puisse l'embrasser. Le lit était plus haut que la moyenne, et cela lui permettait d'atteindre sa bouche sans se fatiguer. Parfait. Il l'embrassa avec autant d'empressement qu'elle.

Se rapprochant du bord, elle enveloppa ses bras autour de son cou et pressa son corps nu contre le sien. La chaleur irradiait de lui et elle l'absorba jusqu'à ce qu'elle n'ait plus du tout froid. Elle pensait que ce serait bien de prendre son temps et de faire courir ses mains sur Tristan, mais le besoin entre ses jambes exigeait qu'il se couche sur elle et la pilonne pour enfin libérer cette tension.

Tristan avait une autre idée. Elle gémit lorsqu'il s'écarta, lui donnant un aperçu de son sourire asymétrique.

— Allonge-toi, ma belle. Il s'éloigna du lit, hors de portée. Je te promets que tu auras très vite ce dont tu as besoin.

Elle ne croyait pas vraiment aux promesses. On arrivait toujours à les rompre. Elle espérait que Tristan ne le ferait pas. Et Adam...

Son regard se tourna à nouveau vers lui, mais il avait disparu. Pendant une brève seconde, elle pensa qu'il était peut-être parti, et un vide indescriptible s'ouvrit devant elle. Puis elle réalisa qu'il s'était affalé dans le fauteuil près de la fenêtre, d'où il pouvait les regarder.

Quand en aura-t-il assez de regarder et nous rejoindra-t-il ?

Et s'il ne voulait pas vraiment les rejoindre et qu'il était là uniquement parce que Tristan le souhaitait ? La panique se mêla à ses autres émotions, et elle dut consciemment la repousser. Ce n'était pas difficile à faire, car elle voulait ce qu'ils pouvaient lui offrir avec une avidité qu'elle n'avait jamais connue auparavant.

Adam la fixa les paupières presque closes, et elle eut une brève seconde pour se demander ce qu'elle pourrait faire pour l'attirer sur le lit avant de sentir les mains de Tristan sur ses jambes. Il fit glisser ses paumes à l'arrière de ses mollets, et elle se retourna pour le regarder au moment où il baissait la tête.

Oh mon Dieu.

Ses mains glissèrent sous son cul, l'inclinant de manière à ce que sa bouche puisse se poser sur sa chatte. Elle poussa un petit cri et enfonça les mains dans ses cheveux en fermant les yeux. Son cerveau patina alors qu'elle essayait de digérer tout ce qu'elle ressentait et échouait lamentablement.

Elle se laissa donc aller. La bouche et la langue de Tristan s'unirent pour la mettre dans un état d'excitation insensé. Ses muscles se contractèrent alors qu'il l'amenait vers l'orgasme. Sa langue glissa entre ses lèvres, séparant les plis gonflés pour taquiner sa chatte qui se crispait. Juste au moment où elle pensait qu'il allait la soulager, il s'attaqua à son clitoris. Les battements frénétiques de son cœur battaient dans ses oreilles, noyant le son de ses propres gémissements.

— Tristan. S'il te plaît.

Elle savait exactement ce qu'elle demandait et lui aussi. Mais il n'allait pas encore lui donner. Au lieu de cela, il suça son clitoris jusqu'à ce que le petit bouton soit trop stimulé et sur le point d'exploser sous le plaisir. Puis il retourna à ses lèvres, tira la langue et l'enfonça en elle.

Quand une autre paire de mains saisit ses bras et les tira au-dessus de sa tête, elle poussa un cri et se mit à trembler de façon incontrôlable.

Adam.

Elle ne l'avait pas entendu bouger, n'avait pas oublié qu'il était là, mais il ne l'avait pas touchée et elle n'était pas sûre qu'il le ferait. Maintenant, cette paire de mains supplémentaire sur son corps - ce sens de l'interdit qu'un deuxième homme ajoutait au mélange - fit basculer son corps et son esprit dans un plaisir intense.

Tristan lui maintenait les hanches pendant que sa chatte convulsait dans un orgasme qu'elle sentit descendre jusqu'aux orteils. Il continua à la lécher pendant qu'elle jouissait, et lors-qu'elle ouvrit la bouche et prit une profonde inspiration, les lèvres d'Adam se scellèrent sur les siennes.

Son baiser n'avait rien à voir avec ceux de Tristan. Il ne lui laissa pas le temps de s'adapter à lui avant qu'il ne prenne ce qu'il voulait. Il fit tout de suite grimper la température à un autre niveau.

Maintenue immobile des tous les côtés, elle ne pouvait pas bouger. Et pourtant, elle ne paniquait pas. Elle ne ressentait rien d'autre qu'un désir intense et grisant, et la certitude innée qu'ils ne lui feraient pas de mal. Les lèvres dures d'Adam écar-tèrent les siennes, sa langue s'enfonça dans sa bouche pour se mêler à la sienne. Il lui demandait de lui rendre son baiser plutôt que de se laisser embrasser.

Elle ouvrit plus grand la bouche et glissa sa langue contre la sienne. Le fait qu'elle n'ait jamais réagi avec personne comme elle le faisait avec ces deux hommes aurait dû la faire réfléchir. Au contraire, cela la poussait à libérer ses peurs et ses doutes et à répondre tout simplement. Lorsqu'elle tourna la tête pour avoir un meilleur angle, Adam poussa un juron et la changea de position. En quelques mouvements rapides, il l'avait mise sur le dos, la tête sur les oreillers. Dans la seconde qui suivit, il l'embrassait à nouveau, en étendant son corps nu sur elle. Sous son poids, elle s'enfonça dans le matelas et sembla suffoquer ce qui fit se reculer Adam. Avant qu'il ne puisse le faire, elle avait enroulé ses bras autour de ses épaules et s'était accrochée à lui, l'embrassant plus profondément.

Adam reprit immédiatement le dessus, enfonçant ses mains dans ses cheveux pour incliner sa tête comme il le voulait. Il l'embrassa fougueusement, ce qui lui procura des fourmillements presque douloureux dans le bas ventre.

Pressée contre lui, elle sentit la poussée de son érection contre sa cuisse. Elle essaya de se déplacer sous lui, de l'amener là où elle avait besoin de lui, mais il la maintint immobile. Trop stimulée et frustrée, elle interrompit le baiser... mais seulement parce qu'il la laissa faire. Elle s'en rendit compte en enroulant ses mains autour de son cou et en sentant la force qui s'y trouvait comme maintenue en laisse.

— Je ne veux plus attendre. Maintenant !

L'expression d'Adam vacilla à peine, comme s'il n'était pas affecté par ce qu'elle disait, même si elle sentait la preuve de son désir contre son corps. L'idée qu'il n'était là que pour le sexe lui traversa l'esprit et une pensée rationnelle s'installa pendant quelques brèves secondes.

Le sexe, c'est ça après tout.

Dans la seconde qui suivit, Adam les fit rouler sur le côté, exposant son dos à Tristan qui appuya sa poitrine contre elle. Les yeux fermés, Adam s'écarta légèrement et les bras de Tristan s'enroulèrent autour d'elle. Il prit ses seins dans ses paumes et posa les lèvres dans le creux entre son cou et son épaule, là où sa peau était le plus sensible.

Gémissant, alors que son corps réagissait au toucher de Tristan comme si elle avait touché un fil sous tension, elle laissa sa tête retomber contre son épaule.

— Es-tu prête, Kat ? Tu veux que je te prenne tout de suite ?

— Oui. Maintenant.

— Bientôt. Je vais te prendre par-derrière. Tout simplement. Et tu vas sucer Adam pendant que je le fais.

L'inquiétude s'installa et elle eut du mal à respirer.

Elle n'avait sucé quelqu'un que deux fois et n'en avait vraiment apprécié aucune. Et si elle n'était pas douée pour ça ? Et si...

Elle ouvrit les yeux pour chercher Adam. Il s'était écarté, juste assez pour qu'elle puisse voir son visage plus distinctement. C'était dur de savoir ce qu'il pensait, mais alors que Tristan commençait à poser des baisers de son épaule jusqu'à son cou, Adam s'approcha pour passer un doigt sur ses lèvres. Ce geste simple combiné à son regard fixe la rassura d'une manière incompréhensible. Elle pouvait le faire. Elle le voulait, elle ne voulait pas être simplement celle qui recevait. Elle voulait aussi donner.

Tendant la main vers Adam, elle la posa sur son torse, sentant son cœur battre fort sous la peau. Une peau qui avait toutes ces cicatrices. Une sur son pec gauche ressemblait à une brûlure. Une autre plus bas sur son torse ressemblait à une perforation. Plusieurs autres semblaient être le résultat de points de suture.

Cet homme semblait avoir fait la guerre, ce qui était vrai.

Tout comme Tristan. Tristan avait-il des cicatrices similaires qu'elle n'avait pas remarquées ? Et pourquoi cela avait-il de l'importance maintenant ?

Soutenant le regard d'Adam alors que Tristan continuait à la serrer contre lui, en picorant la peau derrière son oreille, elle glissa sa main le long du torse d'Adam jusqu'à ce qu'elle atteigne la ligne de poils qui allait du nombril à l'aine. Avec son ongle, elle caressa la peau d'Adam et regarda son impressionnante érection se contracter au fur et à mesure qu'elle s'approchait de la racine de sa queue.

— Enroule tes doigts autour, Kat. Vas-y. Serre bien fort, dit Tristan.

Il se déplaça derrière elle, sa queue s'insérant entre ses cuisses, le bout frottant contre son cul. Se tortillant contre lui, elle fit ce que Tristan lui avait dit de faire et enroula sa main autour de la grosse queue d'Adam. Elle regarda son visage lorsqu'elle commença à le caresser et elle vit comme ses yeux se plissaient et comme il serrait les lèvres. Sa bite gonfla encore dans sa main.

Elle eut plus de mal à respirer lorsqu'elle laissa son regard tomber sur sa main en train de caresser Adam. Ses yeux s'étaient adaptés à la faible lumière et elle vit le gland de son membre épais rougir. Sa chaleur irradiait dans sa main et elle avait envie de savoir quel goût il avait. Il fallait qu'elle le sache.

Elle se déplaça un peu et Adam aussi, comme s'il savait ce qu'elle allait faire. Peut-être que oui ? Peut-être qu'il avait pu lire son intention ? Elle se pencha vers lui alors qu'il se tournait vers elle et elle le prit dans sa bouche en retenant son souffle. Son goût atteignit immédiatement sa langue lorsqu'elle suça le bout de sa queue et commença à le lécher.

C'est tellement masculin. Tellement sexy.

— Maintenant, je vais te baiser, Kat, dit Tristan, comme tu le voulais.

Adam prit sa tête entre ses paumes pendant que Tristan posait ses mains sur ses hanches, la mettant en position. Son attention était partagée entre le plaisir qu'elle donnait à Adam et la bite de Tristan qui était plaquée contre son sexe. Elle stoppa toute pensée rationnelle.

Les mains sur les hanches d'Adam, elle creusa les joues alors qu'elle suçait Adam plus activement et elle gémit lorsque Tristan la pénétra lentement. Tristan se fraya un chemin en elle, centimètre par centimètre, jusqu'à ce qu'il la remplisse complètement. Sa bite donnait la sensation d'être énorme et l'étirait au maximum. Elle voulait exciter Adam autant qu'elle l'était.

Tristan commença alors à la baiser, à un rythme lent et régulier qui la fit flotter, comme nageant dans la félicité. Et la façon dont les doigts d'Adam s'agrippaient à sa tête chaque fois qu'elle le suçait plus fort lui faisait comprendre qu'il aimait ça. Qu'il prenait du plaisir avec elle.

Derrière elle, Tristan commença à accélérer le rythme. Une de ses mains glissa le long de son ventre pour écarter sa cuisse contre la sienne et jouer avec son clitoris. Déjà trop stimulée, elle frissonna et plaqua les hanches contre celles de Tristan, l'accompagnant dans ses mouvements.

Tristan grogna, ses doigts jouant habilement sur son clitoris. Son rythme devint un peu plus irrégulier, un peu plus rapide, un peu plus brutal.

Elle se sentait tendue, dans l'attente...

Adam frissonna, sa bite gonfla dans sa bouche.

— Kat.

Elle entendit comme un avertissement dans la voix d'Adam, mais ne s'en soucia pas. Elle se retira jusqu'au bout puis laissa libre le bout de sa queue en levant le regard sur lui. Ses yeux n'étaient plus que des fentes, il se léchait les lèvres d'une manière lubrique en ondulant des hanches. Sa tête plongea et elle l'aspira à nouveau, pratiquement jusqu'au fond de sa gorge, et là, il la lâcha, pour empoigner les draps.

Pour le faire jouir, elle joua de sa langue sur toute sa longueur, son rythme se synchronisant avec celui de Tristan. Adam explosa le premier. Un gémissement rauque signala son orgasme imminent, juste avant que sa bite ne déverse sa semence sur la langue de Kat. Le goût, la sensation, les sons, les doigts de Tristan sur son clitoris... tout cela lui procurait un plaisir exquis, jusqu'à ce qu'elle ne puisse plus se retenir, et elle jouit en gémissant longuement tandis qu'Adam continuait à se tortiller contre sa langue.

— C'est bien, mon amour. C'est bon. Tellement bon...

Tristan donna un dernier coup de reins contre son cul, puis cessa de bouger, sauf sa queue qui pulsait en elle alors qu'elle laissait enfin Adam glisser de sa bouche et appuyait sa tête contre sa cuisse.

Elle ferma les yeux et se laissa dériver, la respiration lourde de Tristan dans son oreille et la cuisse chaude d'Adam contre sa joue.

***

Tristan facilita son départ le lendemain matin. Adam avait quitté la pièce peu après qu'elle se soit endormie. Adam ne dormait pas beaucoup, même les bonnes nuits. Il n'était donc pas rare qu'il soit debout à toute heure.

Son absence donna à Kat la possibilité de se glisser hors du lit en pensant qu'elle ne dérangerait personne. Croyant qu'ils ne l'entendraient pas ou ne la remarqueraient pas.

Tristan continuait à faire semblant de dormir alors qu'elle ouvrait silencieusement la porte du salon, récupérait ses vêtements, qu'Adam avait dû étendre sur le canapé, puis s'habillait en vitesse. Par la porte qu'elle avait laissée ouverte, il la vit prendre son sac à main et ses clés sur la table basse devant le canapé et se diriger vers l'entrée.

Où elle s'arrêta. Elle avait la main sur la poignée et, même à cette distance, il pouvait la voir trembler.

Puis elle se retourna pour regarder la pièce. Son regard se porta sur la chambre, où il faisait semblant de dormir, puis sur l'autre porte, où Adam était probablement assis devant la télévision, en train d'épier chacun de ses mouvements.

Elle enleva sa main du loquet et serra le poing. Et pendant une brève seconde, il crut qu'elle allait revenir. Il *voulait* qu'elle revienne, il voulait qu'elle *choisisse* de rester. Au lieu de cela, elle ouvrit la porte et se glissa dehors, sans faire de bruit.

À la seconde où la porte se referma, Adam sortit de l'autre chambre et s'appuya contre le chambranle, les mains dans les poches, torse nu et les cheveux encore ébouriffés à force de les avoir triturés pendant des heures. Il regardait Tristan, les sourcils en l'air. Celui-ci s'assit dans le lit. Il savait exactement ce qu'Adam pensait et il lui délivra la réponse qu'il savait qu'Adam allait détester.

— C'est maintenant que ça commence.

CHAPITRE CINQ

— Tu vas faire quoi ?!

Kat observa son père cligner des yeux plusieurs fois pendant que son cerveau analytique essayait de comprendre la bombe qu'elle venait de lui lancer.

— Je déménage à Philadelphie pour être plus proche d'Erik puisque je m'occupe du compte de TinMan. C'est plus pratique pour moi d'être là-bas. De plus, j'ai l'intention de m'occuper d'affaires plus... variées que celles que je traite ici.

Son père secouait la tête, comme s'il essayait de donner un sens à ses paroles. On aurait dit qu'elle l'avait frappé à l'arrière de la tête avec une batte. Confus. Étourdi. Totalement pris au dépourvu.

— Kat... Je ne suis pas sûr de savoir quoi dire. Cela semble terriblement soudain.

Au lieu de se précipiter sur une explication, elle resta silencieuse et attendit que son père passe l'information au crible. Ils partageaient beaucoup de traits communs.

Après quelques secondes de silence, il finit par dire :

— Tu es sûre ?

Bien sûr que non. Mais il était temps.

— Oui.

Son père soupira, un sourire ironique aux lèvres.

— Je n'avais aucune idée que c'était devenu si désagréable pour toi, mon cœur. Je sais que tu n'as pas été heureuse ici, mais je pensais... Oh bon sang, je n'avais aucune idée de ce que je pensais. Mais tu es sûre que c'est vraiment bien pour toi ?

— Oui, j'en suis sûre. Elle eut l'envie enfantine de croiser les doigts. Il est temps pour moi de passer à autre chose, papa.

— Eh bien, dans ce cas...

La porte du bureau de son père s'ouvrit à la volée, et Kat se retourna pour voir sa mère entrer dans la pièce, ce qui provoqua un regain de tension chez elle.

— Ne dis plus un mot, Arthur. Elle n'ira nulle part !

La fureur et l'indignation lui firent mal au ventre. Elle aurait dû savoir que sa mère les écouterait. Elle croyait sincèrement qu'Angelica avait mis la maison sur écoute. Rien de ce qu'elle faisait ne pouvait surprendre Kat. Mais rien de ce qu'elle dirait ne la ferait changer d'avis.

— Si, maman. Je déménage à Philadelphie.

Kat avait passé la plupart de ses vingt-cinq ans à s'assurer qu'elle ne tournerait jamais le dos à sa mère. Le faire maintenant était l'une des choses les plus difficiles qu'elle ait jamais faites. Elle regarda son père avec un sourire désolé.

« J'ai déjà un agent immobilier sur place qui cherche des endroits, et je vais descendre les voir ce week-end. »

— Tu ne feras rien du tout. La voix de sa mère commençait à perdre un peu de ce vernis légendaire, sa fureur commençant à se manifester. Tu as des obligations à remplir ici.

L'envie de courir vers la chambre de son enfance au troisième étage et de se cacher derrière le fauteuil dans le coin, comme elle le faisait quand elle était enfant, devint très urgente. Sa mère avait gardé cette chambre exactement comme Kat l'avait laissée. La chambre d'Erik était toujours la même.

Presque comme si sa mère s'attendait à ce qu'ils reviennent un jour. C'était assez effrayant.

Dénichant tout le courage qu'elle pouvait trouver, elle ignora délibérément sa mère et continua à parler à son père.

— Erik et moi avons déjà discuté de ça et je sais...

— Arthur, comment peux-tu...

— ... exactement ce que je suis en train de faire. Je vais...

— ... lui permettre d'ignorer tout ce que nous lui avons donné...

— ... me donner le temps de me mettre au courant sur TinMan et ensuite j'étends mes activités.

— ... et te laisser dans l'embarras comme ça ? C'est absurde.

Son père ne lâcha jamais les yeux de Kat, et n'eut pas un seul regard pour sa femme. Au lieu de cela, il sourit et fit un signe de tête à Kat en se levant de sa chaise et en s'approchant du bureau pour lui faire un câlin.

— Tu vas me manquer, ma chérie. J'espère qu'Erik sait qu'il va te payer très cher pour ton expertise.

— Arthur ! hurla sa mère. Le bruit des ongles sur un tableau noir. Tu es sérieux ? C'est complètement inacceptable.

Avec un sourire rapide pour son père, Kat prit une grande inspiration et se tourna vers sa mère. Angelica lui bloqua la voie, livide.

À peine quelques mois auparavant, Kate aurait cédé aux exigences de sa mère, ne voulant pas faire de vagues. Elle ne pouvait satisfaire sa mère qu'en faisant exactement ce qu'elle voulait. Et même dans ce cas, elle faisait toujours mal. Et pour des raisons qu'elle n'avait jamais pu comprendre, son père, l'homme le plus fort qu'elle ait connu, avait choisi la voie de la moindre résistance avec sa femme.

Kat ne pouvait pas vraiment le blâmer. Angelica aurait pu être une sérieuse compétitrice pour la belle-mère de Cendrillon. Mais Kat avait appris plusieurs choses au fil des ans en regardant ses parents interagir. Son père écoutait les diatribes de sa mère, la laissait s'énerver toute seule, puis lui disait ce qu'il allait faire et continuait son petit bonhomme de chemin.

— J'ai déjà parlé à Frank, l'un des associés du cabinet, et nous nous sommes mis d'accord. Aucun de mes clients ou de ceux du cabinet ne sera ennuyé le moins du monde. C'est une affaire conclue, maman.

Kat se dirigea vers la porte alors que sa mère la regardait fixement, le choc étant évident sur son visage. Eh bien, qui l'eût cru ? Elle venait de choquer sa mère au point de la réduire au silence.

Mais alors qu'elle passait devant elle, Angelica lui prit le poignet, assez fort pour lui broyer les os. Elle ne l'avait giflée qu'une seule fois et, franchement, Kat l'avait probablement mérité. Elle avait seize ans et avait traité sa mère de salope. Et même si elle en était une, Kat n'aurait pas dû le lui dire en face. Bien sûr, Angelica s'était vengée. Kat n'avait pas tardé à passer un mois dans une « clinique de réadaptation en santé mentale ».

Maintenant, elle allait déménager à Philadelphie et sa mère ne pouvait rien y faire. Cela lui donnait envie de danser nue dans la rue.

Ou d'aller embrasser deux très beaux garçons à Philadelphie.

Elle s'arrêta à côté de sa mère et lui tordit le bras jusqu'à ce qu'elle la libère.

— Je serai partie à la fin de la semaine. Elle fit quelques pas de plus vers la porte avant de se retourner et de sourire à son père. Merci, papa. J'apprécie ta compréhension. Un regard froid sur Angelica. Passe une bonne journée, maman.

Puis elle passa la porte, laissant Angelica debout, la bouche ouverte au milieu du bureau de son père.

Kat soupira en s'enfonçant dans le box isolé du bar chic de l'hôtel Haven.

Aujourd'hui, elle était restée debout plus longtemps que cela ne lui était arrivé depuis des semaines. Elle avait vu cinq appartements, six copropriétés et deux maisons de ville en l'espace de huit heures. Elle avait envie d'enlever ses chaussures, mais elle avait peur de ne pas pouvoir les remettre.

Oui, elle aurait pu aller dans sa chambre et se faire livrer un repas. Mais elle s'était dit qu'elle ne devait pas être un ermite. Bien sûr, elle allait manger seule, mais elle ne serait pas assise seule dans sa chambre. Quelle différence ?... Eh bien, elle n'allait pas s'attarder sur ce point.

Après avoir commandé un hamburger et des frites, peu importe le nombre de calories, elle sortit son téléphone et commença à lire ses messages. Apparemment, elle avait été déconnectée pendant la majeure partie de la journée, ce qui avait entraîné de nombreux appels et SMS de sa mère et plusieurs messages vocaux du bureau, tous au sujet d'affaires. Toutes ces questions pouvaient attendre le lundi, date à laquelle elle devait retourner au bureau pour sa dernière semaine.

Elle ressentait encore un petit frisson quand elle y pensait. Et si elle échouait ? Et si elle ne pouvait pas se débrouiller seule ? Et si elle n'était pas vraiment une bonne avocate ?

Non. Juste...non.

Cette voix pleine de doute... c'était celle de sa mère et elle serait damnée si elle laissait cette femme foutre sa vie en l'air plus qu'elle ne l'avait déjà fait. Elle soupira, remit son téléphone dans son sac à main et prit sa tablette. Un regard sur sa boîte mail débordante suffit pour qu'elle envisage sérieusement de la jeter avec son téléphone dans la poubelle la plus proche.

Une semaine de plus.

Ces quelques mots étaient devenus son mantra chaque fois que son téléphone vibrait pour un autre appel ou un texto de sa mère. Une fois qu'elle aurait déménagé, elle espérait que sa mère coupe complètement les ponts avec elle.

Le silence serait béni.

En ce moment même, Angelica Riley était en plein mode "Ma fille chérie", se plaignant de son ingratitude, de l'erreur que Kat faisait et du fait qu'elle ne s'en sortirait jamais seule. Tout cela la rendait plus déterminée à trouver un endroit où vivre pour pouvoir quitter Boston. Heureusement, elle était presque sûre d'avoir trouvé l'appartement parfait à Germantown. Il coûtait en fait moins cher que ce qu'elle payait pour son appartement à Boston, et il était plus grand, avec trois chambres à coucher. Il y avait plus d'espace que nécessaire pour son bureau à domicile. Une super affaire.

Juste un peu plus d'espace vide pour traîner toute seule.

Merde, elle aurait souhaité que son côté pessimiste se taise.

Elle se fraya ensuite un chemin dans l'enfer des e-mails. Quand son dîner arriva, elle fit un bref sourire distrait au serveur et continua à lire. Une fois les deux cents e-mails passés en revue, elle avait presque fini son hamburger et pensait au dessert.

— Bonjour, Kat. On peut s'asseoir ?

Oh mon Dieu, cette voix.

Heureusement, elle n'avait rien dans la bouche. Elle se serait étouffée avec. En fait, elle avait peur de se mettre à paniquer.

Tristan et Adam se tenaient devant son box. Tristan avait un sourire détendu qui allait bien avec son jean et le t-shirt à manches longues qui moulait son torse. Adam... bon sang, Adam était superbe dans un jean délavé et un t-shirt noir à manches longues. La décontraction n'avait jamais été aussi belle sur un homme.

Elle réalisa que sa bouche était ouverte et la ferma immédiatement. La chaleur envahissait son bas ventre. Puis, comme aucun des deux hommes ne disait rien, elle dut demander :

— Que faites-vous ici ?

Le sourire de Tristan s'élargit et elle essaya de ne pas se laisser troubler.

— Je pense que tu sais ce que nous faisons ici, Kat.

Cette fois, il n'attendit pas sa réponse. Au lieu de cela, il s'assit dans le box et continua de glisser autour de la table ronde jusqu'à ce qu'il ne soit plus qu'à quelques centimètres d'elle. Adam suivit et s'assit juste en face d'elle.

« Alors, tu as passé une journée productive ? »

Une journée productive ? Son cerveau en action essayait de donner un sens à la question de Tristan tandis que son corps répondait à sa proximité. Les bouts de ses seins durcirent, ses poumons durent batailler pour qu'elle respire et son clitoris se mit à pulser.

Bon sang.

Quand elle enregistra finalement la question de Tristan, elle plissa les yeux.

— Je ne vois pas en quoi ça vous regarde. Et comment avez-vous su que je serais là ?

Tristan continua à sourire.

— Tu as trouvé un appartement ?

Elle rougit même si elle savait que cette question aurait dû le faire passer pour un dingue qui la pistait. La seule personne qui savait qu'elle cherchait un appartement était Erik. Comment Tristan l'avait-il découvert ? Avait-il parlé à Erik ? Pourquoi ? Elle réalisa que sa bouche était à nouveau ouverte et la referma rapidement. Que diable se passait-il ?

L'expression d'Adam ne lui donnait pas plus d'indices. Il était juste... stoïque. Peut-être que résigné convenait mieux. Comme s'il ne voulait pas être là, mais avait accepté d'accompagner Tristan, qui continuait à sourire et à attendre sa réponse.

— Tristan, pourquoi es-tu ici ?

Il leva juste un sourcil.

— Un dessert ?

Oh.

Son estomac se crispa et une chaleur intense parcourut ses veines. Elle comprit le sous-entendu et immédiatement son cerveau évoqua des images d'eux trois dans ce lit à Boston. Ce qui était exactement ce qu'il avait voulu. De façon surprenante, l'excitation commença à prendre le dessus sur sa confusion, intensifiant sa réaction. Son désir. Ce qui n'était pas juste, car ils savaient exactement ce qu'ils lui faisaient.

— Je ne suis pas sûre qu'ils aient ce que vous cherchez ici.

— Oh, tu serais surprise de voir ce qu'ils vendent dans cet hôtel.

Le ton de Tristan l'ébranla jusqu'au plus profond d'elle-même. Qu'est-ce qu'il y avait chez cet homme qui appuyait sur les bons boutons et lui donnait envie d'enlever tous ses vêtements et de lui sauter dessus tout de suite ? Deux semaines auparavant, elle n'aurait jamais imaginé que quelqu'un puisse lui faire ressentir cela. Elle n'aurait jamais cru que quelqu'un puisse lui donner envie d'échanger des plaisanteries sexuelles. Elle ne savait pas comment le faire avec grâce, alors elle ne le faisait tout simplement pas. Et, à vrai dire, elle n'avait jamais eu l'occasion de pratiquer. Tristan la tentait de faire tellement de choses qu'elle n'avait jamais faites auparavant.

Et puis il y avait Adam...

Il était assis en face d'elle, les avant-bras sur la table, comme s'il était complètement à l'aise. Mais ces yeux bleus brûlaient avec une intensité telle qu'elle craignait de les voir la consumer.

— Peut-être que le dessert ne m'intéresse pas ? *Menteuse, menteuse, ta culotte est trempée.* J'étais sur le point de payer et de retourner dans ma chambre. Ça a été une longue journée.

Totalement vrai. Et pourtant... Elle voulait qu'ils lui disent de rester. Elle voulait qu'ils la persuadent de rester. Devait-elle battre des cils ? Qu'est-ce que ça voulait dire de toute façon ? Elle avait peur de donner l'impression qu'elle avait quelque chose dans l'œil. Devrait-elle faire des insinuations sexuelles ? Et si elle disait quelque chose de stupide ou pire encore, de déplacé ? Ce serait très embarrassant.

Pas plus embarrassant qu'une femme de vingt-cinq ans qui ne sait pas flirter.

Pourquoi étaient-ils là ? Pourquoi la poursuivaient-ils ? Pourquoi elle, une femme qui avait failli s'évanouir pendant une crise d'angoisse, qui s'était glissée hors de leur lit le lendemain matin comme une étudiante après une fête trop arrosée ?

— Je te garantis que nous pouvons rendre ta soirée beaucoup plus agréable.

Oh mon Dieu. Oui, je vous en prie.

Elle voulait tellement ce qu'il lui proposait. Elle voulait saisir l'occasion à deux mains. Tristan semblait vraiment la désirer. Et Adam... Adam lui donnait envie d'être le genre de femme qu'il voudrait. Quelqu'un de sexy, d'intrépide et de confiant.

Et pourquoi cela ne pouvait-il pas être elle ? Elle prenait un nouveau départ. Qu'est-ce que ça pouvait lui faire de mal de flirter avec deux hommes ? De partager une autre nuit comme la précédente ? Elle avait apprécié cette expérience. Bien sûr, elle avait pensé que cette nuit-là était la première et la dernière de leur brève relation. Un coup d'un soir qu'elle considérait comme le début de son indépendance. Maintenant, Tristan lui proposait plus qu'une seule nuit.

Et elle voulait ça. Mais... Adam lui proposait-il la même chose ? Son visage ne montrait rien, mais si elle devait deviner, elle dirait qu'il n'était pas si heureux d'être ici. Il avait dû payer un forfait ou quoi ?

— Pourquoi ?

Elle avait essayé de penser à une réponse spirituelle, mais

tout se résumait à cette seule question. Parce qu'elle ne comprenait vraiment pas pourquoi ces hommes l'avaient choisie. Il n'y avait absolument rien de spécial chez elle. Bien sûr, elle avait peut-être un peu plus d'argent que la blonde suivante sur leur liste, mais Tristan et Adam ne manquaient pas de moyens. Elle n'avait rien à leur offrir, à part sa personnalité brillante, mais qui ne brillait pas vraiment. En fait, elle pouvait être une connasse de première. Froide, distante et pas du tout amusante. Psycho rigide et peu aventureuse.

À part pendant cette nuit qu'elle avait passée avec eux. Cette personne était-elle celle qu'ils cherchaient ? Pourrait-elle être à nouveau cette personne ?

De l'autre côté de la table, Adam secoua la tête et se détourna, son agacement évident. Sa réaction la déconcerta. Pourquoi était-il là si elle l'agaçait ? Puis Tristan se pencha plus près, réclamant son attention.

— Parce que j'aime te faire perdre contrôle. Sa voix s'était presque réduite à un murmure et elle devait l'écouter attentivement pour l'entendre. Parce que j'aime la façon dont tu gémis quand tu jouis. Parce que j'aime te regarder sucer Adam. Et je sais combien tu as apprécié cette soirée. Tu en veux plus et je ne veux pas que tu aies peur de l'admettre. Allez, Kat, un peu d'aventure ne te fera pas de mal !

Bon sang. Elle frissonna, bien qu'elle n'ait pas froid.

Non, en quelques secondes, Tristan avait réussi à la faire mouiller, à lui donner chaud et à l'exciter comme pas possible. Elle voulait prendre ce qu'il lui offrait. Elle voulait être cette femme aventureuse qu'il pensait qu'elle pouvait être. Elle voulait être le genre de femme qui flirte avec deux hommes et qui part avec eux pour trouver un lit où ils passeront la nuit à se faire jouir. Tout ce qu'elle avait à faire était de dire oui et elle savait qu'ils lui donneraient ça.

Elle ravala ses doutes et dit exactement ce qu'elle pensait.

— J'en ai très envie aussi.

Tristan sourit comme le chat qui a attrapé le canari dans le proverbe, ses yeux sombres se rétrécissant.

— Alors, emmène-nous dans ta chambre.

Elle se figea. Est-ce que ça pouvait être aussi simple ?

— Bon Dieu, Tris. Recule et laisse cette femme respirer un peu.

Elle cligna des yeux et leva les yeux sur Adam qui la regardait, concentré. Elle ne savait plus où se mettre, mais elle vit aussi comme un défi dans ses yeux. Avant de les avoir rencontrés, elle n'aurait jamais accepté ce défi.

Allons, idiote. Sois courageuse. Amuse-toi. Au moins pour une nuit de plus.

Une autre nuit comme celle de Boston, à laquelle elle n'avait pas pu s'empêcher de penser depuis deux semaines.

— Je vais chambouler ma vie entière dans les prochaines semaines. Une nouvelle ville, un nouvel appartement, un nouveau travail. Elle jeta un coup d'œil aux deux hommes, s'assurant qu'ils écoutaient tous les deux. Et c'est ce qu'ils faisaient, attentivement. Alors je n'ai pas le temps d'entamer une nouvelle relation amoureuse.

— Qui a parlé d'une relation amoureuse ? Les yeux d'Adam s'étaient rétrécis et ses traits exprimaient clairement qu'il n'était pas intéressé par une relation amoureuse.

— Alors aucun de vous ne cherche autre chose que du sexe ?

Elle jeta un regard à Tristan, mais tout ce qu'elle vit, c'était son désir. Elle aurait aimé avoir des boutons à défaire, là, tout de suite.

— Si c'est comme ça que tu veux gérer ça, Tristan haussa les épaules, alors oui, ce n'est que pour le sexe.

Adam s'appuya contre la banquette en velours et semblait maintenant totalement à l'aise, comme s'il avait obtenu exactement ce qu'il voulait. Une simple histoire de fesses. Comme c'était sa première liaison de ce genre, elle ne voulait pas mal interpréter les choses ou laisser quelque chose au hasard. Si cela faisait d'elle une maniaque du contrôle... eh bien, ce ne serait pas la pire insulte qu'elle ait déjà reçue.

On lui avait jeté "salope frigide" plusieurs fois à la figure. C'était probablement vrai à ce moment-là. Mais à cet instant, elle ne se sentait pas frigide du tout. En fait, elle se sentait très proche de l'ébullition. Si elle se laissait dominer par sa libido, cela pourrait avoir des conséquences catastrophiques. Ses précédentes fiançailles avec le meilleur ami de son frère s'étaient terminées en désastre parce qu'elle s'était autorisée à penser avec son cœur et non avec sa tête, pour une fois. Logiquement, elle aurait dû savoir que cela ne marcherait jamais avec Keegan.

Mais ce qu'Adam et Tristan lui offraient... quel mal y avait-il à ce qu'elle sache que la relation avait une date d'expiration ?

— Et ça te convient, Tristan ?

Tristan ne se départit pas de son sourire.

— Je te promets d'en faire la meilleure putain de liaison que tu n'aies jamais eue.

Prends ce qu'ils t'offrent. Vas-y ! Tu sais que tu le veux.

Elle prit une profonde inspiration.

— Juste pour être sûre qu'on soit sur la même longueur d'onde, on ne parle que de sexe, c'est bien ça ? Il ne s'agit pas d'une rencontre ou d'une relation amoureuse. Chacune des parties impliquées peut annuler l'arrangement à tout moment sans répercussion de la part des deux autres parties.

Pendant qu'elle parlait, le sourire de Tristan s'élargissait et même Adam se mit à sourire.

Elle savait qu'elle parlait comme une avocate, mais c'est exactement ce qu'elle était. Il valait mieux qu'ils sachent dans quoi ils s'engageaient avant de prendre cette voie.

— Est-ce que tu me parleras au lit comme ça, ma chérie ?

Tristan secoua la tête. Car je dois dire que ton numéro d'avocate m'excite beaucoup.

Ses joues s'enflammèrent et elle eut envie de le maudire, mais elle pensa que ça ne ferait que le rendre plus déterminé à la taquiner. Et elle ne savait pas comment répondre à ça.

T'es tellement vieux jeu ma pauvre fille !

Mais qu'est-ce que ces deux hommes lui trouvaient ? Elle ne pouvait pas s'empêcher de se demander si c'était une ruse élaborée. Un jeu auquel ils jouaient avec elle. Qui pourrait faire craquer l'avocate frigide en premier ? Puis ils échangeraient l'argent des paris et riraient de sa crédulité.

OK, bon. Il fallait vraiment qu'elle oublie les films pour ados des années 80 qu'elle trouvait sur Netflix. Était-il si difficile de croire que ces deux hommes pouvaient simplement être attirés par elle ?

— Kat ?

L'intervention calme d'Adam ramena son attention sur les deux hommes. Ses hommes, si elle le voulait. Aussi longtemps que cela puisse durer. Elle prit une profonde inspiration.

— Oui.

<hr>

Adam eut comme une sensation de triomphe alors que Kat donnait la réponse que Tristan était sûr qu'elle donnerait. Il n'avait pas été aussi sûr qu'elle soit d'accord jusqu'à la seconde où elle avait dit oui. Il mit ce sentiment de côté.

Oui, il voulait Kat. Oui, il voulait la mettre à nouveau dans son lit. Mais ce n'était pas sa conquête. C'était celle de Tristan. Adam n'était là que pour couvrir les arrières de Tristan. Et la réticence évidente de Kat à entamer une véritable relation rendait sa présence encore plus impérative.

Il connaissait Tristan. Il savait ce qu'il attendait de cette femme, même s'il ne voulait pas l'admettre. Et il savait très bien qu'il n'obtiendrait pas ce qu'il voulait.

Parce qu'Adam avait déjà été aux premières loges de l'enfer qui attendait Tristan s'il tombait amoureux d'une femme qui ne pouvait pas l'aimer comme il le voulait. Mais si le fait de couvrir ses arrières signifiait coucher avec cette femme, il en profiterait au maximum.

Sans cœur ? Peut-être. La bonne attitude à avoir ? Absolument.

« Bon, alors... on fait quoi maintenant ? »

Le soupçon de malaise dans la voix de Kat le sortit de ses pensées et il l'observa à nouveau. Ses yeux passaient de lui à Tristan, mais elle s'attardait plus longtemps sur Tristan, pensa Adam. Comme si elle avait peur de lui. Ou bien qu'elle s'en méfiait. Quoi qu'il en soit, il n'aimait pas ça. Lorsque son regard se fixa finalement Tristan, Adam observa son ami, qui avait l'air parfaitement à l'aise, souriant comme s'il venait de gagner à la loterie.

— Maintenant, on peut, soit monter dans ta chambre, où Adam et moi pourrons te mettre toute nue et te faire jouir, soit rester et écouter le groupe pendant un moment. Je les ai déjà vus. Ils sont bons.

Kat fronça les sourcils.

— Ça ressemble étrangement à un rendez-vous galant.

— Vois ça comme des préliminaires, dit Tristan en souriant toujours. D'ailleurs, qui dit qu'on ne va pas te toucher pendant qu'on est ici ?

Kat jeta immédiatement un coup d'œil au-delà du box. Adam suivit son regard, essayant de voir la pièce comme elle la voyait. C'était vendredi, et il y avait au moins une centaine de personnes dans la salle, soit au bar, soit dans les box, soit à de petites tables devant la scène. Adam se rendit compte qu'il serait difficile pour quiconque de voir dans leur box à moins de se tenir juste devant.

Avec la faible luminosité et la longue nappe sur la table, personne ne pouvait voir ce qu'ils faisaient dessous. Comme si les propriétaires de l'hôtel avaient fait en sorte que leurs clients puissent se livrer à des activités illicites. Et comme Adam connaissait les propriétaires, il ne doutait pas que c'était exactement ce qu'ils cherchaient.

Le regard de Kat revint sur Tristan, et Adam remarqua comme un soupçon de fatigue dans ses yeux. Il avait l'envie follement stupide de l'envelopper dans une couverture et de la mettre au lit.

Merde. C'était une pente glissante. Si ses parents lui avaient appris quelque chose de bien en matière de relations, c'était que pour survivre, les deux individus devaient être suffisamment stables pour tenir. Lorsqu'une personne ne pouvait pas résister à la pression, les deux s'effondraient et entraînaient tout le monde autour dans leur chute.

Kat n'était pas stable. Elle le cachait bien, sous un calme apparent, mais ils avaient vu à quel point elle était dans un sale état lors de la fête de ses parents. Tristan n'avait pas besoin de ce genre de détresse, et Adam ne la supporterait certainement pas. Plus jamais ça. Il avait pensé que Tristan se sortirait Kat de la tête après avoir couché avec elle. Il pensait qu'ils allaient passer à une femme qui était bien dans sa peau et qui ne cherchait qu'à atteindre un orgasme ou deux et à se vanter d'avoir passé une nuit avec deux hommes.

Puis il réalisa que c'était le moyen parfait de montrer à Tristan à quel point Kat était instable et pourquoi il serait stupide de commencer une quelconque relation avec elle. Si elle se cassait encore après que Tristan et lui l'aient vraiment baisée, cela prouverait son point de vue sans le transformer en méchant.

Adam se leva, attirant vers lui le regard effrayé de Kat. Les yeux écarquillés, elle le regarda se glisser à ses côtés. Pendant une brève seconde, il se demanda si elle allait bouger ou s'il allait devoir la pousser.

Une seconde avant qu'il ne la touche, elle s'écarta et se retrouva aussi près de Tristan, qui n'avait pas bougé d'un pouce.

Nulle part où aller, chérie. Et maintenant ?

En prenant quelques inspirations, elle se tourna vers Tristan.

— Je ne sais pas exactement ce que tu crois qu'on puisse faire dans ce box.

Le sourire de Tristan devint coquin.

— Approche-toi et laisse-moi te montrer.

Elle ne bougea pas tout de suite, et Adam ne savait pas trop si elle faisait la difficile ou si elle allait le pousser pour pouvoir s'échapper.

Elle ne sait pas faire la difficile de toute façon.

Une seconde plus tard, son petit nez droit pointa en l'air en un semblant de culot.

— Et si je dis non ?

— Tu ne l'as pas encore fait, lui fit remarquer Adam, pour la pousser dans ses retranchements.

Elle se tourna vers lui.

— Non, c'est vrai.

Elle fit directement face à Adam et il fut surpris de voir un peu de feu dans ses yeux. Un petit défi ? Il ne voulait pas que ça lui fasse plaisir, mais finalement c'était le cas.

D'accord, ma belle. Tu veux un défi ? Tu vas être servie.

En se rapprochant d'elle sur la banquette, il s'appuya contre son flanc, laissa sa cuisse et son bras frotter contre les siens. Puis, sous la table, il posa sa main sur son genou. Elle se raidit, mais ne s'écarta pas et ne cessa jamais de le regarder dans les yeux. Ces yeux bleus semblaient plus foncés dans la faible lumière. Il leva sa main libre pour passer ses doigts sur sa pommette avant de réaliser qu'il l'avait fait.

Pas un putain de rendez-vous galant, tu te souviens ? C'est juste pour le sexe.

Cette pensée en tête, Adam fit glisser sa main plus haut sur sa cuisse jusqu'à atteindre sa hanche. Son immobilité l'intrigua. Cela lui rappelait des morceaux d'enfance qu'il avait essayé d'oublier. Lui et ses deux jeunes sœurs avaient réussi à s'en sortir sans cicatrices physiques, alors pourquoi s'attarder sur le passé ?

Kat semblait retenir son souffle, en l'attendant. Dommage pour elle, il était titulaire d'une maîtrise dans l'art de l'attente.

— Écarte un peu les jambes, Kat. Il se pencha un peu plus près, regarda ses yeux s'agrandir un peu plus. *Voyons ce que tu peux supporter sans nous supplier de t'emmener dans ta chambre et de te baiser.*

Ses joues s'empourprèrent quand sa main atteignit finalement son but. Le coton de son pantalon était doux et soyeux contre ses doigts. Et chaud. Il se pencha, la bouche à quelques centimètres de son oreille.

« Je vais te faire jouir ici. »

Ses lèvres se séparèrent et ses yeux s'écarquillèrent, mais elle ne bougea pas. Au lieu de cela, elle dit :

— Je ne pense pas que ce soit possible.

Alors qu'Adam continuait à lui caresser la cuisse, Tristan se pencha pour lui parler dans l'autre oreille.

— Tout est possible. Mais si tu n'es pas à l'aise, dis-le.

Kat ne quitta pas Adam des yeux.

— Je pense que je ne devrais pas avoir à passer le test qu'Adam veut me faire passer.

Adam sourit. Il y avait une autre étincelle de ce feu qu'il avait déjà remarqué dans ses yeux. Il était contrarié que cela lui plaise.

— Ne considère pas ça comme un test à passer, répondit-il. Considère-le comme un test sur ta capacité de retenue.

Elle leva légèrement les sourcils.

— Je pense que j'ai une assez bonne capacité de retenue. Je ne t'ai pas encore giflé, n'est-ce pas ?

Le petit rire de Tristan fit s'écarter Adam sans qu'il se départisse de son sourire.

— Non, c'est vrai. Alors je suppose que je ne devrais pas tenter le diable.

Elle prit une inspiration légèrement tremblante quand sa main finit par lâcher sa cuisse.

— Alors tu as décidé de déménager à Philadelphie ?

La question de Tristan lui fit oublier le bras qu'il avait enroulé autour de ses épaules alors qu'il se penchait contre le dossier en velours rouge. Il avait fait en sorte que cela ressemble à la chose la plus naturelle du monde. Et pour lui, ça l'était. Tristan n'avait pas peur de serrer dans ses bras des garçons ou des filles, jeunes ou vieux. Il aimait sincèrement les gens, du moins ceux qui lui étaient sympathiques, et les gens réagissaient bien à cela.

Bien sûr, Kat n'avait pas l'air tout à fait à l'aise. Elle avait l'air... de ne pas savoir comment accepter ce genre d'affection décontractée. Adam avait fait la même chose quand il avait rencontré Tristan. Mais celui-ci avait fini par l'avoir à l'usure.

— Pourquoi Philadelphie ? demanda Adam, bien qu'il fût presque sûr de connaître la réponse.

— Mon frère. Je vais travailler avec Erik, mais ensuite je compte me diversifier. J'espère faire plus de défense, en particulier avec les mineurs.

Ah. Il aurait pensé qu'elle voudrait continuer à travailler pour les entreprises.

— Alors, tu as trouvé un endroit pour vivre ?

— Oui.

Tristan plissa les yeux.

— Où ça ?

— Germantown.

Tristan se détendit, visiblement.

— Sympa comme endroit.

Étonnamment, Adam était heureux d'entendre ça, car lui aussi s'était inquiété pour elle. Ce qui était ridicule. Pourquoi se souciait-il de l'endroit où elle allait vivre ?

— C'était le numéro dix sur ma liste d'apparts à voir, et j'ai su dès que je suis entrée que c'était exactement ce que je voulais.

— Alors, tu loues ou tu achètes ?

Tristan continuait à la distraire, tandis qu'Adam essayait de ne pas montrer qu'il surveillait chacun de ses mouvements. Il avait toujours été doué pour étudier les gens. Mieux que lui. Tristan pouvait faire parler n'importe qui parce qu'il s'intéressait vraiment à ce que les gens avaient à lui dire. Adam ne se donnait pas la peine de faire semblant parce que la plupart des gens à qui il parlait étaient des cons et qu'il avait un faible niveau de tolérance pour les cons.

Mais il était sacrément doué pour détecter ce que les gens cachaient derrière leur sourire. Elle cachait quelque chose. Il ne savait pas quoi.

Alors que le groupe arrivait pour commencer le premier set, Tristan et Kat se turent et tournèrent leur attention vers la scène. Adam continua à l'étudier. Elle s'était un peu détendue, n'était plus assise aussi raide qu'avant. Il n'essaya pas de cacher ses regards insistants, et lorsque le groupe entama sa troisième chanson, elle se tourna vers lui.

— ça va ? lui demanda-t-elle.

Il l'entendit à peine à cause de la musique. Et quand il comprit ce qu'elle avait dit, il prit un moment avant de répondre.

Puis il se pencha pour lui parler directement à l'oreille.

— Je suis assis dans le noir avec une belle femme. Pourquoi ça n'irait pas ?

Elle fronça les sourcils.

— Tu as l'air... inquiet.

Sa surprise dut se refléter sur son visage, car Kat lui fit un sourire qui fit battre son pouls juste un peu plus vite.

— Et toi tu as l'air nerveux. Pourquoi cela ?

Elle soutint son regard et mentit sans en donner le moindre indice.

— Je ne suis pas nerveuse. La journée a été longue. J'ai mal aux pieds. J'ai au moins cinquante e-mails qui nécessitent une réponse d'ici demain matin, et je sais que je ne les traiterai pas ce soir.

Il admirait le fait qu'elle ne se laisse pas démonter, mais cela ne voulait pas dire qu'il allait la lâcher pour autant.

— Peut-être qu'on devrait monter dans ta chambre maintenant ? Puisque tu es fatiguée. Les lits ici sont assez grands pour trois.

Elle cligna des yeux et ses lèvres se séparèrent pour respirer davantage. Étonnamment, elle soutenait toujours son regard.

— Et tu sais ça par expérience personnelle ?

— Oui. C'est la réponse que tu attendais ?

Elle secoua la tête.

— La seule réponse que je veux, c'est la vérité.

— Cela te dérange que Tristan et moi soyons déjà venus ici ?

Ce petit nez parfait pointa plus haut.

— Pourquoi cela devrait-il me déranger ? Je t'ai dit que je ne cherchais pas de relation amoureuse. On a bien baisé ensemble, et je ne vois pas pourquoi on ne pourrait pas recommencer.

Du coin de l'œil, Adam vit l'attention de Tristan se porter sur lui. Il essayait de comprendre ce qu'il faisait. Franchement, il ne savait pas lui-même. Adam devait l'admettre, elle faisait preuve de courage. Peut-être que la souris avait plus de cran que ce qu'il lui attribuait.

Et quelle importance cela aurait-il ?

Aucune. C'était simplement intéressant. Un fait sur lequel il n'avait pas besoin de s'attarder. Parce qu'elle était consentante et qu'il était excité. Son attirance pour elle n'avait rien à voir avec sa personnalité. Elle était belle et c'était un défi. Et il aimait les défis. Et Tristan se rendrait vite compte que cette femme n'était pas « l'élue ». En attendant, pourquoi ne pas se détendre et profiter de la balade ?

Les yeux fermés, il posa à nouveau sa main sur sa cuisse. Plus bas cette fois, plus près de son genou. Elle les resserra.

— Cette nuit-là n'était qu'un apéritif, Kat. Adam se pencha en avant jusqu'à ce que seuls quelques centimètres séparent leurs lèvres. Es-tu prête pour le buffet complet ?

L'humour s'alluma au fond de ses yeux et son sourire le prit presque au dépourvu. Presque.

— Tu dis ça à toutes les filles ? Parce que si c'est le cas, je pense que tu mens peut-être sur le nombre de tes conquêtes.

Tristan essaya de couvrir son rire par une toux, mais il y parvint assez mal. Même Adam pouvait admettre que sa réplique était plutôt minable. Mais il était surpris qu'elle l'ait mouché.

— Je ne mens pas sur mon expérience, ma chère. Et je ne vais pas me contenter de ta bouche cette fois.

Sa respiration devint de plus en plus irrégulière à la seconde où il remonta sa main sur sa cuisse. Et lorsqu'il arriva enfin à destination, il s'assura qu'elle le regardait fixement lorsqu'il glissa ses doigts entre ses jambes et appuya sur son clitoris.

Elle retint son souffle en serrant les poings sous la table.

« Tu es déjà mouillée ? On n'est même pas encore arrivés aux choses sérieuses. Tu penses que je pourrais te faire jouir ici ? Avec tous ces gens autour ? »

Elle tourna la tête pour étudier le peu de gens qu'elle pouvait voir à travers l'ouverture du box. Aucun d'entre eux ne regardait dans leur direction. Adam observa sa gorge remuer alors qu'elle déglutissait, puis il attendit qu'elle se retourne pour à nouveau lui faire face.

« Est-ce que tu penses pouvoir t'empêcher de gémir quand tu jouiras ? »

Elle respirait si fort maintenant, que ses seins frémissaient sous son chemisier. Il se demandait ce qu'elle ferait s'il se penchait en avant pour sucer son cou exposé. Alors qu'il continuait à passer ses doigts sur le tissu qui recouvrait son sexe, il saisit son menton avec sa main libre et la maintint immobile.

Puis il l'embrassa. Il essaya de rester léger, mais à la seconde où ses lèvres touchèrent les siennes, son cerveau court-circuita. Quelque chose dans le goût qu'elle avait l'attira et lui donna immédiatement envie d'en avoir plus. Il entendait encore le groupe en arrière-plan, mais le petit bruit qu'elle fit sous sa respiration le frappa comme une grenade.

Bon sang. Il n'était pas censé être affecté comme ça. Et pourtant, il ne pouvait pas s'en empêcher. Il se perdit dans ce baiser comme s'il avait sauté dans l'océan avec des bottes de plomb. Mais il n'allait pas descendre seul. Sa main entre ses jambes continuait à la tourmenter, frottant et pressant son clitoris jusqu'à ce que ses jambes s'écartent davantage pour lui donner plus d'accès. Le besoin de l'avoir complètement sous son contrôle le frappa comme si un bus le percutait. Il voulait la mettre sur ses genoux, baisser sa braguette et la baiser sur place.

Bon Dieu de merde.

Il se redressa, interrompant le baiser et essayant d'étouffer son désir.

— Je pense qu'il est temps de se retirer dans un endroit plus privé.

La voix calme de Tristan retentit dans l'oreille d'Adam, et il jeta un rapide coup d'œil à son ami. Tristan avait perdu son sourire. Puis il regarda Kat. Elle avait l'air aussi étourdie que lui. Il voulait lever le poing en signe de victoire. Il lui avait ébouriffé les plumes, lui avait fait prendre conscience du pouvoir qu'il avait sur elle. Il voulait la voir comme ça quand elle serait sur le dos et qu'il la pilonnerait aussi fort qu'elle pouvait le supporter.

Bon, c'était probablement le bon moment pour s'arrêter et se reprendre en main. Oui, il allait sortir d'ici avec une érection monumentale. Et non, il n'en avait rien à foutre. Il voulait seulement sauter Kat.

Tristan se glissa hors du box et tendit la main pour aider Kat. Elle baissa les yeux avant de prendre la main de Tristan. Elle ne se retourna pas pour voir si Adam les suivait, et cela le contraria suffisamment pour qu'il la rattrape et lui mette une main dans le dos. Il aurait bien aimé la laisser glisser plus loin, pour lui caresser les fesses, mais il ne voulait pas que quelqu'un d'autre regarde son cul. Ce qui était sacrément stupide.

Tristan les conduisit vers un couloir où il n'y avait qu'un seul ascenseur. Il n'y avait personne aux alentours et ils n'attendirent que quelques secondes avant que la cloche ne sonne et que les portes ne s'ouvrent. Personne ne sortit et ils se glissèrent dans la cabine vide. À la seconde où les portes se fermèrent, Tristan pressa Kat contre le mur du fond et l'embrassa. Adam s'écarta pour mieux voir.

Tristan l'embrassa comme un possédé. Il prit son visage à deux mains et la dévora. Et Kat le laissa faire. Elle leva les mains pour lui prendre les poignets, mais elle ne le repoussa pas. Elle s'accrocha simplement à lui.

Le fait de regarder Tristan l'embrasser dégrisa quelque peu Adam. Il n'avait jamais vu Tristan agir ainsi avec quelqu'un. Et pourtant il l'avait vu embrasser un sacré paquet de femmes.

Qu'est-ce qu'il avait avec celle-ci ?

Adam essaya de la regarder d'un œil critique, mais tout ce

qu'il vit, c'est la façon dont elle répondait à Tristan. Ses bras s'enroulaient autour de ses épaules, le tenant plus près. Quand lui l'avait embrassée, elle avait presque semblé avoir peur de l'encourager. Peut-être parce qu'il l'avait prise au dépourvu ?

Et peut-être que tu ne lui plais pas tant que ça ?

Il se moquerait de lui-même s'il se trouvait drôle. Mais était-ce vrai ? Et voulait-il vraiment le savoir ?

Tristan s'écarta juste au moment où l'ascenseur commençait à ralentir. Ils se sourirent, les yeux dans les yeux.

— Où est ta chambre, ma chérie ? Il est temps de rendre cette affaire privée.

Kate prit une grande inspiration, ne quittant jamais Tristan des yeux.

— 706.

Sa voix avait quelque chose de rauque qui fit tressauter la bite d'Adam.

Putain, il y avait écrit « gros merdier à venir » partout.

Tristan enroula son bras autour de ses épaules et la poussa dans le couloir. Alors qu'ils tournaient à droite, Kat tourna la tête vers Adam qui était toujours dans l'ascenseur et leva un sourcil.

Un sourire réticent se dessina sur ses lèvres. Il ne voulait pas l'aimer. Elle ne présageait rien de bon. Et pourtant...

Il sortit de la cabine et les suivit.

CHAPITRE SIX

L'estomac de Kat se noua alors que Tristan la guidait vers les chambres. Elle se sentait en fait plus nerveuse maintenant que la dernière fois qu'elle s'était trouvée dans cette situation. Ce qui était ridicule.

Et ce n'était pas vraiment de la nervosité. Elle se sentait presque... étourdie. Comme une adolescente qui a choisi le *quarterback* vedette *et* le receveur comme cavalier pour le bal de promo.

Et une pensée lui trottait dans la tête.

C'est eux qui sont venus me chercher.

Elle était convaincue que leur relation allait s'arrêter à leur première nuit ensemble. Le lendemain matin, elle s'était éclipsée comme si elle avait eu honte de ce qui s'était passé. Elle n'avait pas eu honte. Pas du tout. Mais elle s'était réveillée avec les bras de Tristan autour de la taille et...

Elle avait voulu rester. Elle savait qu'elle ne pouvait pas. Et elle n'avait pas su comment gérer l'au revoir du lendemain. Elle s'était donc enfuie, pensant ne jamais les revoir, sauf s'ils se rencontraient accidentellement, dans un bar ou un restaurant.

Ce qui supposait qu'elle se trouve effectivement dans un restaurant ou un bar.

Elle ne connaissait personne à Philadelphie et s'attendait à passer beaucoup de temps seule les premiers mois suivant son déménagement. Et cela ne l'aurait pas dérangée, car ça n'était pas très différent de sa vie à Boston. Puis Tristan et Adam étaient apparus à sa table. Et elle avait eu envie de lever le poing en l'air en signe de victoire et de faire une petite danse. Dans la foulée, elle s'était demandé ce qu'ils attendaient d'elle.

En jetant un regard furtif à Tristan elle lut facilement le désir sur son visage. Il la voulait. Elle aurait aimé avoir le courage de demander pourquoi. Elle aurait aimé pouvoir se détendre contre lui et mettre son bras autour de sa taille sans se sentir gênée.

Au lieu de cela, elle marcha à côté de lui, raide et mal à l'aise. Lorsqu'ils arrivèrent à sa porte, elle remercia le ciel qu'il n'y ait personne dans le couloir. Elle aurait probablement viré au rouge cinq tons plus foncés. Ce qui était ridicule. C'était une femme adulte. Ce qu'elle faisait en privé ne devrait intéresser personne d'autre qu'elle-même.

Pourtant, elle ne pouvait pas s'empêcher de penser qu'elle faisait quelque chose d'illicite. D'interdit. Et oui, cela ajoutait à l'excitation, n'est-ce pas ? Est-ce pour cela que Tristan et Adam le faisaient ? Pour le frisson ?

En jetant un coup d'œil par-dessus son épaule, elle vit Adam les suivre de près.

Son visage était plus difficile à lire que celui de Tristan. Ce n'était pas une surprise. Elle avait déjà compris qu'il montrait rarement ses émotions. Il semblait être passé maître dans l'art de les garder pour lui. Tristan n'avait aucun scrupule à lui montrer exactement ce qu'il ressentait. Adam l'intriguait. Tristan lui faisait désirer des choses qu'elle n'aurait pas dues. Quelque chose de plus que du sexe.

Oh, baiser avec eux avait été formidable. Du moins, c'est ce qu'elle pensait. Mais ça n'avait duré qu'une nuit et elle ne s'attendait pas à les revoir. Du moins, pas comme ça. Elle avait pensé qu'elle était juste une conquête, une autre marque sur leur ceinturon. Et elle avait été d'accord avec ça.

Elle n'était pas à la recherche d'une relation à long terme. Pas maintenant. Peut-être jamais. Et Tristan et Adam ne semblaient certainement pas être le genre d'hommes qui veulent une femme tout le temps accrochée à leurs basques.

Non pas qu'elle le veuille, mais...

— Kat ? Tu es sûre que tu veux qu'on vienne avec toi ?

Elle cligna des yeux et réalisa qu'ils se tenaient à la porte de sa chambre. Il fallut quelques secondes pour que la question de Tristan fasse tilt.

Elle inclina la tête sur le côté.

— Et vous ? Vous voulez entrer ?

Le sourire de Tristan avait la capacité de faire voler des papillons dans son estomac. Et Adam... Il ne souriait pas, mais un simple regard de sa part suffisait à faire bouillir son sang.

Entrez, je vous en prie.

— Oui, répondit Tristan en se tournant vers Adam. Ce qu'elle fit également.

Il haussa les épaules.

— Oui, bien sûr. Son ton suggérait qu'elle n'aurait pas dû avoir de doute sur sa réponse.

Elle sourit franchement et les yeux d'Adam se rétrécirent alors qu'il la fixait. Il avait l'air presque choqué. C'était bien de savoir qu'elle avait le pouvoir de le faire reculer d'un pas. Elle avait l'impression de mieux contrôler la situation. Elle prit la carte clé dans la poche de son pantalon, la glissa dans la porte, puis ouvrit et avança jusqu'au petit salon devant les fenêtres.

Elle avait réservé une suite, non pas parce qu'elle s'attendait à avoir des invités, mais parce que c'était tout ce que l'hôtel avait de disponible lorsqu'elle avait appelé.

Maintenant, elle était reconnaissante pour la chambre supplémentaire. Ces deux hommes prenaient beaucoup de place. Elle aimait ça chez eux. Qu'ils soient forts, musclés. Elle aimait aussi qu'ils restent concentrés sur elle. Ils la faisaient se sentir spéciale.

— Vous voulez un autre verre ? ... Oh !

Tristan avait traversé la pièce en trois longues enjambées et s'était jeté sur sa bouche. Et ce baiser n'avait rien à voir avec les autres. C'était presque comme s'il s'était autorisé à lâcher prise. Alors elle se livra à lui. Enroulant ses bras autour de son cou, elle se pressa contre lui et le laissa l'embrasser. Il lui laissa à peine l'occasion de respirer en glissant sa langue dans sa bouche, la poussant à l'embrasser en retour, tout aussi fougueusement. Ce qu'elle fit, les yeux fermés. Elle s'autorisa à être le genre de femme qui prenait des initiatives. Elle passa les doigts dans ses courts cheveux bruns, les fit glisser dans sa nuque, le pressa contre elle, et l'embrassa comme jamais elle n'avait osé embrasser un homme.

Et Tristan la laissa faire. Ses mains descendirent le long de ses flancs jusqu'à ses hanches et il s'agrippa à elle. Elle fut surprise de constater qu'elle aimait cette petite douleur. Cela lui donnait l'impression d'être connectée à lui d'une manière qu'elle ne pouvait pas expliquer. Qu'elle ne *voulait* pas expliquer. Gardant les yeux fermés, elle sentait le désir de Tristan comme quelque chose de physique et de fort qui l'entourait et la maintenait à un endroit où eux seuls existaient.

Jusqu'à ce qu'Adam s'approche par-derrière et pose les mains sur ses reins. Elle gémit dans la bouche de Tristan, les doigts serrant toujours ses cheveux alors qu'Adam sortait son chemisier de son pantalon puis glissait ses mains sous le tissu. Il les fit glisser vers le haut, peau contre peau, puis vers le bas, la faisant frissonner. Quand il remonta, il décrocha son soutien-gorge d'une main experte.

Tristan s'éloigna brusquement, la laissant haletante. En reculant de deux pas, il regarda Adam passer les mains sous son soutien-gorge, et empoigner ses seins, désormais libres.

— Je pense que c'est normal qu'Adam prenne les commandes cette fois, tu ne trouves pas ? Il va t'enlever tes vêtements pour que je puisse voir à quel point tu es belle. Je n'ai pas pu en voir assez la dernière fois. C'est d'accord, Kat ?

Déjà noyée sous les sensations, elle comprenait à peine les mots de Tristan. Mais assez pour savoir qu'il voulait une réponse. Alors elle hocha la tête et il sourit. Bon Dieu, quand cet homme souriait, elle voulait lui donner tout ce qu'il demandait.

Et quand Adam commença à enlever ses vêtements, elle fut impatiente d'être nue. Elle voulait que Tristan la voie. Elle voulait aussi qu'Adam la trouve belle. Parce que lorsqu'il posait les mains sur elle, on aurait presque eu l'impression qu'il l'adorait.

Les yeux dans ceux de Tristan, elle sentit Adam remonter son chemisier sur ses côtes. Et quand il lui dit de lever les bras, elle obéit sans hésiter. En quelques secondes, il fit passer le chemisier par-dessus sa tête et dégagea immédiatement le soutien-gorge de ses épaules. Elle eut à peine le temps de sentir l'air frôler sa peau nue qu'il enroula ses bras autour de son buste et recouvrit ses seins de ses mains. En passant, il pinça ses mamelons entre le pouce et l'index, lui faisant battre des paupières pendant plusieurs secondes.

Lorsqu'elle les rouvrit, Tristan s'était installé sur le canapé, le regard toujours fixé sur elle. Il regardait Adam la déshabiller. Adam s'attaqua ensuite à son pantalon. Il s'était déjà rendu compte qu'il s'attachait sur le côté au lieu de l'avant et le bouton céda avec peu de résistance. La fermeture Éclair descendit quelques secondes plus tard.

Puis Adam attrapa la ceinture du pantalon et le fit glisser sur ses fesses et le long de ses cuisses en même temps que son slip. La laissant avec ses escarpins... et des chaussettes noires parfaitement inesthétiques.

— Vas-y ! Adam avait apparemment lu dans ses pensées. Même si elle ne le voyait pas, elle jura qu'il souriait. Penche-toi et enlève-les.

Sans réfléchir, elle se pencha en avant... et sentit l'érection d'Adam presser contre son cul nu.

Oh mon Dieu.

Les yeux fermés, elle se débarrassa vite de ses chaussures et de ses chaussettes, imaginant la scène que les deux hommes devaient voir. Elle était si mince que les os de ses hanches pointaient. À peine assez de poitrine pour remplir un soutien-gorge bonnet B. Au moins, son cul n'était pas trop nul. Il était rebondi. Elle força ses yeux à rester ouverts en se redressant, elle voulait voir le visage de Tristan. Elle voulait savoir s'il voyait ses défauts.

Mais tout ce qu'elle voyait, c'était le désir. L'adrénaline coulait dans ses veines, capiteuse et pure. Une seconde plus tard, les bras d'Adam s'enroulèrent autour d'elle, l'un juste sous ses seins, l'autre... la main sur son pubis.

Cette main la pressa contre lui jusqu'à ce qu'il niche son érection, encore coincée dans le jean, entre ses fesses. Il lui fallut baisser les genoux d'ailleurs, tellement il était grand. Et quand il se redressa, il fit glisser une main entre ses cuisses pour caresser ses plis gonflés.

Elle gémit et pencha la tête en arrière sur son épaule en levant un bras pour saisir sa nuque et se stabiliser. Ses doigts faisaient merveille sur son clitoris, l'excitant et la faisant se frotter contre lui. Son souffle était haché dans ses oreilles, juste avant qu'il ne se penche et lui mordille le cou. Le frisson qui la parcourut lui fit presque plier les genoux, mais Adam la retint, un bras autour de son buste alors qu'il continuait à la caresser. Il fit glisser ses doigts d'avant en arrière, les humectant à la source de son plaisir et revenant à son clito. C'était tellement bon… quelque chose qu'elle n'avait jamais expérimenté avant. Personne n'avait jamais pris autant son temps avec elle. C'était presque comme si elle encourageait Adam à la satisfaire, alors qu'elle n'avait rien dit. Elle avait envie de lui dire combien elle aimait ça, pour lui rendre la pareille, d'une certaine façon. Elle voulait l'embrasser, mais sa bouche était occupée à déposer de multiples baisers dans sa nuque et sur son épaule. Ces baisers associés à l'action de ses doigts la propulsaient vers un plaisir étourdissant.

Ayant perdu la notion du temps elle ne pouvait que respirer et ressentir. Les vêtements d'Adam commencèrent à sembler rugueux sur sa peau, une irritation qu'elle voulait faire disparaître. Et une gourmandise commença à s'installer dans son esprit. Elle voulait aussi les mains de Tristan sur son corps.

Elle s'était tellement abandonnée que cette pensée ne la choqua pas comme elle l'aurait fait auparavant.

Forçant ses yeux à s'ouvrir, elle chercha Tristan, toujours assis sur le canapé. Ses yeux sombres n'étaient plus que des fentes, ses lèvres étaient pincées. Et son érection avait tendu le devant de son jean. Mon Dieu, elle voulait se mettre à genoux et le goûter. Elle avait déjà eu la queue d'Adam dans la bouche et elle s'était bien amusée. Rien qu'y penser faisait contracter son sexe avec un besoin douloureux.

— Tu es prête, ma belle ? Adam glissa deux doigts entre ses plis humides et commença à la baiser avec. Mon Dieu, tu es tellement mouillée et si étroite. Ça va être super bon de t'avoir autour de ma bite, hein ?

Elle dut déglutir avant de pouvoir former des mots.

— Qu'est-ce que tu attends ?

Il lui mordit le lobe de l'oreille, assez fort pour qu'elle

ressente une véritable douleur, ce qui ne fit qu'ajouter à son excitation.

— J'attends que tu me supplies.

Supplier ?

— Je t'en supplie, vas-y.

Adam enfonça ses doigts profondément en elle et la caressa de l'intérieur. Elle trembla alors que la sensation s'installait dans son ventre. Et quand il appuya son pouce contre son clitoris, ses genoux faiblirent.

— Pas très convaincant, chérie. Cette fois, il lui mordit le cou, juste en dessous de la mâchoire, la faisant crier. Je suis sûr que tu peux faire mieux. Et quand tu le feras, je vais te pencher en avant et te baiser devant Tris. Il t'a eu en premier la dernière fois. C'est mon tour maintenant.

Les images d'Adam la prenant par-derrière bombardaient son esprit.

— S'il te plaît, baise-moi, Adam.

Adam gémit contre son dos, sa bite gonflant encore plus.

— Voilà. Sa voix racla contre sa peau comme du papier de verre. C'est mieux comme ça. Maintenant, penche-toi et mets les mains sur la table.

Il parlait de la table devant le canapé où Tristan s'était assis. Elle regarda Tristan droit dans les yeux quand Adam la guida vers la table. Elle hésita et Adam lui donna une légère claque sur les fesses. Surprise par la douleur, elle geignit. Mais elle voulait encore sentir les doigts d'Adam sur elle, elle fit les quelques pas nécessaires, le regard braqué sur les yeux de Tristan. Il n'avait pas bougé, presque comme s'il avait été scotché par la scène. À sa vue.

Une audace folle s'empara d'elle et elle sourit. Étonnamment, elle ne ressentait aucune gêne en se penchant vers l'avant et en posant ses mains sur la table en bois. Tristan se pencha également jusqu'à ce que seulement dix centimètres environ séparent leurs lèvres. Elle voulait qu'il l'embrasse, mais il resta immobile.

Derrière elle, elle entendit le bruit d'une fermeture Éclair qu'on descendait et du papier qu'on déchire. Elle retint sa respiration tandis qu'Adam lui saisissait la hanche gauche d'une main puis frottait le bout de sa bite contre les lèvres humides de sa chatte. Elle entrouvrit les lèvres et le regard de Tristan se posa sur elles. Puis il releva les yeux lorsqu'Adam se plaqua contre elle et la pénétra d'un coup.

Son gémissement retentit dans toute la pièce et ses yeux se fermèrent alors qu'elle absorbait la sensation de la bite d'Adam qui l'écartait, comblant ce besoin et l'alimentant plus encore. Adam avait baissé son jean sur ses cuisses, et elle sentit le coton épais frotter contre l'arrière de ses jambes alors qu'il lui saisissait les hanches à deux mains et la tirait vers l'arrière, s'enfonçant encore plus profondément.

Tristan lui saisit le menton.

— Ouvre les yeux, Kat. Allez, regarde-moi pendant qu'il te baise.

Ses yeux s'ouvrirent alors qu'Adam se retirait jusqu'à ce que seul le bout de sa bite reste à l'intérieur. Les yeux de Tristan l'hypnotisaient.

« Voilà. Maintenant, il va te donner ce dont tu as besoin. »

Adam fit claquer ses hanches en avant, plusieurs fois. La friction de sa bite contre ses tendres tissus internes la fit se contracter autour de lui, augmentant son plaisir.

— Putain, ouais.

Les mots marmonnés d'Adam l'enhardirent, et alors qu'il commençait à la baiser avec des à-coups réguliers, elle commença à bouger aussi. De petits cercles de ses hanches qui provoquaient des contractions dans son sexe. Elle était déjà si proche de l'orgasme qu'il suffit de quelques coups de reins d'Adam pour la faire gémir et jouir rapidement. Adam maintint sa bite bien enfoncée en elle tandis que sa chatte se contractait autour et qu'elle tremblait de tout son corps.

Mais elle en voulait encore plus.

— Tu es belle.

La voix de Tristan lui fit ouvrir les yeux. Elle n'avait pas réalisé qu'elle les avait fermés.

« Prête pour un autre ? »

Mon Dieu, oui, s'il vous plaît.

Elle n'arrivait pas à former les mots, alors elle hocha la tête, et Tristan frotta son pouce sur ses lèvres. Elle lui lécha le doigt et vit ses yeux rétrécir. Il aimait ça.

Il aimerait probablement encore plus que sa langue soit sur sa queue.

Adam recommença à bouger, et toutes ses terminaisons nerveuses prirent feu. L'embrasement faillit la consumer et elle essaya instinctivement de le contenir. Mais Tristan secoua la tête.

« Arrête de lutter, Kat. N'essaie pas de tout contrôler. Laisse-toi aller. Je te jure que tu vas aimer ça. Et quand tu jouiras encore avec Adam, je t'allongerai sur ce canapé et je te ferai de l'air avec ma bouche sur tout le corps. »

Adam murmura « Oh, bon Dieu » juste avant de pousser à fond, la faisant avancer jusqu'à ce qu'elle perde presque son équilibre. Les mains de Tristan se posèrent sur ses épaules pour la maintenir en place alors que les va-et-vient d'Adam devenaient plus rapides et plus irréguliers.

— Il va bientôt jouir. La voix de Tristan était devenue un murmure. Il aime trop ta petite chatte pour que ça dure plus longtemps.

Le ressort qui s'était enroulé dans son corps se relâcha, et cette fois, ses bras fléchirent. Heureusement, Tristan et Adam étaient là pour la soutenir. Les spasmes de son orgasme se répercutèrent dans tout son corps, jusqu'à ce qu'il lui semble que tous ses muscles se contractaient en même temps que son utérus.

Cela dura de longues secondes, et juste au moment où elle commençait à s'essouffler, Adam poussa une dernière fois et resta profondément installé pendant qu'il jouissait. Elle sentit sa bite pulser en elle, sentit la morsure de ses doigts contre ses hanches, l'entendit gémir en prononçant son nom. Et ensuite, elle était si contractée que ça lui sembla presque douloureux quand il se retira.

Elle eut à peine le temps de cligner des yeux et de se redresser avant que Tristan n'atteigne la table et ne la prenne dans ses bras. Elle se sentit comme en apesanteur, ne pesant rien lorsqu'il la souleva et l'étendit sur les larges coussins de l'immense canapé. Bon sang, elle devait être sous l'effet d'un sort, ce qui était une idée stupide, car elle ne croyait pas en la magie.

C'était de l'alchimie. Quelque chose chez ces deux hommes en particulier faisait réagir son corps, comme si trois produits chimiques explosifs avaient été agités ensemble et avaient produit une explosion. Mais quand elle regarda Tristan dans les yeux... elle voulait presque croire qu'il y avait quelque chose de mystique entre eux. La façon dont son corps réagit quand il fit courir ses doigts de son cou à son nombril... Elle ne pouvait pas imaginer que cela se produise avec quelqu'un d'autre. Et c'était un peu effrayant.

« Kat. » Les doigts de Tristan remontèrent le long de son corps jusqu'à son sein et lui pincèrent un mamelon entre deux doigts. « À quoi tu penses ? »

— Je me demande si tu vas enlever tes vêtements.

— Menteuse. Il couvrit délibérément ses seins avec ses mains et les moula avec ses paumes. Mais je vais laisser passer ça.

Oh, mon Dieu, c'était incroyable. Ses seins avaient toujours été extrêmement sensibles, mais en ce moment, elle était presque sûre qu'elle pourrait encore jouir s'il continuait à faire ça.

« Non, ne ferme pas les yeux. »

Tristan libéra ses seins, la faisant gémir de rage. Ce qui se transforma en halètement lorsqu'il fit glisser un doigt dans sa chatte. Ses yeux s'ouvrirent alors qu'il appuyait en même temps son pouce sur son clito. Ce n'était pas juste de voir à quelle vitesse Tristan pouvait la refaire basculer dans un état d'excitation intense alors qu'il avait l'air de contrôler la situation. Elle voulait lui reprendre ce contrôle.

— Enlève tes vêtements.

Il lui était difficile de former une phrase cohérente alors que Tristan continuait à jouer avec elle. Difficile de se concentrer sur autre chose que ce qu'il lui faisait ressentir. Mais elle ne voulait pas se contenter de prendre. Tristan et Adam lui donnaient beaucoup plus qu'elle ne le faisait. Et elle détestait se sentir comme une partenaire qui ne faisait pas sa part.

Tristan lui fit un sourire coquin tandis que ses doigts continuaient à la tourmenter.

— Et Adam ? Tu ne veux pas qu'il soit nu aussi ?

Elle jeta un coup d'œil vers la table sur laquelle elle était penchée quelques minutes avant et réalisa qu'Adam n'était pas là où elle l'avait laissé. Se soulevant sur les coudes, elle parcourut la pièce des yeux. Il s'était retiré dans l'ombre près des fenêtres qui donnaient sur le centre-ville.

Il avait l'air... de s'être mis à l'écart tout seul. Elle avait l'impression qu'il avait joué son rôle et voulait maintenant se retirer. Et elle réalisa que ce n'était pas ce qu'*elle* voulait. Elle voulait qu'il soit ici, avec eux. Elle avait passé la plus grande partie de sa vie à apprendre à ne rien demander. À garder ce qu'elle voulait à l'intérieur parce que quelqu'un pourrait utiliser cela contre elle. Sa mère lui avait bien appris à le faire. Mais ici et maintenant, elle décida d'exprimer ses désirs.

Appuyée contre le coussin du canapé, elle prit une profonde inspiration et tendit la main. Mais elle ne savait pas quoi dire, si ce n'est « Reviens ».

Du coin de l'œil, elle vit Tristan sourire tandis qu'Adam fronçait les sourcils.

— Pourquoi ?

La voix d'Adam lui faisait toutes sortes de choses dans le bas-ventre.

— Parce que je n'en ai pas encore fini avec toi.

Il souleva les sourcils d'un air surpris, bien qu'il ne puisse pas être aussi surpris qu'elle. Elle n'arrivait pas à croire qu'elle avait dit ça. Ses joues brûlaient sous la gêne, mais elle refusait de baisser le regard et de le laisser s'en sortir comme ça. Elle avait le sentiment qu'il n'était pas aussi nonchalant qu'il le prétendait. Et si elle devait dépasser ses propres limites avec cette liaison, elle allait insister pour qu'il lui donne tout.

Elle laissa sa main pendre là pendant une minute, en le fixant, jusqu'à ce que finalement il soupire et s'écarte de la fenêtre. Il avait l'air presque furieux qu'elle l'ait remis en place, et elle réalisa qu'il avait peut-être vraiment envie de s'en aller. Il en avait fini. Peut-être que c'était tout...

Non. Il aurait pu partir dès que Tristan s'était occupé d'elle. Il aurait pu partir avant qu'elle ait pu l'arrêter. Mais il était resté. Lorsqu'il fut à portée de main, elle jeta au vent toute prudence et attrapa un passant de sa ceinture pour l'attirer encore plus près.

— Je veux que tu te déshabilles aussi.

— Tu sembles avoir beaucoup d'exigences aujourd'hui.

Le ton dur de sa voix ne la découragea pas. En fait, cela fit battre son cœur plus fort.

— Peut-être que j'ai juste décidé de les exprimer au lieu de les garder pour moi.

Puis elle déplaça sa main vers sa braguette. Il n'avait pas

boutonné son jean après l'avoir prise sur la table et sa fermeture Éclair n'était qu'à moitié remontée. Il ne fallut pas grand-chose pour l'abaisser complètement.

— Tu crois vraiment que tu es prête à nous recevoir tous les deux en même temps ? Sais-tu au moins ce que ça veut dire ?

La façon dont Adam dit cela montrait clairement qu'il ne pensait pas qu'elle était prête. Et il avait raison. Mais elle en avait fini de s'entendre dire ce qu'elle devait faire, quand et comment le faire. Et les images que son cerveau lui faisait miroiter sur ce que cela voulait exactement dire lui donnaient l'impression d'être entrée dans un sauna.

Se forçant à soutenir le regard d'Adam, elle hocha la tête.

— Je sais ce que cela signifie. Et non, je ne suis pas sûre d'être prête. Mais comment le saurai-je si tu disparais ?

Ses yeux se rétrécirent et elle sut qu'il voulait dire quelque chose. Mais il regarda Tristan pendant une brève seconde et il s'abstint. Au bout d'un instant, il soupira et leva la main de manière désinvolte.

— Vos désirs sont des ordres, mademoiselle.

Elle cligna des yeux, un peu choquée de réaliser qu'Adam avait cédé.

— Que la fête commence ! susurra Tristan à ses oreilles et elle se retourna pour le trouver à quelques centimètres de ses lèvres. Et nu jusqu'à la taille. Puis sa bouche se referma sur la sienne et elle ferma les yeux en l'embrassant en retour.

Elle n'avait peut-être pas beaucoup d'expérience, mais Tristan lui donnait l'impression qu'elle pouvait prendre des risques avec lui. Qu'elle pouvait l'embrasser à bouche perdue. Qu'il s'en ficherait si elle ne le faisait pas exactement comme il faut, ou qu'elle ne soit pas aussi expérimentée que beaucoup d'autres femmes.

Et Adam... Adam lui donnait envie d'acquérir toute cette expérience de la part de Tristan et de l'en faire bénéficier. Mais pour l'instant, Tristan la pressait contre sa poitrine chaude et puissante, ses mains étaient plaquées contre son dos, et son cerveau ne fonctionnait plus aussi bien qu'avant.

Mais comme il voulait qu'elle prenne le relais et dirige les opérations, elle avait besoin de réfléchir. Pour savoir de quelle manière, elle devait incliner sa tête pour obtenir le meilleur angle. Comment lui lécher les lèvres et l'amener à les ouvrir. Comment faire glisser sa langue contre la sienne pour le faire gémir.

Pendant qu'elle faisait cela, elle laissa ses mains glisser le long de son torse. Sur les muscles saillants de sa poitrine, sur ses abdos bien dessinés et jusqu'à son jean. Elle ouvrit le bouton de sa braguette et fit descendre rapidement la fermeture à glissière, puis enfonça les mains dans sa ceinture.

Cette fois, elle n'hésita pas à faire glisser son jean et son caleçon moulants sur son cul parfait, jusqu'aux cuisses. Comme il était agenouillé sur le canapé, ils ne descendraient pas plus bas, alors elle les abandonna là. Puis elle prit son courage à deux mains et empoigna son membre dressé.

Épais. Chaud. Dur. Et doux comme de la soie. Ces contradictions l'envoûtaient et elle le caressa, d'abord doucement, jusqu'à ce qu'il enroule une de ses propres mains autour de la sienne et lui montre qu'il aimait ça plus fort. Elle avait peur de lui faire mal, mais quand il gémit tout en l'embrassant, elle lui donna ce qu'il voulait.

Le frottement de sa paume contre sa chair lui semblait tellement érotique, décadent. Et l'envie de le prendre dans sa bouche, comme elle l'avait fait avec Adam, la poussa à s'écarter de ses lèvres et à se rapprocher pour pouvoir lui chuchoter à l'oreille.

— Je veux te goûter. Allonge-toi.

Elle jura qu'elle sentit une onde de chaleur se propager dans tout son corps alors qu'il pressait sa bouche contre son cou. Elle aurait probablement une marque demain, il l'avait sucée si fort. Pour l'instant, elle s'en moquait. Tout ce qu'elle voulait, c'était qu'il lui donne ce qu'elle voulait.

— OK, mais pendant que tu me suces, Adam te fera la même chose.

Son cœur manqua un battement alors qu'elle digérait cette information et réalisait que l'idée lui plaisait beaucoup.

— D'accord... oh !

Adam la souleva du canapé et se dirigea vers la chambre.

— Ce putain de canapé est trop petit. Et je ne vais pas te laisser te rapper la peau sur un tapis.

En passant ses bras autour des épaules d'Adam, elle essaya de ne pas trop s'accrocher à lui alors que c'est tout ce qu'elle voulait faire. Elle n'avait jamais eu l'envie de faire ça à quelqu'un d'autre dans sa vie, elle avait toujours été fière de son indépendance. Puis ces deux hommes avaient fait leur entrée dans sa vie comme des bulldozers. Deux soirées. Il ne leur avait fallu que deux soirs pour venir à bout de sa carapace durement gagnée, jusqu'à ce qu'ils se frayent un chemin en dessous.

L'idée lui coupa le souffle et le doute s'immisça dans son esprit, mais il n'eut pas le temps de prendre le dessus, car Adam poussa la porte de la chambre à coucher et la jeta pratiquement sur le lit. Elle essaya de se stabiliser avec les mains, mais il l'attrapa par la taille avant qu'elle ne puisse s'asseoir et il la mit à genoux.

Avant même qu'elle n'ait pu penser à la logistique, Tristan s'était couché à côté d'elle la tête appuyée sur les oreillers. Nu. Et soudain, elle n'avait plus besoin de réfléchir. Sa bite était juste là, sous ses yeux, n'attendant qu'elle. Et elle eut envie de...

— Vas-y, dit Adam. Suce-le !

Le grognement d'Adam rendit les mots encore plus cochons. Elle frissonna, mais pas parce qu'elle n'aimait pas ça. Non, elle aimait beaucoup trop ça. Et sans laisser son cerveau l'embrouiller, elle se pencha en avant et le lécha, de la base de ses couilles jusqu'à la pointe satinée de son gland.

— Oh, putain.

C'était Tristan et il la fit sourire juste avant qu'elle ne recommence et qu'il laisse tomber sa tête dans les oreillers, tous les muscles de son corps tendus comme des élastiques. Elle se repositionna un peu, puis retint son souffle et le prit dans sa bouche. Elle ferma les yeux tandis que sa langue s'enroulait autour de son gland, laissant son goût inonder sa bouche. Elle n'avait jamais imaginé à quel point ce goût pouvait être érotique. Elle ne pouvait même pas imaginer que cette pensée lui viendrait un jour à l'esprit. Et là... elle l'engloutissait davantage, laissant sa langue glisser tout du long. Qui aurait pu penser...

Le lit s'enfonça à côté d'elle et elle s'écarta de Tristan, retint son souffle, anticipant le contact d'Adam. Lorsqu'elle réalisa qu'il ne bougeait pas, elle tourna la tête et le trouva allongé sur le côté, la tête appuyée sur une main. En train de la regarder attentivement. Il aimait regarder presque autant qu'il aimait participer, réalisait-elle.

— Tu aimes son goût ?

Ses joues s'empourprèrent. Elle baissa les yeux sur le lit. Une fraction de seconde plus tard, Adam avait posé les doigts sous son menton et avait incliné sa tête pour la regarder dans les yeux.

« Il n'y a pas de gêne ici. Il n'y a pas de honte à avoir. »

Sa voix rauque était autoritaire et elle était tout à fait disposée à obéir.

« Continue ! »

Baissant la tête, elle n'hésita pas une seconde. Enroulant ses doigts autour de la base de la queue de Tristan, elle remit le bout dans sa bouche et céda à l'érotisme torride qui bouillonnait dans son sang. Concentrant toute son attention sur un résultat simple... faire jouir Tristan.

Elle voulait lui faire perdre la tête, le faire jouir et qu'il gémisse son nom. Et elle voulait qu'Adam veuille qu'elle lui fasse la même chose. Et si elle poussait Tristan sur le dos et le chevauchait tout en suçant Adam ?

L'idée lui fit faire une pause, sa langue lapant le bout du membre de Tristan. Devrait-elle simplement le faire ? Ou devrait-elle demander ? Non. Elle n'avait pas besoin de demander.

En s'écartant, elle remarqua combien la respiration de Tristan était devenue laborieuse, bruyante. Elle aimait ça. Elle aimait aussi la façon dont il la regarda se redresser, son regard se déplaçant le long de son corps. Il aimait manifestement ce qu'il voyait, car sa bite mouillée se dressa contre son ventre.

Adam la regardait aussi, les yeux plissés. Elle pensait savoir ce qu'il pensait. Il attendait de voir ce qu'elle allait faire. Et elle savait qu'il serait prompt à donner un autre ordre s'il n'aimait pas ce qu'elle avait prévu. Ravalant son hésitation elle regarda Tristan droit dans les yeux.

— Je veux te chevaucher.

Tristan incurva les lèvres en un sourire malicieux et Adam roula hors du lit pour attraper son pantalon sur le sol et fouiller dans sa poche pour prendre quelque chose avant de jeter son jean au bout du lit. Un préservatif, qu'il jeta à Tristan. Tristan le saisit d'une main et l'enfila. Puis il se pencha en avant, tous ces beaux abdominaux se contractèrent, il la saisit par la taille et la souleva. Les genoux de Kat tombèrent automatiquement de chaque côté de ses hanches et ses mains se posèrent sur sa poitrine. Les yeux sombres de Tristan plongés dans les siens, elle s'installa dans une position dans laquelle elle ne s'était jamais trouvée. Une position de contrôle.

— Je suis tout à toi, ma chérie.

Tristan continua à tenir ses hanches, sans bouger. Il attendait alors qu'elle empoigne sa queue et s'empale sur lui. Au premier contact de sa bite avec les pétales de son sexe, ses poumons se contractèrent, et elle prit une grande bouffée d'air.

Mon Dieu, c'était incroyable. La bite de Tristan n'était pas aussi épaisse que celle d'Adam, mais il ne manquait pas de longueur. Elle s'en souvenait. En glissant sur son membre, elle se demandait si elle serait capable de le prendre complètement dans cette position. Il semblait qu'il lui faudrait une éternité pour l'engloutir complètement, et quand elle l'eut tout entier à l'intérieur, il touchait toutes sortes d'endroits étonnants qui la faisait gémir et frissonner. Elle faillit ne pas vouloir bouger, mais elle savait que ce serait mieux quand elle le ferait.

— Et voilà, Kat. La voix d'Adam arriva par-derrière et elle réalisa qu'il était retourné sur le lit à côté d'elle. Il est tout à toi. Prends-le. Je veux vous regarder.

Elle ouvrit les yeux et vit que Tristan fixait son pubis, mais il ferma les yeux dès qu'elle commença à bouger. Son expression lui donnait l'impression d'être la femme la plus désirable de la terre. Comme s'il n'avait jamais rien ressenti d'aussi excitant. Elle voulait que ce soit encore meilleur. Et elle voulait qu'il la regarde. Elle n'était pas sûre de pouvoir parler, alors elle fit glisser ses ongles sur ses abdominaux. Légèrement, à peine assez pour laisser une marque. Juste assez pour qu'il gémisse et que ses yeux s'ouvrent.

— Allez, mon amour. J'ai besoin que tu bouges.

Pas je veux, j'ai besoin. *Besoin.* Personne n'avait jamais dit qu'il avait besoin d'elle. Ça la faisait frissonner et se contracter autour de lui, le faisant gémir. Mais cette fois, ses yeux restèrent plongés dans les siens.

— Chevauche-le, Kat. Maintenant !

L'ordre dans la voix d'Adam suscita des réponses contradictoires. Elle voulait faire ce qu'il lui disait, mais son inclination naturelle était de se mettre sur ses ergots et de refuser. Pourtant, elle ne voulait pas se refuser ce plaisir.

Elle contracta les cuisses et se souleva un peu sur les genoux… et gémit en sentant sa bite appuyer sur son clitoris. Elle ferma les yeux, rejeta la tête en arrière et commença à bouger en un rythme lent. Elle ne voulait pas aller trop vite, elle ne voulait pas que cela se termine trop vite, alors elle glissa le long de son membre en se contractant autour de lui alors qu'elle se hissait au bout. Puis elle redescendit en gémissant sous l'exquise sensation de plénitude.

Sous elle, Tristan gémit aussi, les yeux fermés. Elle rouvrit les yeux et le voir déclencha une poussée d'adrénaline dans ses veines. Elle frémit et enfonça les ongles dans ses abdominaux. Tristan haleta. Cela lui plaisait de savoir qu'elle pouvait l'affecter de cette manière. Qu'elle avait le pouvoir de le faire gémir et trembler.

En prendre conscience lui fit reprendre son rythme, le chevaucher plus vite, cogner son pubis plus fort contre le sien en regardant son visage se crisper pendant qu'elle le baisait. Elle approchait de l'orgasme à chaque mouvement, jusqu'à ce que toute son attention se concentre sur le point où ils étaient reliés.

Presque…

— Pas encore, Kat.

La voix d'Adam dans son oreille la fit presque jouir. Elle avait presque oublié qu'il était là. Non, non, ce n'était pas vrai, elle n'avait pas oublié. Sa présence avait toujours été dans un coin de son esprit. Le fait de savoir qu'il regardait avait rendu les choses un peu plus torrides, un peu plus interdites, beaucoup plus intenses. Elle sentait qu'elle avait attendu qu'il les rejoigne, son corps résistant à l'orgasme parce qu'elle savait qu'il était là.

Et cette fois, elle savait qu'il ne se contenterait pas de les regarder ou de se faire sucer. Cette fois, il voulait… tellement plus.

Es-tu prête pour cela ?

L'était-elle ?

Sous elle, Tristan ne bougeait plus, mise à part sa poitrine qui se soulevait et s'abaissait rapidement. Il l'observait sous ses paupières mis closes, ses lèvres étaient écartées et si sexy qu'elle voulait les mordre. Mais derrière elle... derrière elle, elle sentait Adam. La chaleur de son corps, son souffle sur son épaule.

Le lit s'enfonça un peu quand il se rapprocha. Du moins, elle espérait qu'il se rapprochait. Elle voulait qu'il le fasse. Proche comment ? Pouvait-elle franchement supporter ce qu'ils voulaient d'elle ? Avant... c'était avant. Elle n'était plus cette personne qui était trop fragile pour s'attaquer à... enfin, à presque tout dans sa vie.

Maintenant, ces deux hommes la voulaient comme aucun autre homme ne l'avait jamais voulue auparavant. Et bon sang, elle n'allait pas laisser son manque de confiance en elle se mettre en travers de ce qu'elle voulait. C'est ce qu'elle voulait. Tellement fort.

Elle tourna la tête pour pouvoir apercevoir Adam dans son champ de vision et lécha ses lèvres sèches.

— Qu'est-ce que tu attends ?

Les deux hommes inspirèrent fort et elle sourit. Maintenant elle avait le pouvoir. Cette sensation grisante la rendait audacieuse. Elle battit des paupières lorsque la main d'Adam tomba sur son épaule. Il ne le fit pas fort, mais ça n'avait pas d'importance. Elle se noyait dans la luxure, plus rien n'avait d'importance.

— J'attends que tu sois sûre, Kat.

Elle inspira.

— Je suis sûre.

— Alors je vais te prendre au mot. Si tu as besoin que je...

— J'ai surtout besoin que tu arrêtes de parler tout de suite et que tu te joignes à nous.

Personne ne bougea pendant plusieurs secondes jusqu'à ce que la tension soit presque palpable entre eux trois. Puis elle sentit Adam bouger, et son corps répondit par un frisson qui fit contracter si fort sa chatte sur la queue de Tristan qu'il eut un hoquet. Adam n'avait fait que s'approcher suffisamment près pour que sa bouche effleure ses cheveux, ébouriffant des mèches. Et pourtant, c'était suffisant pour la faire haleter.

Elle retint sa respiration lorsqu'il s'approcha encore, jusqu'à ce qu'elle sente sa poitrine contre son dos. La chaleur irradiait de lui comme une vague, l'engloutissant. Accentuant chaque sensation. L'air frais sur ses seins nus, la raideur de la queue de Tristan dans sa chatte, la dureté des pectoraux d'Adam contre son dos. C'était comme un solide mur de muscles derrière elle. Tout comme Tristan était comme du marbre chaud sous elle. Entourée. Au centre de leur attention. Elle sentit les prémices de l'anxiété commencer à s'immiscer, voulant éclater en panique totale.

Et puis Adam posa la bouche sur son cou et la mordit.

Adam sentit Katrina trembler et sut instinctivement que ce n'était pas de plaisir. Quelles que soient les peurs qu'elle ait combattues pour être avec eux, elles commençaient à gagner. Cela le mit en colère. Il se dit que c'était parce qu'il avait raison. Qu'elle utilisait les sentiments de Tristan pour elle afin d'élaborer un programme caché.

Et c'était inacceptable. Tristan ne méritait pas d'être utilisé comme ça. Et Adam ne le tolérerait pas. Il la ferait craquer et montrerait à Tristan pourquoi ce n'était pas une femme dont il avait besoin au lit. Et il renforcerait sa propre conviction contre elle, aussi. Parce que...

libérant sa peau de la douce emprise de ses dents, il résista à l'envie de la forcer à se pencher sur Tristan pour qu'il puisse presser sa bite contre le minuscule pli vierge de son cul. Même s'il voulait la prendre par là, il savait qu'il ne pourrait pas le faire rapidement. Il devait s'assurer qu'elle soit prête. Mais il était venu avec ce qu'il fallait...

Dans la poche de son jean, il avait mis des petits échantillons de lubrifiant. Il ne s'attendait pas à en avoir besoin. Il pensait sincèrement qu'elle les congédierait. Alors pourquoi les avait-il apportés ?

Parce que tu espérais en avoir besoin.

Merde. Il serra la mâchoire à cette idée, mais il devait s'avouer que c'était vrai. Il voulait la prendre comme ça. Il voulait lui baiser le cul pendant que Tristan lui prendrait la chatte. Oui, il prenait son pied avec ça. Vraiment. Le fait que ce soit Kat... Ça ne devrait pas faire une putain de différence. Et pourtant...

Pour interrompre le cours de ses pensées, il attrapa le jean qu'il avait jeté au bout du lit et sortit un des échantillons. Puis il mit une main sur l'épaule de Kat et la poussa vers l'avant. Elle résista pendant une seconde, le corps raide et inflexible. Elle céda ensuite et s'affala sur Tristan. Sa tête arrivait sous son menton, et même cette position soulignait sa fragilité. Il faillit s'arrêter parce qu'il n'était pas sûr de ne pas lui faire de mal. Elle semblait tellement petite.

Mais il avait déjà déchiré le sachet et il recouvrait de lubrifiant l'index et le majeur de sa main droite. Puis il fit couler le reste du liquide entre les rondeurs parfaites des fesses de Kat. Elle frissonna lorsque le liquide dégoulina et il eut envie d'écarter ses fesses pour voir le lubrifiant scintiller contre son anus vierge.

Il résista à cette envie parce qu'il savait que cela pourrait la mettre mal à l'aise de se voir écartée comme ça. Et cela n'était jamais arrivé avec aucune des autres femmes avec lesquelles il avait couché. Fermant brièvement les yeux, il repoussa l'idée et se rapprocha jusqu'à ce que sa bite soit exactement là où il le voulait.

Puis il laissa ses doigts enduits suivre le chemin que le lubrifiant avait pris. Dès que son index plongea entre ses fesses, elle frissonna et Tristan enroula ses bras autour de son dos, la serrant contre sa poitrine.

— Tu aimes ça, mon amour ? chuchota-t-il à son oreille. Adam regarda Tris lui mordre l'oreille et la sentit trembler à nouveau. Attends un peu. Ça va devenir tellement mieux.

Le regard d'Adam se porta immédiatement sur ses doigts qui suivaient les courbes du corps de Kat. Le bout de ses doigts effleura les lèvres de sa chatte avant qu'il ne les ramène vers cette autre ouverture, plus étroite.

Étalant le lubrifiant autour, il se contenta d'abord de masser sa peau, sans jamais la blesser. Au début, elle se tenait toute raide, la respiration hachée, mais il tint bon jusqu'à ce qu'elle se cambre un peu. Elle ne bougea que d'un millimètre, mais il sourit de manière sarcastique. Oui. C'est ce qu'elle voulait. Elle voulait qu'il...

Il introduisit un doigt dans cet orifice étroit, seulement le bout.

Mon Dieu, elle était tendue. Il ne pourrait pas la prendre par là. Du moins, pas ce soir. Mais il pouvait s'assurer qu'elle serait prête pour la prochaine fois.

Sa bite, déjà à moitié dure tressauta, comme pour protester d'être privée de ce plaisir. Mais il ne ferait jamais de mal à Kat. Au lieu de cela, il remua son doigt, en allant plus loin, mais lentement. Il aimait la sensation sur son doigt, sachant que ce serait beaucoup mieux s'il pouvait y enfoncer sa queue.

Si jamais cela arrivait.

Et puis merde. Ça arriverait. Ce ne serait pas la dernière fois qu'ils coucheraient avec elle. Il glissa de quelques centimètres de plus et faillit grogner quand elle gémit contre la poitrine de Tristan. En jetant le sachet vide sur le côté, il mit sa main libre sur son cul et lui écarta les fesses, juste assez pour pouvoir voir où il était entré.

Bon sang.

Il retira son doigt, retourna à l'intérieur et fit des allers-retours à un rythme régulier et implacable qui la fit respirer en cadence.

Son regard se posa sur le corps de Kat et il vit qu'elle commençait à bouger les hanches. Lentement au début, mais pas parce qu'elle voulait se dégager. Non, elle aimait vraiment ça. Et cela lui plaisait d'une manière qu'il n'avait pas envie d'explorer pour l'instant. Au lieu de cela, il se concentra pour faire passer son désir à un niveau supérieur.

Un coup d'œil rapide à Tristan, qui hocha la tête, et ensuite Adam fit ce qu'il faisait le mieux. Il se concentra sur un seul et unique objectif : faire en sorte que Kat leur cède son contrôle. La main sur ses fesses commença à pétrir sa chair tandis que son autre main s'activait en elle d'une manière qu'elle n'avait encore jamais expérimentée, il en était sûr.

Ses mouvements furent d'abord hésitants et saccadés. Mais au bout d'une minute environ, son corps trouva son rythme et ses hanches se mirent à entamer une danse lascive qui fit durcir sa queue plus vite que le toucher de sa main n'aurait pu le faire.

Sous elle, Tristan ferma les yeux et garda les mains sur ses hanches alors qu'il essayait de ne pas bouger. Mais Adam savait que sa retenue ne tenait plus que par un fil. La façon dont elle bougeait...

— La prochaine fois, Adam va te prendre le cul pendant que je te baiserai la chatte. Et tu vas adorer ça.

Adam put à peine entendre Tristan, car il parlait directement dans l'oreille de Kat, mais il entendit qu'elle gémissait et il la vit trembler.

« C'est vrai, ma belle. Je vais te baiser maintenant et tu vas avoir un petit aperçu de ce que ça va être quand Adam te mettra sa bite dans le cul en même temps. »

— Oh Seigneur...

Sa voix était à peine audible, mais elle était pleine de désir. Ce qui força Tristan à remuer les hanches en s'enfonçant en elle. Comme ils l'avaient déjà fait plusieurs fois, Adam savait exactement quoi faire pour la pousser au bord du gouffre en même temps que Tristan. Il ajouta un second doigt. Elle gémit encore plus fort, tout comme Tristan qui intensifia son rythme.

N'en pouvant plus, Adam prit sa propre bite en main et donna libre cours à son envie. Il sentit l'anus de Kat se resserrer autour de ses doigts et sut à la seconde qu'elle commençait à jouir. Son gémissement se transforma en cri qui trouva un écho dans les grognements de Tristan, dont les hanches s'activèrent encore plusieurs fois avant qu'il ne jouisse également. Adam lâcha Kat et se branla encore plus fort pendant quelques secondes avant de jouir et de lâcher son sperme sur ses fesses.

Puis il se laissa glisser sur le lit et ferma les yeux.

La poitrine de Tristan se soulevait comme s'il avait été sauvé de la noyade. Drapée sur son corps, Kat tremblait à chaque respiration.

Merde. Est-ce qu'elle allait bien ?

Il serra les bras autour de son buste alors qu'il entendait la respiration laborieuse d'Adam. Il se concentra à nouveau sur Kat. Elle avait commencé à se calmer, à moins trembler. Sa joue reposait contre sa poitrine, sa peau chaude contre la sienne. Il voulait fermer les yeux et s'endormir ici et maintenant. Mais il ne pouvait pas le faire. Pas sans sa permission.

La dernière fois, elle était partie. Elle avait pratiquement couru vers la porte à la seconde où elle avait cru qu'il dormait.

C'était sa chambre, son espace. Ni lui ni Adam ne resteraient sans sa permission. Mais il espérait vraiment qu'elle ne les mettrait pas dehors tout de suite. Ou mieux, pas du tout.

Le matelas s'enfonça alors qu'Adam bougeait. Tristan s'imaginait qu'il allait sortir du lit, mais, étonnamment, il s'était simplement déplacé et installé plus confortablement sur le lit. *Intéressant.* Garder les yeux ouverts s'avérait être une bataille perdue d'avance, mais Tristan se força à bouger, faisant pivoter Kat jusqu'à ce qu'elle se trouve entre lui et Adam. Elle ne protesta pas, mais il l'entendit respirer profondément, comme si son cerveau s'était remis à fonctionner. Il aurait pensé que Kat n'éteignait jamais son cerveau.

Ce qu'il voulait savoir, c'était pourquoi elle ressentait le besoin d'être toujours sur ses gardes. Et ce qu'il devrait faire pour lever ses barrières et les ouvrir pour Adam et lui. Mais d'abord, il devait aller aux toilettes.

Il l'embrassa sur le dessus de la tête et s'assit précipitamment pour qu'elle n'ait pas le temps de réfléchir. Adam non plus.

— Ne bouge pas ma chérie. Je vais juste à la salle de bain. Je reviens tout de suite.

Puis il remarqua qu'Adam s'était déplacé de quelques centimètres pour mettre Kat à sa portée. Tristan retint un sourire quand il enroula simplement ses bras autour d'elle pour la ramener contre sa poitrine. Les yeux de Kat s'ouvrirent, des fentes d'un bleu nuit qui le suivirent alors qu'il roulait hors du lit. Elle remua les doigts et posa la main sur l'avant-bras d'Adam. Celui-ci garda les yeux fermés, mais les muscles de ses bras se contractèrent. Il ne lâcha pas prise.

Lorsque Tristan revint avec un gant humide quelques minutes plus tard, Adam tenait Kat plus fermement contre sa poitrine et sa tête était blottie sous son menton. C'était étonnant qu'il n'ait toujours pas bougé, et Tristan s'attendait à ce qu'il se relève maintenant qu'il était de retour. Comme il n'en faisait rien, Tristan s'agenouilla sur le lit à côté de Kat et lui passa le gant de toilette entre les cuisses. Ses yeux étaient à nouveau ouverts et elle suivait chacun de ses mouvements. Quand il eut terminé, Adam lui prit le gant des mains et le passa sur les fesses de Kat. Ils avaient joui tous les trois. Avec un peu de chance, ils jouiraient encore une fois plus tard si elle ne les congédiait pas.

— Tu peux me passer ce t-shirt, dit-elle nonchalamment.

Pas exactement ce à quoi il s'attendait, mais il suivit la direction de son bras tendu et vit un t-shirt noir soigneusement plié sur une chaise. Il hocha la tête et s'exécuta. Lorsqu'il fut devenu évident qu'elle avait l'intention de le mettre, Adam la libéra en se tenant sur un coude pour la regarder.

Le logo sur le t-shirt fit sourire Tristan. Le groupe Rancid. Jamais il ne se serait attendu à ce qu'elle sache qui était Rancid, et encore moins à ce qu'elle porte leur t-shirt. Il voulait lui demander, il voulait savoir cette petite chose sur elle, mais ce n'était pas le moment. Plus tard. Lorsque le t-shirt XXL l'eut complètement couverte, elle s'assit en tailleur sur le lit. Et Tristan l'observa, fasciné, passer d'amante satisfaite à avocate cool.

« Je sais que nous avons déjà discuté plus tôt de la possibilité que ces rencontres deviennent une liaison. Je sais ce que vous avez dit à ce moment-là. J'aimerais savoir ce que vous en dites maintenant. Je suis curieuse de savoir si vous avez l'intention de poursuivre une relation plus... régulière. »

Son utilisation du mot « régulière » déclencha une alarme dans le cerveau de Tristan. Du coin de l'œil, il vit le regard d'Adam et sut que son ami avait eu la même réaction. Essayant de garder une expression neutre, Tristan s'assit sur le bord du lit, sans se soucier d'être nu. Si cela déstabilisait Kat, tant mieux. Il avait le sentiment qu'il allait avoir besoin de toute l'aide possible pour cette conversation.

— Et comment définis-tu le terme « régulier » ? Tristan

garda délibérément un visage impassible bien que son cœur ait commencé à battre la chamade.

Une légère rougeur apparut sur les joues de Kat mais elle soutint son regard.

— Je suis désolée, peut-être que « régulière » n'est pas le bon mot, alors peut-être que je dois être plus explicite. Elle prit une grande bouffée d'air. Est-ce que toi et Adam comptez continuer à faire équipe pour poursuivre une... une liaison avec moi ?

Tristan prit un moment avant de répondre, la regardant attentivement, mais ne voyant rien dans son expression pour évaluer où elle voulait en venir.

— Et si je disais oui ?

Elle ne répondit pas tout de suite. Au lieu de cela, elle se mit à mordiller sa lèvre inférieure. Il n'était pas sûr qu'elle soit consciente de ce qu'elle faisait, et cela seul révélait son état d'esprit. Il sentit un comme minuscule glaçon se déposer au fond de sa poitrine.

— Alors je dois vous dire que je ne pourrai peut-être pas répondre à cette demande. D'un point de vue émotionnel.

— Et qu'est-ce que ça veut dire, bon sang ?

Merde. Tristan perçut le ton glacial dans la question d'Adam et regarda Kat en sentir la morsure. Elle tressaillit, bien qu'elle ait essayé de le cacher.

— Ça veut dire que je ne pense pas être émotionnellement préparée à gérer une liaison avec deux hommes.

— Et qui parle de liaison ? Je pensais qu'avant de venir baiser ici, on était d'accord pour dire que c'était juste un plan cul.

Fils de pute. Il allait tordre le cou d'Adam.

D'après la tête qu'il faisait, celui-ci semblait être à bout de nerfs. Il fallait généralement assez longtemps avant qu'il pète les plombs, mais quand cela arrivait l'explosion était immense et effrayante. Il ne pensait pas que Kat pourrait le supporter.

— Adam…

Adam le coupa d'un geste de la main sans jamais quitter Kat des yeux.

Merde. Tristan ne pouvait pas reprocher à Adam de vouloir des réponses et il avait le droit de poser toutes les questions qu'il voulait. Ils avaient toujours été des partenaires égaux. C'est comme ça qu'ils avaient réussi à continuer à travailler ensemble en restant amis.

— Tu vas répondre, Kat ? Ou bien tu vas laisser Tristan me dire de ne pas te harceler ? Je t'ai choquée là ?

L'attention de Tristan était restée rivée sur Kat, et il comprit tout de suite quand elle commença à perdre ses moyens. Sa lèvre inférieure se mit à trembler et elle cligna des yeux. Il se dit que les larmes n'étaient pas loin. Il n'avait pas imaginé qu'elle les utiliserait, bien qu'il ne soit pas sûr qu'il s'agisse d'un stratagème.

À la seconde qui suivit, elle battit des paupières et les larmes et les tremblements cessèrent. La femme assise sur le lit, qui quelques minutes avant à peine avait joui sous sa queue et les doigts d'Adam, devint la salope frigide que son frère l'avait un jour accusée d'être.

Mais Tristan prit sa réaction pour ce qu'elle était. Une protection. Il le savait parce qu'il avait déjà vu ça. En Adam. Et il savait comment Adam s'en était sorti.

Merde.

Il en avait vu les signes ce soir-là à la fête. Il les avait vus et il les avait délibérément ignorés.

— Je crois qu'il est temps pour vous deux de partir. Sa voix ne contenait aucune trace d'émotion. J'aimerais me reposer maintenant, dit-elle d'un ton glacial.

Bon sang. C'était ce que Tristan craignait, ce qu'il avait voulu éviter à tout prix.

— Ben voyons, répondit froidement Adam. Tu t'es bien amusée, mais il est temps que la piétaille s'en aille. C'est ça ?

Elle leva les yeux sur Adam, le dos bien droit. Tristan s'attendait à ce qu'elle explose. Il voulait qu'elle le fasse. Il voulait frapper Adam, lui aussi. Au lieu de cela, sa voix prit un ton sans vie qui donna envie à Tristan de la secouer.

— Vous n'avez aucune idée de ce que je pense. Et maintenant, j'aimerais vraiment être seule.

— Pas de problème.

Adam se poussa hors du lit. Tristan savait qu'il dissimulait sa colère dans des mouvements savamment contrôlés quand il se dirigea vers la sortie.

— Kat...

— Et je ne veux vraiment pas discuter du problème, dit-elle en s'adressant à Tristan.

— Kat. Ne fais pas ça.

Ce seul mot sembla la faire réagir davantage que tout ce qu'Adam avait pu dire. Il avait senti son regard le transpercer.

— Ne fais pas quoi, Tristan ? Dire non ? C'est exactement ce que j'aurais dû dire dès le début. S'il te plaît, ne rends pas les choses plus laides. Je veux que tu partes. Tout de suite.

Il se figea, en entendant dans sa voix un soupçon d'inquiétude. Comme si elle était presque certaine qu'il ne le ferait pas.

Merde.

Il se leva du lit.

— Je t'appellerai demain, Kat. Je veux que tu répondes au téléphone quand j'appelle parce que sinon, je repasserai te voir.

Elle le regarda avec des yeux méfiants sortir cul nu de la chambre. Le temps qu'il arrive dans la pièce de devant, Adam n'était plus là. Une sacrée bonne chose, car Tristan aurait pu l'étrangler.

Et quand il le rattraperait, c'est peut-être le moins qu'il pourrait lui faire.

CHAPITRE SEPT

Adam tournait autour du sac de frappes, en y mettant tantôt une droite, tantôt un uppercut avec sa gauche. Il avait enveloppé ses mains, mais ne portait pas de gants. Ses articulations lui faisaient horriblement mal, mais il continuait à frapper le sac. De temps en temps, il levait le genou pour administrer un coup qui serait illégal sur un ring, mais qui lui avait sauvé la peau plus d'une fois dans la rue.

Il gardait un rythme implacable, la sueur dégoulinant sur son torse nu et s'infiltrant dans son short. À une heure du matin, le gymnase était vide, car il fermait à vingt-trois heures. Adam avait une clé. Le propriétaire l'entraînait depuis qu'il avait dix ans, le jour où il l'avait trouvé en sang, en train de jurer dans la ruelle derrière. Il avait été battu par un groupe de voyous du coin qui voulait qu'il transporte de la drogue pour eux.

Adam leur avait dit d'aller se faire foutre. Les garçons plus âgés n'avaient pas aimé sa réponse.

Ils pensaient qu'il avait juste besoin d'une raclée pour rentrer dans le rang. Il leur avait dit que s'il avait voulu suivre les traces de son père, il aurait demandé un travail à son oncle.

Ensuite il leur avait dit qui était son oncle et là ils s'étaient enfuis.

Un sourire aux lèvres, il balança un crochet du droit, laissant l'impact se faire sentir dans toutes ses phalanges. S'il continuait ainsi, il se casserait les doigts. Pour l'instant, il s'en foutait. Il voulait juste tabasser quelque chose. Il aurait préféré quelque chose qui se défende. Mais ce n'était pas une option pour le moment.

Coup droit. Crochet. Frappe au genou. Coup de poing circulaire.

Merde.

Il sautilla sur place et secoua la main. Merde, il ne pouvait pas se permettre de se casser quoi que ce soit. S'ils recevaient un appel pour un kidnapping, il devait être prêt à agir... La porte d'entrée s'ouvrit à la volée.

— Putain de connard de mes deux. C'est quoi ton problème, mec ?

Adam laissa retomber son front contre le cuir froid du sac pendant quelques secondes avant de se redresser et de se tourner pour faire face à son meilleur ami. Qui voulait probablement le traiter comme un punching-ball. Croisant les bras sur sa poitrine, il écarta les pieds et se prépara à la volée de bois vert.

Tristan avançait d'un air menaçant, la mâchoire serrée, les lèvres closes, les yeux plissés. Il avait l'air sacrément énervé. Et avec raison.

« Comment as-tu pu la traiter comme ça ? Bon sang, Adam, tu l'as pratiquement humiliée. »

Ouais. Il avait été un vrai con. Pas de discussion là-dessus. Il se connaissait aussi assez bien pour savoir qu'il devait la boucler. S'il l'ouvrait, il dirait quelque chose qui aggraverait les choses. Il savait aussi que s'il se taisait, Tris s'énerverait encore plus. Mais au moins, il aurait la chance de se défouler sans qu'il s'enfonce encore plus.

Pour l'instant, il n'était pas sûr que le trou puisse être plus profond. Il avait merdé bien au-delà de ses capacités habituelles.

« Quand je suis parti, elle avait l'air en état de choc, bordel de merde. » Les yeux de Tris lançaient des éclairs. Mais j'avais peur qu'elle craque complètement si je ne partais pas. Putain, à quoi tu pensais ? »

Que tu n'as pas idée dans quoi tu t'embarques avec cette femme. Que tu n'as jamais eu affaire à une femme aussi blessée qu'elle. Et que tu n'as aucune idée de l'enfer dans lequel tu vas tomber.

Adam serra les mâchoires pour que les mots ne sortent pas. Tris devait évacuer ça avant qu'il ne foute tout en l'air en disant ce qu'il ne fallait pas. Mais encore une fois, le fait qu'il ne réponde pas énerva encore plus Tris.

« Et depuis quand t'es-tu transformé en brute ? »

Une fureur brûlante fit l'effet d'un chalumeau dans les entrailles d'Adam et il ouvrit la bouche avant de pouvoir s'arrêter.

— Je ne suis pas une putain de brute.

Tirs pencha la tête sur le côté, ses yeux noirs braqués sur lui.

— Alors pourquoi t'as agi avec Kat comme le plus gros des connards ?

Parce que... *c'était* un connard. Tris devrait le savoir. Il aurait dû réaliser que, même s'il semblait très civilisé à l'extérieur, Adam était toujours un sauvage à l'intérieur.

« Et ne me sors pas que tu es un connard. Tris lui ricana au nez. Oui, tu en es un. Mais pas comme ça. Jamais comme ça. »

Tris s'arrêta à un mètre d'Adam, le fixant comme s'il était une cible dans un viseur de sniper. Adam n'aimait pas avoir le sentiment qu'il avait déçu Tris. C'était nul, en fait. Et il avait provoqué lui-même cette situation, en plus.

Tris se détourna soudain et Adam fit un pas vers lui. Il ne pouvait pas le laisser partir comme ça. Pas maintenant. Pas comme ça, énervé et pensant le pire de lui. Il n'arrivait pas non plus à faire en sorte que son cerveau forme une phrase cohérente.

Mais Tris n'alla pas bien loin. Il s'arrêta devant le coffre contenant le matériel de boxe, l'ouvrit et plongea les mains dedans. Il jeta un casque et des gants à Adam, sans prendre la peine de regarder par-dessus son épaule.

— Mets ça !

Sans un mot, Adam ramassa l'équipement alors que Tris enlevait ses chaussures, ses chaussettes, sa chemise et son t-shirt et mettait des gants et un casque lui aussi. Il fit un sourire narquois en se dirigeant vers le ring au bout du gymnase.

Oui. C'était une bien meilleure façon de régler cela.

Adam monta sur le ring et attendit au centre en regardant Tris se glisser sous les cordes et s'approcher du centre.

— Mets ce putain de casque. Tris cogna ses gants l'un contre l'autre. Je ne tiens pas à t'ouvrir la tête. Même si tu le mérites.

Adam prit délibérément son temps pour enfiler le casque et serrer la mentonnière.

— Tu crois vraiment que tu arriveras à t'approcher suffisamment pour m'ouvrir la tête ?

Tristan ne mordit pas à l'hameçon. Il prit un air ferme et déterminé. Sa tête de « On leur botte le cul et après on prend les noms ». Parfait. Adam n'avait pas envie de se retenir ce soir. Dans cet état d'esprit, Tris était un adversaire à sa hauteur. La plupart du temps, Adam mettait Tris sur le tapis en quelques minutes. Ce soir, avec une telle rage, Tris pourrait bien tenir le coup. Ce soir, Adam laisserait peut-être Tris lui mettre une raclée. Mais il ne lui rendrait pas les choses faciles.

Adam eut à peine le temps de lever les mains que Tris s'attaquait à lui avec un crochet du droit qu'il ne put pas complètement bloquer. Le coup lui arracha le menton et envoya valser sa tête sur le côté. En se remettant de face, Adam sourit et frappa Tristan à l'estomac. Il encaissa le coup en grognant à peine.

Adam fit un pas en arrière.

— Pas de règles ?

Tris haussa les épaules et leva les mains.

— Depuis quand on se bat avec des règles ? Ne fais pas ta chochotte.

Puis il frappa à nouveau le menton d'Adam, le faisant reculer de deux pas. Adam leva son gant pour essuyer sa bouche ensanglantée. Quand il sourit, sa lèvre lui faisait mal.

— OK, c'est parti !

Une demi-heure plus tard, assis sur le vieux banc de bois contre le mur de parpaings, Tristan aspira le reste de son eau et jeta la bouteille en direction de la poubelle à cinq mètres de là. Elle rebondit sur le côté du container et alla rouler à l'autre bout.

À côté de lui, Adam ricana.

— Je me demande comment tu peux être si bon tireur avec une arme alors que tu raterais le bord d'une grange avec un ballon de basket ?

— Parce que quand je vise avec un pistolet, je suis concentré. Je m'en fous si je touche ou non cette foutue poubelle.

Adam secoua la tête, puis fit la grimace en frottant l'ecchymose sur son menton.

— Tu m'en as envoyé de beaux ce soir. Mary Alice va te passer un savon.

Ce fut au tour de Tristan de faire la grimace. Leur chef de bureau était avec eux depuis la création de leur entreprise trois ans auparavant. Mary Alice Dabrowski avait un estomac fragile et une aversion pour la violence qui aurait pu sembler contraire à la nature de leurs affaires.

Au contraire, elle s'était révélée être l'un de leurs principaux atouts. Elle s'occupait de clients épuisés et terrifiés avec une bonne dose de fermeté et de compassion. Le problème, c'est qu'elle utilisait ces mêmes qualités sur eux. Et même si elle était plus jeune de quelques années, elle se comportait plus comme une mère poule que comme une petite sœur. Et parce qu'elle était justement la petite sœur d'un bon copain qui n'était pas rentré d'Afghanistan, ils la laissaient faire.

— C'est de ta faute. Tris se retourna pour regarder la lèvre fendue d'Adam. Il te faudra probablement des points de suture.

— Rien à foutre. Une pause, puis Adam soupira. Il faut que je m'excuse.

Tristan souffla, l'air dégoûté.

— Tu crois ?

Adam leva le majeur. Comment ce connard réussissait-il à rendre le geste sarcastique ? Eh bien c'était exactement ce qui faisait qu'Adam... était Adam.

— Mais Tris...

Comme Adam ne continuait pas, Tristan se retourna et le vit lutter pour trouver les bons mots. Adam ne disait jamais grand-chose. Le terme « taiseux » aurait pu être inventé juste pour lui. Et d'habitude, il n'avait pas besoin de dire quoi que ce soit. Tristan s'occupait de la plupart des interactions avec les clients.

À moins que le client ne parle pas anglais. Le fait qu'Adam soit polyglotte surprenait généralement les gens. Ils ne s'attendaient pas à ce qu'un homme comme lui - même lorsqu'il portait un costume à mille dollars et des chaussures italiennes faites sur mesure - puisse passer de l'anglais au russe, à l'allemand ou au français, ou à n'importe quoi d'autre. Mais quand il en avait besoin, il savait exactement quels bons mots utiliser. Ce n'était pas parce qu'il luttait maintenant qu'il ne savait pas quoi dire. Il ne savait seulement pas *comment* le dire parce qu'il était inquiet de la réaction de Tristan.

— Dois-je te donner un autre coup de tête pour faire sortir tout ce que tu as besoin de dire ? Tu sais que je le ferai s'il le faut.

Adam soupira et secoua la tête.

— Et merde. Un autre soupir avant qu'il ne regarde Tristan droit dans les yeux. Je suis out sur ce coup-là. Je m'excuserai de l'avoir traitée comme je l'ai fait. Ce n'était pas correct et ce n'était pas de sa faute. Mais... cette histoire ne va pas marcher et je me retire.

Le choc laissa Tristan immobile pendant plusieurs secondes alors qu'Adam restait silencieux à côté de lui. Ce gars le connaissait mieux que quiconque, y compris ses parents. Il savait que Tristan avait besoin de temps pour s'en remettre parce qu'Adam avait dit exactement ce qui ne manquerait pas de le mettre en colère.

Il voulait se mettre à l'écart.

Conneries.

Tristan prit une grande inspiration pour retrouver son calme.

— OK, je comprends pourquoi tu pourrais avoir quelques inquiétudes. Mais tu as tort. Je sais...

— Tris. Bon Dieu ! Adam frappa le banc puis en serra les bords. Il ne s'agit pas d'elle. Il s'agit de *moi*. Je ne peux rien faire pour que ça marche. Elle a besoin de quelqu'un d'autre que moi.

Non. Tristan refusait de le croire.

— Tu dois laisser du temps au temps. Fais-moi confiance.

Parce que Tristan n'était pas prêt à renoncer à ça. À elle. Au lycée, il avait deux ans d'avance sur Kat et il avait joué dans la cour des grands, mais leur école privée était petite et tous les élèves se connaissaient de nom. Il avait toujours été un élève correct et un athlète exceptionnel qui avait beaucoup de copains. Kat était introvertie, une timide maladive avec un GPA[1] presque parfait et qui avait peut-être trois amies. Elle était si loin du radar des « populaires » qu'elle aurait pu être invisible.

Mais pas pour Tristan. Il avait vu quelque chose en elle, même à l'époque, qui lui avait donné envie de la connaître, de découvrir ce qui la faisait vibrer. Il n'en avait jamais eu l'occasion au lycée, mais il s'était dit qu'il avait le temps. Il comptait faire West Point et, après avoir obtenu son diplôme, il ferait son choix. Il avait eu quelques semaines de vacances avant de commencer l'école des Rangers et elle devait rentrer de l'université pour l'été.

Mais il ne s'attendait pas à ce que sa couche de glace soit plus épaisse à son retour, ni que sa mère la destinerait à épouser son frère, ou qu'il n'aurait pas autant de temps qu'il ne le pensait pour la convaincre. Il avait fait ses classes sans avoir l'occasion de percer sa carapace. Puis il avait rencontré Adam et avait vécu l'enfer. Ensuite ils avaient fondé leur entreprise et la vie s'était mise en travers de leur chemin.

Mais malgré tout cela, quoi qu'il se soit passé ou avec qui il ait fini au lit, il n'avait jamais cessé de vouloir Kat. Il n'avait jamais cessé de croire qu'elle était la femme dont Adam et lui avaient besoin tous les deux.

« Et il y a aussi cette putain de vision étroite que tu as toujours des choses. Il faut que tu considères la situation dans son ensemble. »

Tris se tourna vers Adam, qui continuait à regarder droit devant lui.

« Depuis dix ans, j'ai étudié ce scénario sous tous les angles. Nous devons nous en tenir au plan. »

Adam jura dans sa barbe et quitta le banc pour se diriger vers les vestiaires.

— Malgré l'opinion publique, tu n'es pas un faiseur de

miracles, Tris. Tout ce que tu veux ne va pas toujours tomber dans ton bec. Et tout le monde ne va pas toujours te donner ce que tu veux.

La réplique fit mouche et le fusible à combustion lente de Tristan s'enflamma. Il sauta sur ses pieds et se retrouva sur les talons d'Adam une fraction de seconde plus tard.

— Tu es vraiment en train de me dire que tu ne veux pas d'elle ?

Adam poussa la porte du vestiaire, les épaules rentrées.

— Je te dis que ça ne va pas marcher. Elle n'est pas la femme que tu penses qu'elle est. Elle ne nous acceptera *jamais* dans son lit pour autre chose qu'une liaison cochonne qu'elle peut considérer comme une aberration.

Non. Tristan savait au fond de lui que ce n'était pas vrai. Oui, elle l'avait peut-être insinué, mais elle s'était rebiffée quand Adam l'avait provoquée.

Bon sang, quel putain de champ de mines.

Tristan s'arrêta sur le pas de la porte. Merde... *Merde. Il était vraiment si aveugle ?*

— Et clic il appuie sur l'interrupteur. Alléluia. Il voit la lumière.

Le ton sarcastique d'Adam sortit Tristan de ses pensées en spirale. Son regard se posa sur les yeux bleus glacés de son ami qui l'étudiait.

« Je sors du tableau, Tris. Sans rancune. Je vais m'excuser et ensuite, je te laisse seul à bord. Je ne suis pas ce dont cette femme a besoin dans sa vie. »

Tristan perçut une sincérité absolue dans l'expression d'Adam, il savait que son ami pensait chaque mot qu'il disait. Il savait aussi que c'était une connerie absolue. Mais ça n'était pas maintenant qu'il gagnerait cette bataille.

— Si c'est ce que tu veux.

Adam leva les sourcils, mais Tristan lui passa devant et se

dirigea vers son casier. Du coin de l'œil, il le vit le fixer pendant plusieurs secondes avant de se poster devant son propre casier quelques mètres plus loin.

— Je l'appellerai demain matin. Je m'excuserai.

Tristan hocha la tête.

— Très bien.

Adam marqua une pause, puis :

— Quand elle aura emménagé, vous aurez un terrain de jeu dégagé.

Tristan hocha à nouveau la tête, se forçant à prendre son temps, même s'il voulait se dépêcher de s'habiller. Il avait besoin de réfléchir, de savoir où il allait. Il travaillait mieux quand il avait un plan. Tout d'abord, s'il voulait régler la situation, il devait d'abord parler à un proche de Kat, et il ne connaissait qu'une seule personne qui correspondait à cette catégorie.

Tristan n'avait pas l'habitude de perdre et il n'allait pas commencer maintenant.

CHAPITRE HUIT

— Onca Da ! Onca Da !

Le bambin tendit les bras un sourire baveux aux lèvres. Adam souleva son neveu du sol et le jeta doucement en l'air en riant.

— Hé hé, Théo. Comment ça va, petit bonhomme ?

L'enfant de presque deux ans babilla quelque chose d'incompréhensible, auquel Adam répondit en secouant la tête.

« Un de ces jours, tu vas en faire voir à ta mère. Entre toi et moi, petit, j'ai hâte. Théo se mit à rire, comme s'il comprenait. »

— Adam, c'est toi ?

Adam frotta son nez sur celui de Théo avant de répondre.

— Oui, Lys. C'est moi. Où es-tu ?

— Dans la cuisine, évidemment.

La réponse tranchante de sa sœur amusa Adam et Théo tapota ses joues avec ses petites mains poisseuses.

— Oh, oh. Adam posa Théo sur sa hanche et commença à naviguer entre les jouets qui jonchaient le sol de la maison de sa sœur et de son beau-frère à Bustleton. On dirait que ta maman passe une mauvaise journée. Tu lui causes des soucis, petit bonhomme ?

— Oncle Adam !

Un cri aigu fut le seul avertissement qu'il reçut avant qu'une enfant de quatre ans affublée d'un enchevêtrement de boucles rousses ne se jette dans ses jambes. Heureusement, Ariel pesait à peine dix kilos et elle n'eut pas d'incidence sur son équilibre.

— Hé, petite sirène, comment vas-tu ?

La prenant dans son bras libre, il continua son chemin vers la cuisine pendant qu'Ariel lui expliquait qu'il devait venir au goûter qu'elle avait préparé à ses poupées dans sa chambre, alors que Thé continuait à babiller. Il allait demander où se trouvait son neveu de sept ans, Ajay, lorsqu'il entra dans la cuisine et trouva le gamin assis à table, fixant le sol pour éviter le regard sévère de sa mère, la grande sœur d'Adam, Allysa.

« Salut, sœurette. Comment ça va ? »

Sans détourner le regard d'Ajay, sa sœur lui répondit :

— Pas très bien pour le moment. N'est-ce pas, Ajay ?

Le gamin abattu jeta un coup d'œil à son oncle avant de décider qu'il ferait mieux de ne pas tenter le diable en demandant de l'aide. Apparemment, il en avait encore fait de belles. Comme Adam voyait beaucoup de lui-même en cet enfant, il comprenait pourquoi Lys avait l'air de vouloir à la fois rire et crier.

Il posa Ariel et Theo par terre et leur donna à tous les deux une tape sur les fesses pour les pousser vers la porte. Ils détalèrent sans demander leur reste.

— Qu'est-ce que tu as fait, mon pote ?

Adam ne prit pas un air trop sévère, mais il ne laissa pas son sourire transparaître non plus. Le gamin avait sept ans. Dans quel pétrin aurait-il pu se mettre ? Et puis, quand Adam avait sept ans... Il vaut mieux ne pas y penser.

— Je me suis battu.

Adam le détailla de la tête aux pieds et se détendit, car aucun bleu n'était visible.

— Ce qu'il ne veut pas me dire, c'est *pourquoi* il s'est battu.

Lys croisa les bras sur sa poitrine et tapota du pied. Adam eut un flash de sa mère se tenant devant lui exactement de la même façon. Il garda cette image en tête pour taquiner sa sœur plus tard.

— Pourquoi tu ne veux pas le dire à ta mère, mon gars ?

— Elle ne va pas comprendre.

— Tu veux bien me dire ce qui s'est passé ?

Sans lever les yeux, Ajay hocha la tête. Lys ouvrit la bouche pour protester, mais Adam lui fit non de la tête. Il ne faisait pas ça souvent, il ne contournait pas l'autorité de Lys et Tosh, parce que ce n'était pas ses enfants. Ajay avait une mère et un père qui l'aimaient, mais Adam savait aussi que parfois, son neveu avait besoin de lui d'une façon dont il n'avait pas besoin de ses parents. Et à cause de la façon dont ils avaient grandi, Lys comprenait. Elle n'aimait pas ça, mais elle comprenait.

Lys ressemblait beaucoup à leur mère d'une certaine façon. Elle aimait tellement ses enfants que même quand ils savaient qu'ils étaient dans le pétrin, ils savaient aussi qu'il y aurait des câlins et des baisers plus tard. Et probablement des biscuits... Adam avait une idée de ce qui s'était passé, et de la raison pour laquelle Ajay ne voulait pas parler à sa mère.

Alors, Lys soupira et sortit en fermant la porte de la cuisine derrière elle, en les avertissant qu'elle serait dans le salon. Les épaules d'Ajay s'affaissèrent un peu plus lorsqu'il relâcha le souffle qu'il avait retenu. Adam attrapa la chaise à côté d'Ajay et s'assit devant lui, bien contre le dossier pour ne pas impressionner l'enfant par sa grande taille.

— OK. Crache le morceau. Qu'est-ce qui s'est passé ?

Ajay leva finalement les yeux du sol et la douleur furieuse dans ses yeux donna envie à Adam de frapper quelque chose. Parce qu'il reconnaissait ce type particulier de blessure.

« La porte est fermée, mon pote. Tu connais les règles. Je ne dirai à personne ce que tu me dis à moins que le sang ait coulé. Je te le promets. Et quoi que tu me dises, je ne me mettrai pas en colère. Qu'est-ce qui s'est passé ?

Les yeux d'Ajay se remplirent de larmes, mais il continua à les cligner, car il était trop grand pour pleurer. Du moins, c'est ce que le père d'Adam, le grand-père d'Ajay, aurait dit. Seules les filles pouvaient pleurer après l'âge de trois ans. Les garçons ravalaient leurs larmes et se comportaient comme des hommes.

— Tommy Migliorini a traité mon père d'infirme. Il a dit qu'il portait des couches et que seuls les chochottes et les tarés en portaient.

Adam fit un effort pour empêcher ses poings de se serrer, et il se tut parce qu'il savait que ce n'était pas tout.

« Tommy a dit que mon père ne pouvait même pas être un vrai méchant et que c'est pour ça qu'on lui avait coupé les jambes. »

Merde. Ajay continuait à regarder Adam comme s'il avait réponse à tout. Il aurait tellement aimé que ce soit vrai. Il n'avait pas de réponse à ça parce que lorsqu'Adam était enfant, personne n'aurait osé lui parler comme ça. Son père leur aurait foutu une belle raclée, mais bon... Mikhail Oleksy avait été un sacré vrai méchant. Il l'était toujours, si l'on considérait qu'il était l'un des Russes les plus haut placés du pénitencier d'État de Graterford.

Adam attrapa la main d'Ajay et la serra fort.

— Ton père a été blessé en étant un bon gars, et ne laisse jamais personne te dire le contraire, gamin. C'est un putain de héros. Il a sauvé la vie de ta mère et il a aussi sauvé la vie de tante Lea.

Ajay réfléchit pendant deux secondes.

— Mais tu l'as aidé aussi, non ?

Oui, mais pas assez. Sinon Tosh pourrait encore marcher.

— Je les ai aidées. Mais pas comme ton père.

Et même Tosh et lui ne seraient jamais d'accord là-dessus, Adam donnerait toujours plus de crédit à Tosh. Il avait payé plus que sa part pour l'enfer qu'ils avaient vécu cette nuit-là.

« Dis à ce gamin que la prochaine fois qu'il veut parler de ton père, qu'il demande à ton oncle Adam ce qui s'est vraiment passé cette nuit-là. Et s'il n'aime pas ça, tu iras dire à son père que je veux lui parler. C'est bon, maintenant ? »

Ajay hocha la tête, pensif, se leva et mit ses bras autour du cou d'Adam. Adam voulait le serrer très fort puis aller rendre visite au père de Tommy pour lui dire que son idiot de fils racontait n'importe quoi. Mais il se dit que ça ferait plus de mal que de bien. Dans sa tête, il entendit Tristan lui dire. « Non tu crois ? »

Gros malin.

— Merci, oncle Adam. Une pause. Tu ne le diras pas à papa, hein ?

— Non, je ne lui dirai pas. Maintenant, va dire à ta mère que j'ai dit que tout était réglé.

Le garçon sortit, la tête encore basse. Mais peut-être plus autant. Quelques secondes plus tard, la porte battante entre la cuisine et la salle de jeux à l'arrière de la maison s'ouvrit et son beau-frère arriva en fauteuil roulant. L'expression sombre de Tosh était identique à celle d'Adam.

— Tu as entendu.

Ça n'était pas une question.

— Quel petit con ce Tommy Migliorini. Tosh secoua la tête. Son père était un vrai connard à l'école. Apparemment, son gamin tient de lui.

— Les gosses reproduisent le schéma, tu le sais.

Tosh ricana en propulsant son fauteuil roulant jusqu'à la table. D'un coup de tête il écarta ses cheveux noirs trop longs de ces yeux verts légendaires qui lui avaient permis de s'envoyer en l'air bien plus de fois qu'eux tous. Avant qu'il n'épouse Lys, bien sûr.

— Ouais, ouais. Et les trous du cul ont besoin qu'on leur apprenne les bonnes manières.

Adam était plutôt d'accord.

— Tu veux que je...

— N'y pense même pas. Le regard de Tosh était ferme comme un roc alors qu'il fixait Adam. Si je veux lui parler, je lui parlerai. Je peux m'occuper tout seul de mes affaires. Je n'ai pas besoin de toi pour mener mes batailles.

Le regard d'Adam glissa vers le fauteuil roulant que son beau-frère utilisait encore occasionnellement lorsque ses prothèses lui causaient des problèmes. Des prothèses qu'il devait porter depuis qu'il avait dix-neuf ans quand on lui avait amputé les jambes au-dessus du genou.

— Je ne te proposais pas de mener tes batailles, Tosh.

Tosh l'écarta d'un geste de la main.

— Je sais. Je sais aussi que tu ne peux pas t'en empêcher. Mais on sait tous les deux que si tu vas là-bas, tu vas finir par foutre un coup de poing à ce connard. Bon... qu'est-ce que tu fais ici si tôt un samedi matin ?

— Je ne peux pas passer voir ma famille ?

Tosh sortit deux cannettes de coca du frigo et en poussa une vers Adam.

— Maintenant je sais qu'il y a un truc qui cloche. C'est quoi ? Y a un truc qui a tourné au vinaigre ? T'as la tête des mauvais jours. Parle !

— Qu'est-ce qu'il se passe ? Qu'est-ce qui a tourné au vinaigre ?

Lys fit irruption dans la cuisine, Theo sur la hanche, se dirigeant droit vers Adam comme une femme en mission. Adam savait que ça ne servait à rien de lever les yeux au ciel devant sa grande sœur. Elle le frapperait sur l'arrière de la tête comme s'il avait encore l'âge d'Ajay.

— Il ne s'est rien passé. Bon sang, Lys. Tu écoutes aux portes ou quoi ?

— Pas besoin. Ma maison, mon frère. Je peux écouter où je veux. Et je ne devrais pas être la dernière à savoir. Maintenant, crache le morceau.

Lys s'assit sur un genou de Tosh et il mit une main sur sa hanche tout en installant le bébé sur son autre cuisse libre. Le fauteuil n'avait pas diminué cet homme d'un iota. Tosh faisait un mètre quatre-vingt-treize avant de perdre ses jambes. Le gars avait l'air encore plus fort maintenant parce qu'il travaillait le haut de son corps comme un haltérophile olympique. Il jouait aussi dans quelques clubs pour handicapés... hockey, basket et un rugby agressif et sans règles dont le résultat était presque toujours des points de suture ou au moins des pansements après un match.

Après Tristan, Tosh, Lys et sa jeune sœur, Lea, étaient les seules personnes au monde avec lesquelles Adam se sentait assez en confiance pour se laisser aller. Mais pour ça... bon sang, il ne savait même pas par où commencer.

— J'ai rencontré une femme.

Lys ouvrit grand la bouche et écarquilla les yeux jusqu'à ce qu'Adam ait envie de lui donner un coup sur la tête. Il préféra s'asseoir et attendre que l'interrogatoire sans merci commence. Tosh se lança en premier.

— Putain, il était temps. Qui c'est ?

Lys frappa Tosh sur le torse pour son langage, sans quitter Adam des yeux.

— Qu'est-ce qui s'est passé ?

— Je suis presque sûr de lui avoir foutu une trouille bleue et je lui dois probablement des excuses.

Lys secoua immédiatement la tête.

— Ne fais pas ça. Je sais ce que tu as dans la tête, Adam. N'y pense même pas. Ce n'est pas toi, ça. Tu ne menacerais jamais physiquement une femme.

— Je ne suis pas sûr que la femme en question verrait ça de cette façon.

Lys ricana.

— Alors c'est une idiote.

— C'est bien ça le problème. Ça n'en est pas une.

Lys l'observa, les yeux plissés.

— Alors, c'est qui ? redemanda Tosh.

Tosh et ses sœurs étaient les seuls membres de la famille à connaître la relation inhabituelle d'Adam avec Tristan. La plupart des autres pensaient que lui et Tris étaient gays et ils évitaient le sujet comme si c'était contagieux. Même s'ils connaissaient la vérité, ils le considéreraient comme un dégénéré. Ce n'était pas le cas de Tosh et Lys. Cependant, Lys pensait qu'il ne se faisait pas du bien en partageant une femme avec un autre homme, plutôt que d'en avoir une pour lui tout seul. Elle ne comprenait pas les avantages d'un tel choix. Adam ne voulait pas avoir à les expliquer à sa sœur. Ce serait trop bizarre.

Tosh les comprenait. Probablement parce qu'il comprenait pourquoi il était bon d'avoir quelqu'un de confiance à ses côtés en permanence. Donc Adam s'adressa à l'homme qu'il admirait depuis qu'il avait six ans.

— Une femme que Tristan connaît de Boston.

Lys se mordit la lèvre inférieure alors que Tosh fronçait les sourcils.

— Tristan avait-il déjà eu une relation avec elle ?

— Non. Mais il lui court après depuis des années.

— Donc tu ne l'avais jamais rencontrée avant de... ?

— Seulement une fois, à une fête à Boston.

— Et toi et Tristan avez couché avec elle ? Apparemment,

Lys avait atteint les limites de sa patience. Est-ce qu'au moins cette femme te plaît, ou est-ce que tu te l'es faite juste parce que Tristan l'aimait bien ?

Sa réaction négative à la question de Lys dut se voir sur le visage d'Adam, car elle cligna des yeux, visiblement surprise.

— Hou, là, tu l'aimes bien. Alors pourquoi est-ce un problème ?

Merde, est-ce qu'il aimait Kat ? Et bon sang, pourquoi avait-il l'impression d'être retourné au lycée ? Merde, même là, il n'aurait pas réagi comme ça.

— Oui, je suis attiré par elle. Elle est belle. Intelligente. Elle a du succès...

Et elle complètement paumée affectivement.

— Et... ? demanda Lys. Qu'est-ce qui ne va pas chez elle ?

— Elle a des problèmes.

Lys roula des yeux.

— Qui n'en a pas ?

Adam regarda Tosh, qui avait levé un sourcil.

— Tu penses que tu vas finir par être laissé de côté tout seul dans le froid.

Faites confiance à Tosh pour tout comprendre. Ouais, il y avait de ça. Mais le plus important...

— Tu ne veux pas avoir à t'occuper de ses problèmes, conclut Lys.

Adam la fixa.

— Tu me fais passer pour un con, là.

Elle le défia du regard.

— C'est comme ça que tu t'es comporté avec elle ?

Il soupira et sentit sa mâchoire se serrer jusqu'à en avoir mal.

— Ouais.

— Et tu veux réparer ça, mais tu ne sais pas comment.

Adam secoua la tête.

— J'ai dit à Tris que j'arrêtais là.

— Genre, tu ne veux plus être la cinquième roue du carrosse ?

Agacé, Adam frotta les muscles tendus dans sa nuque.

— Je te l'ai déjà dit, Lys. Ça ne marche pas comme ça.

Du moins, jusqu'à maintenant. Mais ni l'un ni l'autre n'avait été aussi déterminé à propos d'une femme que Tris l'était à propos de Kat. Et si Adam n'était pas d'accord...

— Quoi ? On dirait qu'on vient de te donner un coup sur la tête.

Il ne pouvait plus rester assis. Adam se leva et commença à faire les cent pas. Lys soupira.

— Adam...

— Tu as peur d'être mis à l'écart.

La déclaration calme de Tosh coupa Lys plus efficacement qu'une plaisanterie. Plusieurs secondes de silence suivirent avant qu'Adam ne cesse de faire les cent pas pour s'appuyer sur le bord du comptoir.

— Je pense... Adam soupira. Peut-être. Ouais.

— Adam. Lys prit le même ton que lorsqu'elle parlait à ses enfants quand ils avaient de la peine. Est-ce que tu aimes bien cette femme ?

Oui.

— Mais tu penses que tu ne devrais pas, dit Tosh.

— Pourquoi ? Lys se redressa comme si on avait insulté son frère. Elle pense qu'elle est trop bien pour toi ?

Comme ni lui ni Tosh ne répondait, Lys continua à le fixer, comme si elle pouvait lire dans ses pensées. Et il ne lui fallut que quelques secondes pour trouver sa réponse. Le regard furieux qu'elle adressa à Adam le fit grimacer.

« Non... sérieux ? C'est ce qui t'inquiète ? D'être comme Papa ? »

Il n'avait pas à répondre. De toute évidence, son visage le trahissait. Deux secondes plus tard, Lys était debout et lui donnait une calotte à l'arrière de la tête comme à son habitude. Il ne dit rien parce qu'elle était sa grande sœur.

« Tu es un bel abruti, tu le sais ça ? »

Non, il ne le savait pas, mais apparemment Lys était plus qu'heureuse de lui apprendre.

« Tu n'es pas Papa, Adam. Tu ne seras jamais Papa parce que tu as la seule chose qu'il n'avait pas. Une boussole morale. Papa excusait toujours son comportement en disant qu'il faisait ce qu'il devait faire pour survivre. Et peut-être qu'une partie de cela était vraie. Mais nous savons tous les deux que s'il avait vraiment voulu devenir réglo, il aurait pu. Mais il ne l'a pas fait. Il est resté un criminel parce qu'il aimait l'argent et le prestige. Mais ce n'est pas toi. »

Adam fit un léger sourire au moment où sa sœur se taisait. Pas à cause de ce qu'elle avait dit, mais de la façon dont elle l'avait dit. Elle se tenait devant lui, les mains sur les hanches, le visage sévère et une confiance totale dans les yeux. Et il savait exactement pourquoi il était venu la voir.

Il se redressa, passa le bras autour de ses épaules et la serra fort dans ses bras.

— Tu sais que je t'aime, même si tu es une grosse emmerdeuse, hein ?

Elle entoura sa taille de ses bras et le serra jusqu'à ce qu'il soit presque obligé de s'avouer vaincu, ce qu'il ne ferait jamais.

— Et tu ne seras jamais rien d'autre que mon petit frère qui ne pense pas assez à lui. Tu vaux bien dix fois Papa. Ne laisse jamais personne te faire croire que ce n'est pas vrai. Et je veux rencontrer cette nana qui te fait douter de toi. Après que tu te sois excusé d'avoir été un connard. Mais je suis la seule qui a le droit de t'appeler comme ça.

Le sourire d'Adam s'élargit et il recula avant qu'elle ne décide de lui donner encore une tape.

— Je t'aime aussi.

Lys pouffa.

— J'espère bien. Maintenant, va t'excuser et montre-lui que tu n'es pas qu'un beau garçon.

— Je pense que personne n'a jamais accusé Adam d'être un beau garçon.

Adam fit un doigt d'honneur à Tosh, en s'assurant que Theo ne puisse pas le voir.

— Pareil pour toi.

Tosh fit un bisou au bébé en riant dans ses cheveux pendant que Lys reconduisait Adam à la porte, l'arrêtant d'une main avant qu'il ne sorte.

— Tu sais que j'aime bien Tristan, n'est-ce pas ?

Adam fronça les sourcils se demandant où elle voulait en venir.

— Oui, bien sûr.

— Mais tu es mon frère et je veux que tu sois heureux.

Il secoua la tête, ne comprenant toujours pas ce qu'elle voulait dire.

— Et donc ?

Lys se mit à souffler.

— Tristan n'est plus ton commandant, Adam. Tu n'as pas besoin de sauter quand il te dit de sauter. Tu as ta propre vie à vivre.

— Et c'est ce que je fais.

Lys sourit tristement.

— Mais est-ce que tu vis ta vie pour toi ? Ou bien tu suis le mouvement que Tristan t'impose ? Qu'est-ce que tu veux, *toi*, Adam ? Je ne suis pas sûre que tu te poses assez souvent cette question.

Maintenant qu'elle était arrivée, Kat ne savait pas vraiment ce qu'elle faisait là.

Pendant le trajet, elle avait trouvé un million et une façon de dire ce qu'elle voulait dire. Assise dans sa voiture de location devant la maison d'Adam, elle n'avait plus les idées claires. Tout ce à quoi elle pensait, c'est que ce n'était pas l'endroit où elle s'attendait à ce qu'Adam vive. Même si ce n'était pas un mauvais quartier, ce n'était pas non plus très chic.

Les rues étaient propres, les arbres bordaient les trottoirs, et c'était un mélange de maisons mitoyennes et de villas individuelles. Celle d'Adam était en brique, à deux étages. Elle était presque impossible à distinguer des autres maisons de cette rue tranquille. Elle s'attendait à un appartement dans un immeuble chic du centre-ville. Pas à cette tranche de normalité pépère de la classe moyenne. Elle ne savait pas trop quoi en penser. Elle ne savait pas vraiment quoi faire d'Adam.

Alors pourquoi es-tu ici ?

Parce qu'elle l'avait traité abominablement hier soir et qu'elle avait besoin de se racheter. Elle avait agi comme sa mère et elle ne pouvait pas supporter de le laisser penser qu'elle était ce genre de personne.

Et tu ne vas jamais t'excuser si tu continues à rester assise ici.

Après avoir pris une grande inspiration, elle ouvrit la portière et sortit de la voiture. Elle s'approcha de la porte d'entrée et frappa. Pas de réponse. Elle frappa encore. Silence.

Elle soupira.

— Oui, bien sûr. Ç'aurait été trop simple...

— Qu'est-ce qui aurait été trop simple ?

Elle n'arriva pas à contenir son cri de surprise quand elle se retourna vivement. Adam se tenait au milieu de l'allée menant au porche, impassible comme d'habitude, et la regardant avec ces yeux bleus glacés qu'il avait. Et il arrivait quand même à être l'un des plus beaux hommes qu'elle ait jamais rencontrés. Y penser lui donna une décharge électrique. Jusqu'à ce moment, elle pensait qu'elle était venue ici simplement pour s'excuser et partir.

Menteuse.

Refusant d'écouter cette petite voix dans sa tête, elle essaya de se forcer à sourire.

— Bonjour, Adam.

Il fit un signe de tête.

— Je suis content que tu sois là, Kat.

Elle cligna des yeux.

— Pourquoi ?

Il sourit brièvement en s'avançant vers elle.

— Parce que je dois m'excuser. Mais il fait trop froid pour le faire ici. Viens à l'intérieur.

Sous le porche, elle ne put s'empêcher de faire un pas de côté. Loin de lui. Bon sang. Elle n'avait pas peur de lui.

La clé dans la serrure, Adam se retourna et lui dit :

« Ou on pourrait rester dehors... »

— Non, je suis désolée. C'est juste que... Elle pensa à tout ce qu'elle pourrait dire pour excuser son comportement, puis se dit qu'il valait mieux dire la vérité. Je ne suis pas très douée avec les gens.

Adam laissa passer un battement de cœur puis hocha la tête et sourit faiblement.

— Alors tu es en bonne compagnie car moi non plus, bien que tu l'aies probablement déjà compris.

Puis il poussa la porte et lui fit signe d'entrer. Étonnamment, elle n'eut pas besoin de se forcer. Elle entra dans un salon qui semblait tout droit sorti du manuel pour les hommes célibataires. Des meubles avec plein de trucs dessus, un énorme écran de télévision, une cheminée en pierre qui avait l'air d'être utilisée fréquemment.

Une grande table trônait au fond de la pièce et elle pouvait voir un soupçon de bois sombre et d'acier inoxydable dans la cuisine au-delà. Et encore une fois, ce n'était pas ce à quoi elle s'attendait.

« Je peux t'offrir quelque chose à boire ? »

Était-il trop tôt pour un verre de vin ? Probablement.

— Non, merci. Je ne peux pas rester longtemps. Je voulais juste...

Que voulait-elle exactement ? S'excuser ? C'est ce qu'elle s'était dit jusqu'ici. Qu'il fallait qu'elle s'excuse. Mais maintenant qu'elle se tenait devant lui, elle savait pourquoi elle avait vraiment besoin de le revoir. Pour savoir si ce qu'elle avait ressenti pour lui la veille était réel.

Elle savait ce qu'elle ressentait pour Tristan. Tristan était un livre ouvert. Le sourire et le rire facile. Adam la regarda et elle vit le désir dans ses yeux. Une chaleur l'envahit de bas en haut, bien qu'elle n'ait pas totalement confiance en cette sensation. Car quand Adam la regardait, elle ne pouvait pas dire si ce qu'elle voyait dans ses yeux était du désir pour elle ou simplement du désir pour une femme. N'importe quelle femme.

La façon dont il la regardait maintenant en était le parfait exemple. Il l'observait si attentivement qu'elle se sentait presque comme un insecte sous un microscope. Mais elle sentait aussi son propre désir pour lui répandre sa chaleur, comprimant ses poumons et lui faisant serrer les cuisses. Elle voulait qu'il la touche. Qu'il la prenne dans ses bras, l'embrasse, l'allonge sur ce canapé et la prenne. Les images dans sa tête la faisaient trembler et l'empêchaient de respirer. Et elle avait chaud. Et sa capacité à parler avait disparu.

Adam se tenait devant elle. Il attendait. Il l'observait avec ce regard bleu et froid. Un regard qu'elle aurait souhaité voir s'enflammer. Elle laissa ses yeux se poser sur un point juste au-dessus de son épaule.

— Je voulais m'excuser. J'ai dit des choses que je n'aurais pas dû dire, des choses que je ne pensais pas. Et je voulais que tu saches...

— Alors pourquoi les as-tu dites ?

Bien sûr il avait posé la seule question à laquelle elle ne voulait pas répondre. Prenant une profonde inspiration, elle se força à le regarder dans les yeux. Et elle y vit un soupçon de cette chaleur qu'elle désirait ardemment.

— Parce que je suis lâche.

Adam plissa légèrement les yeux en s'approchant d'elle. Elle raidit le dos et se tint bien droite.

— Et de quoi as-tu peur ? Parce que je ne veux pas que tu aies peur de moi.

Il y avait quelque chose dans le ton d'Adam qui la fit réfléchir et le regarder plus attentivement. Pensait-il qu'il lui avait fait peur ?

— Je n'ai pas peur de toi.

Un soulagement visible traversa le visage d'Adam et elle eut une seconde pour se demander pourquoi il avait même envisagé cela avant qu'il n'avance d'un pas, la prenne par la nuque et l'attire contre. Elle se raidit sous la surprise, mais une bouffée de chaleur l'envahit malgré elle.

— Toujours pas peur ?

Non, elle n'avait pas peur. Elle était loin d'avoir peur. Elle était émoustillée. Excitée. Elle avait chaud. Tout ça, mais pas effrayée. Pas par lui. Il l'observait, tout à fait conscient de tout ce qui se passait en elle. Et quand elle sentit que ses joues commençaient à rougir, il se pencha plus près.

« Tu n'as pas à être désolée. C'est moi qui devrais te faire des excuses. Mais tout ce que je veux, c'est t'embrasser. Et tu ne devrais pas me laisser faire. »

Il voulait l'embrasser ? Alors pourquoi cela avait-il l'air d'être la dernière chose au monde qu'il veuille faire ? Et pourquoi ne devrait-elle pas le laisser faire ? L'agacement commença à remplacer le désir.

— Tu as raison. Je ne devrais pas. Parce que je n'ai aucune idée du jeu auquel tu joues.

Il esquissa un sourire et il recula d'un pas, alors que sa main relâchait son cou pour lui caresser la joue, son pouce effleurant la commissure de ses lèvres. Un court hochement de tête, comme s'il était d'accord avec elle, puis il recula. Elle le suivit presque, mais réussit à contenir l'envie. Elle était venue s'excuser et partir, pas... l'embrasser. Ou quoi que ce soit d'autre.

— Je ne joue à aucun jeu. Mais je m'excuse de t'avoir donné l'impression de t'être fait avoir. Ce n'était pas mon intention. Et ce n'était pas celle de Tristan. J'espère que tu ne lui en voudras pas. Je ne veux pas que tu arrêtes de le voir à cause de moi.

Le voir ? Tristan. Au singulier ?

— Est-ce que tu... tu dis que tu ne...

Elle ne savait pas comment terminer cette phrase, car elle n'était pas sûre de la réponse qu'elle voulait entendre. Ce qui était une connerie. Elle savait exactement ce qu'elle voulait qu'il dise. Elle ne voulait pas qu'il se mette de côté. Ou qu'il s'éloigne. Ou quoi qu'il pense faire.

La force de cette pensée la surprit. Une partie d'elle-même pensait qu'elle devrait être soulagée qu'il lui ait enlevé le fardeau de faire ce choix. Une autre partie, beaucoup plus importante, était en colère, blessée et plus qu'un peu déçue.

C'était une énorme erreur. Une autre erreur d'une très longue série. Quand allait-elle s'arrêter... ?

— Kat.

Son ton sec la fit sortir de ses pensées et son regard fut prisonnier du sien. Ses yeux bleus glacés la fascinaient. Si froids. Ou si brûlants, surtout au lit. Où apparemment il n'avait pas prévu d'être à nouveau avec elle.

— Bien sûr. Elle se força à sourire, en essayant de desserrer les mains. Je comprends. J'ai un autre rendez-vous. Il faut que je parte.

Faisant demi-tour, elle se dirigea vers la porte, clignant des yeux pour faire disparaître les picotements soudains.

Idiote. Idiote. Idiote. Mais à quoi tu...

— Kat ! Bon sang, attends !

Mais elle ne le fit pas, pas avant d'avoir la main sur la poignée de la porte. En regardant par-dessus son épaule, elle prit une profonde inspiration. Il se tenait à quelques centimètres seulement. Il l'avait suivie si silencieusement qu'elle ne savait pas qu'il était là. Les lèvres serrées, il la regardait fixement. Le regard brûlant désormais.

Ça n'était pas juste.

Tenant bon, elle soutint son regard.

« Kat... »

— Non. Tu as dit tout ce que tu avais à dire. C'est bon. Je m'en vais.

— Ça n'est pas tout...

— Mon cul !

Le mot lui avait échappé et elle couvrit presque sa bouche avec sa main pour en empêcher d'autres de s'échapper. Oh. Mon Dieu. Avait-elle vraiment dit ça ? Elle avait dû le faire parce qu'Adam avait l'air aussi choqué qu'elle. Elle écarquilla les yeux et voulut disparaître dans le sol, honteuse, parce qu'elle savait qu'il avait compris à quoi elle pensait.

En se retournant, elle tendit quasi aveuglément la main vers la poignée de la porte. Elle était si troublée qu'elle n'avait pas réalisé que le verrou était fermé. Mais le temps qu'elle comprenne que tourner la poignée n'allait pas suffire, Adam avait la main sur son épaule.

— Kat. Arrête.

Elle le fit, mais seulement parce qu'elle refusait de s'embarrasser davantage. Elle s'était déjà assez ridiculisée comme ça.

— Ne t'en va pas ! Pas comme ça.

Elle ne se retourna pas et s'empêcha à peine de hausser l'épaule pour qu'il retire sa main. Non pas parce qu'elle ne voulait pas qu'il la touche. Mais parce qu'elle le voulait justement.

Et c'était inacceptable. Il ne voulait pas d'elle. Quelle humiliation de savoir qu'il avait couché avec elle non pas parce qu'il le voulait, mais seulement parce qu'elle plaisait à son meilleur ami.

— Je pense que nous n'avons plus rien à nous dire. S'il te plaît, laisse-moi partir.

— Non. Nous n'avons pas fini.

Il parlait avec une telle arrogance que Kat sentit sa tension artérielle monter et elle dut se retenir de répondre immédiatement. Réponse qui était d'aller se faire foutre. Et encore une fois, ça la choqua. D'où venait toute cette émotion ? Et comment diable arrivait-elle à la contenir ? Le stress ne pouvait pas être bon pour elle. Et de toute façon, le stress n'était pas tout ce qu'elle ressentait.

La force d'attraction qu'elle ressentait pour Adam la perturbait. Il lui donnait envie de se rapprocher et de s'éloigner en même temps. Au lieu de cela, elle se figea, peu sûre d'elle et de plus en plus en colère à chaque seconde qui passait.

« Kat. Je ne veux pas te faire de mal. »

Elle lui jeta un regard méprisant.

— À moins que tu ne me frappes, tu n'as pas la capacité de le faire.

Son visage fut traversé par une expression de pure répulsion alors qu'il s'écartait et retirait sa main. Elle regretta immédiatement ses paroles.

« Merde. Elle soupira. Ça n'est pas ce que je voulais dire. Je ne pense pas que tu veuilles me faire de mal, Adam. »

— Je suis heureux de l'entendre.

Mais il n'avait pas l'air convaincu et la frustration lui donnait envie de taper du pied. Il fallait qu'elle parte. Maintenant. Avant qu'elle dise quelque chose de totalement ridicule et donne à penser à Adam qu'elle était une garce encore pire qu'il ne le croyait.

C'est pourquoi aucun homme ne voudra jamais de toi. Tu es nulle.

La voix de sa mère résonnait dans sa tête, et elle touchait tous les points sensibles. Elle saisit à nouveau la poignée et réussit à faire fonctionner le verrou cette fois. Mais avant qu'elle n'ait pu ouvrir la porte de plus de quelques centimètres, Adam avait la main dessus. Il ne l'a referma pas, mais il ne lui permit pas non plus de l'ouvrir davantage.

— Attends. D'accord ? Donne-moi juste... une minute. S'il te plaît. J'essaie de ne pas gâcher davantage les choses.

— Je pense vraiment qu'il n'y a plus rien à dire.

Mais Kat ne bougea pas. Ils restèrent immobiles pendant plusieurs secondes tendues jusqu'à ce qu'elle relâche la poignée de la porte et qu'il referme celle-ci. Avant de perdre son courage, elle se tourna vers lui, le regarda et vit qu'il était clairement agacé. Elle voulait rire de la situation absurde dans laquelle elle s'était retrouvée, mais elle avait peur qu'il pense qu'elle avait perdu la tête.

— Je suis vraiment désolée d'avoir fait irruption comme ça. Je t'ai pris par surprise et ce n'était pas mon intention.

— Nous ne sommes pas vraiment partis du bon pied aujourd'hui, n'est-ce pas ?

Elle fit une grimace triste et soupira.

— Comme depuis que nous nous sommes rencontrés, en fait.

— Je n'en suis pas si sûr. Son expression prit cette intensité qu'elle ne lui avait vue qu'au lit. Il y a eu des moments où nous avons bien accroché.

Elle soupira à nouveau.

— Tu fais ça exprès pour me déstabiliser ?

Il avait l'air vraiment perdu.

— Quoi donc ?

— Me rendre nerveuse.

Son visage se détendit et on aurait presque dit qu'il allait sourire.

— Tu es troublée ?

— Je suis troublée depuis le moment où je vous ai vus, toi et Tristan, à cette soirée.

— Et pourtant, tu es là, à ma porte.

— Pour m'excuser de la façon dont j'ai agi hier soir.

— Avant ou après qu'on... merde. Il secoua la tête. Merde. Je suis désolé. D'habitude, je ne suis pas aussi con.

— J'ai de la chance. Elle haussa les épaules, essayant de ne pas laisser la peine se manifester. Je suppose qu'il y a juste quelque chose en moi qui fait ressortir ça en toi.

Avant qu'elle ne réalise ce qu'il faisait, il lui avait pris la joue d'une main.

— Ce n'est pas de ta faute. C'est de la mienne.

La chaleur de sa peau agit comme une drogue directement dans son sang. Chaque battement de cœur la faisait circuler dans tout son corps au point qu'elle veuille qu'il se penche et l'embrasse jusqu'à ce qu'elle ne puisse plus respirer.

— Kat.

Sa voix avait quelque chose de tellement sexuel que son corps réagit par une bouffée de chaleur si forte qu'elle était certaine qu'il la sentait. En le regardant fixement, elle vit sa mâchoire se serrer alors qu'elle se concentrait sur sa bouche. Ses lèvres.

« Kat, tu devrais peut-être partir. »

— Ce serait la chose la plus intelligente à faire, n'est-ce pas ?

Et personne ne l'accuserait jamais de n'avoir fait que des

choses intelligentes. Jusqu'à il y a une semaine, quand elle avait suivi deux hommes dans une chambre d'hôtel. Son pouce frôla le coin de sa bouche, et la même urgence insouciante qu'elle avait ressentie la première nuit où ils s'étaient rencontrés lui fit passer la langue dessus.

— Ce n'était pas très intelligent. Il s'approcha jusqu'à ce que ses yeux se ferment et qu'elle sente son souffle murmurer contre sa joue.

— Ça t'importe ? lui demanda-t-elle.

— Une partie de moi veut vraiment dire non.

— Et l'autre ?

— Se demande ce que j'attends.

Ses lèvres se scellèrent sur les siennes une seconde plus tard. Elle eut à peine le temps de respirer qu'il glissa la langue sur ses lèvres pour s'emmêler avec la sienne et il enroula un bras autour de son épaule pour l'attirer contre lui. Chaque centimètre de ses muscles était pressé contre un point souple de son corps. Elle pencha la tête en arrière et lui mit les bras autour de la taille.

Toute idée de fuite disparut avec la montée de désir qui la consuma instantanément. Elle entendit vaguement son sac à main tomber par terre avec un bruit sec, mais l'oublia aussitôt, ses mains glissant du dos d'Adam pour empoigner son cul. Son jean usé moulait superbement ses fesses musclées et elle ne pouvait s'empêcher de passer les mains sur la matière douce.

La main libre d'Adam s'enfonça dans ses cheveux, pour la guider vers la position qu'il voulait. En inclinant sa tête sur le côté, il lui donna un meilleur accès à sa bouche, et il l'embrassa jusqu'à ce qu'elle pense qu'elle ne voudrait peut-être plus jamais remonter à la surface.

Elle n'avait jamais été embrassée comme cela de toute sa vie. Mais elle n'avait jamais rencontré un homme comme Adam. Elle ne s'était jamais autorisée à penser qu'un homme comme

Adam ou Tristan la voudrait. Avant... Il n'y avait pas d'avant. C'était seulement ici et maintenant.

Le baiser expert d'Adam lui donnait l'impression de se noyer dans la luxure. Ses lèvres se déplaçaient sur les siennes dans un but qui la poussait à se rapprocher, à se frotter contre lui. Inclinant son bassin contre le sien, elle essaya de se coller à lui de manière instinctive. La bosse dure de son érection qui appuyait sur son clitoris la fit gémir. Elle en voulait encore plus. Plus fort. Plus vite.

Comment faisait-il ça ? Comment la transformait-il en cette folle incroyablement excitée qu'elle ne reconnaissait pas ? Simplement en l'embrassant ? Mais il n'y avait pas que ça. C'était aussi la façon dont il utilisait ses mains. La façon dont il la tenait serrée, mais sans qu'elle se sente menacée ou dominée. La façon dont il l'embrassait avec une concentration totale tout en parvenant à caresser son corps pour qu'elle se rende. Elle voulait qu'il caresse chaque centimètre de sa peau. Elle voulait ses mains sur elle. Partout. Le simple fait d'y penser la faisait gémir.

Adam grogna et s'écarta de sa bouche, mais pas de son corps.

— Seigneur, Kat. Il mit sa bouche contre son cou et suça assez fort pour que ça pince. Ça n'est pas intelligent du tout.

Non, ça ne l'était vraiment pas. Elle essaya de s'écarter, elle voulait voir son visage, mais il ne la laissa pas faire. Il la maintenait serrée contre lui, son érection appuyant sur son ventre, ce qui lui donnait envie de glisser ses mains dans son jean et de le caresser. Ce n'est pas pour cela qu'elle était venue.

Si ?

Elle essaya de reprendre son souffle sans y parvenir. Son odeur était partout, faisant pulser son clitoris et rendant son sexe humide. Elle ne voulait pas s'arrêter. Elle ne voulait pas être intelligente. Elle voulait être nue et se faire baiser par Adam, et gémir de plaisir.

Elle tourna la tête et lui mordilla le cou. Pas fort, juste assez pour le faire frissonner contre elle. Dans la seconde qui suivit, il passa une main dans ses cheveux et tira dessus. Sa tête s'inclina vers l'arrière, et il plaqua ses lèvres contre les siennes. Cette fois, il exigeait beaucoup plus. Et elle était tout à fait prête à le lui donner.

Elle accéléra les choses elle aussi, avec la même urgence. Elle passa les mains sous sa chemise pour sentir sa peau chaude, les étala sur son dos et le serra fort contre elle en gémissant quand il posa une main sur son cul et plaqua sa queue contre elle.

Seigneur, oui !

L'envie d'enrouler ses jambes autour de sa taille la mit dans tous ses états. Ses doigts s'enfoncèrent dans son dos et elle se dressa sur ses orteils, essayant de compenser la différence de taille. Ses seins étaient sensibles et gonflés, ne demandant qu'à être touchés par les mains d'Adam, ou sa bouche, ou ses dents.

Poussant un petit cri lorsqu'il la souleva du sol, elle posa les mains sur ses épaules pour se stabiliser, mais elle n'avait pas peur de tomber. Le bras autour de sa taille était aussi solide que de l'acier, et la main dans son dos montrait clairement qu'elle n'irait nulle part.

Il se mit à marcher et elle était presque sûre de savoir où il l'emmenait. Toujours en train de l'embrasser, il la porta en haut des escaliers, agile comme un chat. Chaque mouvement frottait son bassin contre le sien et finalement, elle dut interrompre le baiser pour reprendre son souffle. Toutes ses terminaisons nerveuses étaient stimulées, toutes ses cellules étaient tendues vers quelque chose dont elle devenait rapidement dépendante.

Cela aurait dû lui faire peur. Et quelque part dans son cerveau, c'est ce qui se passait. Mais cette partie de son cerveau avait été détournée par la sensation peu familière de désirer autant quelqu'un et d'avoir ce qu'elle voulait à sa portée.

Lorsqu'ils atteignirent le haut des escaliers, Adam s'arrêta et une peur soudaine envahit Kat. Elle ne voulait pas qu'il la pose et lui dise de réfléchir à ce qu'elle faisait. Qu'il lui demande si elle était sûre et si elle allait dire non. Elle ne le ferait pas, car c'était ce qu'il s'attendait à entendre.

— Une question. Tu veux que j'arrête ?

La réponse était facile.

— Non.

Il se pencha et lui parla directement à l'oreille.

— Bien. Parce que nous sommes sur le point de franchir quelques lignes, et je ne veux même pas me forcer à m'en soucier. Tout ce que je veux, c'est que tu sois nue et dans mon lit.

La sexualité purement animale dans sa voix envoya une poussée d'adrénaline directement dans son sang, effaçant toute pensée rationnelle de son esprit. Heureusement qu'il n'avait que quelques pas à faire pour arriver à destination, sinon il aurait pu se retrouver attaqué par une folle. C'est comme ça qu'elle se sentait. Incontrôlable et à moitié sauvage. Et elle ne pouvait pas se résoudre à s'en soucier.

— C'est ce que je veux aussi.

C'était vrai. Même si, quelque part au fond de son esprit, elle savait qu'il y aurait des conséquences.

Tristan...

Adam l'embrassa à nouveau, et son cerveau se transforma en une brume blanche. Elle ouvrit la bouche et sa langue s'emmêla avec la sienne. Il la posa par terre, ses doigts s'activèrent sur son jean en la faisant marcher en arrière. Elle fit de même et cela devint une course pour déshabiller l'autre en premier. Comme les doigts de Kat semblaient moins habiles et tremblants, Adam gagna cette manche, défaisant son bouton et sa fermeture Éclair et abaissant son jean jusqu'aux cuisses.

— Enlève-le. Enlève tout !

L'impatience grondait dans sa voix, la faisant frissonner au plus profond de son ventre. Elle se sentait gauche en tâtonnant le bouton et la fermeture Éclair de sa braguette, mais Adam lui fit gagner du temps en enlevant sa chemise. Oui, elle l'avait déjà vu nu. Deux fois.

Mais les fois précédentes son attention avait été divisée. Elle avait eu deux magnifiques corps d'hommes à reluquer. Maintenant, elle pouvait concentrer toute son attention sur Adam. Mon Dieu, cet homme lui coupait le souffle. De solides muscles à tous les bons endroits. La poitrine, les bras, les cuisses. Un ventre hyper plat qui lui donnait envie d'y passer les ongles jusqu'à sentir les poils raides à l'aine. Pendant qu'elle le regardait, il se déshabilla entièrement. Son membre était raide et courbé, épais et vermeil. Et si tentant.

Son chemisier une fois déboutonné, elle l'abandonna et tendit les, mais vers lui. Elle empoigna sa grosse queue, enchantée par le son guttural qu'il émit.

— Tu n'es pas nue. Il lui attrapa le poignet et l'empêcha de le caresser. Tu dois l'être.

— Je pense que tu es capable de finir le travail.

Elle voulait tellement le tourmenter comme lui et Tristan l'avaient fait, mais elle ne voulait pas faire une bêtise parce qu'elle n'était pas douée pour ça. Et elle en avait marre de se sentir mal à l'aise. Alors qu'il plissait les yeux, elle essaya de lire son expression. Avait-elle l'air exigeante au lieu de séductrice ? Elle voulait...

Elle avait enlevé ses bottes et son jean, mais ses sous-vêtements étaient toujours en place. Plus pour longtemps. Adam lui enleva sa culotte et son soutien-gorge quelques secondes plus tard. Elle dut le lâcher pour laisser son soutien-gorge tomber au sol, mais elle reposa immédiatement les mains sur lui. Il était étonnant de voir à quel point elle s'était habituée à ce qu'Adam et Tristan la voient nue, même après si peu de temps. Peut-être parce qu'elle avait du mal à réfléchir quand elle les regardait ?

Et qu'elle se léchait les lèvres.

Caresser sa bite lui donnait presque autant de plaisir que de le voir la regarder avec tant de chaleur dans les yeux. Il était doux comme de la soie, mais dur comme de l'acier. Et en ce moment, il était à elle. Rien qu'à elle. Et il la fixait comme si elle était la plus belle femme du monde. En ce moment, c'est comme ça qu'elle se sentait.

L'attirant plus près avec la main sur son membre, elle s'avança vers lui, sentant ses phalanges glisser sur sa peau alors qu'elle le caressait de la base au sommet. Elle voulait qu'il utilise ses doigts sur elle, qu'il caresse ses plis lisses, puis qu'il glisse ses doigts à l'intérieur et qu'il la baise avec. Elle en avait tellement envie qu'elle pouvait à peine respirer.

— Bon Dieu, Kat. Continue à me regarder comme ça et je vais jouir dans ta main.

Ça lui plaisait de voir qu'il pouvait perdre le contrôle à cause d'elle.

— Ça n'est pas grave, tu auras toujours tes doigts.

Ses yeux bleus se rétrécirent.

— C'est ça que tu veux ? Que je te fasse jouir avec mes doigts ?

Une grande respiration.

— Peut-être juste pour commencer ?

Une de ses grandes mains se posa sur son épaule, l'autre sur sa hanche.

— Continue à me caresser et je donnerai tout ce que tu voudras.

— Tu aimes ça ou...

— Putain oui, j'adore. Ne t'arrête pas.

Sa réponse franche toucha une corde sensible au fond d'elle-même et son sexe se crispa.

— J'ai envie que tu mettes tes doigts en moi.

La main sur son épaule la serra presque au point de lui faire mal, mais dans la seconde qui suivit, il la relâcha. Il prit un sein dans une main et son sexe dans l'autre.

— Tu es tellement mouillée, je vais glisser dedans. Tu y pensais déjà avant d'arriver ? Tu pensais à moi en train de te prendre ?

Elle déglutit.

— Oui. Même si j'étais furieuse contre toi hier soir, je n'arrêtais pas d'y penser.

Elle sentit ses lèvres bouger et elle était sûre qu'il souriait.

— On en parlera plus tard. D'abord...

D'un geste délibéré, il écarta ses plis et y glissa deux doigts. Elle ferma les yeux et se concentra sur la sensation de recevoir ce dont elle avait besoin.

« Putain, qu'est-ce que tu es mouillée. Mais tu n'as pas le droit de te laisser aller, Kat. Allez, caresse-moi. C'est ça. Maintenant, prends mes couilles dans ton autre main. Elles ont besoin d'attention elles aussi. »

Oui. Même contractées par le désir, ses couilles débordaient de sa paume. Elle voulait regarder pendant qu'elle le caressait, mais ne voulait pas s'écarter de lui parce qu'il utilisait ses doigts d'une manière tellement excitante qu'elle n'aurait jamais cru cela possible. À chaque caresse, il se servait du bout de ses doigts pour appuyer sur un point en elle. Un endroit qui la faisait se tortiller de plaisir.

— Oh !

— Comme ça ?

— Oui.

Oh, mon Dieu, elle aimait tellement ça.

— Bien. Parce que je vais te faire jouir tellement de fois que tu ne pourras plus marcher pendant des heures.

Oui. S'il te plaît.

Elle pressa sa bite entre ses doigts et il entama une respiration sifflante. Immédiatement, elle relâcha sa prise, mais quand il glissa ses doigts en elle, il lui prit le lobe de l'oreille entre les dents.

— T'inquiète, j'aime ça quand c'est un peu brutal et je peux le supporter.

Le sous-entendu derrière ses paroles la fit frissonner. Adam la poussait hors de sa zone de confort, et il se trouve qu'elle aimait ça. Plus qu'elle ne l'aurait jamais cru. Cela la rendait audacieuse. Ça lui donnait envie de se servir, mais pas seulement. Elle voulait qu'il la supplie.

— Alors, monte sur le lit.

Il retira si vite ses doigts de son sexe qu'elle haleta, mais dans la seconde qui suivit, il la prit dans ses bras et traversa la pièce en direction du lit. La jetant pratiquement dessus, elle eut à peine eu le temps de cligner des yeux avant qu'il ne se jette à ses côtés sur le dos. L'ayant attrapée, il l'attira sur sa poitrine et lui reprit la bouche pour un baiser qui la laissa essoufflée. Mais alors qu'il s'éloignait légèrement, elle commença à retrouver ses repères.

Se tenant sur un coude, elle laissa sa main libre se poser sur ses pectoraux bombés et fermes. Elle voulait le caresser. C'est ce qu'elle fit, en commençant par son épaule. Par-dessus les poils si doux qui parsemaient son torse jusqu'à son ventre plat. Puis elle descendit jusqu'à la douce ligne de poils allant du nombril à l'aine. Ces poils étaient plus foncés que ses cheveux, mais plus raides. Drus. Son membre dressé, long et épais était parallèle à son ventre, et elle voulait le prendre dans sa bouche.

Avant Adam et Tristan, elle n'avait jamais compris l'attrait de faire des pipes. Maintenant, elle comprenait qu'il fallait que l'homme soit le bon. Ou les hommes, dans son cas.

Elle prit sa bite dans sa main et observa en la serrant et la caressant. Sa peau glissait sur le membre raidi. Il aimait ça ? Elle leva les yeux et le vit en train de la regarder faire, les yeux brillants, les narines dilatées. Il s'était calé sur ses coudes et sa poitrine se soulevait et retombait rapidement. Mais il avait l'air bien trop calme. Et elle était bien trop excitée pour le laisser être aussi calme.

Elle se pencha en avant et lui lécha un téton, se délectant du goût chaud et salé de sa peau. Puis elle le mordit. Et il poussa un cri et tressaillit, la faisant sourire. Maintenant, elle l'entendait haleter alors que sa queue battait dans son poing. De l'humidité coula de son gland et elle s'en servit pour lubrifier ses doigts.

Elle le mordilla tout le long du corps et s'arrêta pour faire tourbillonner sa langue dans son nombril. Elle l'entendit gémir. Cela alluma un feu dans son sang, la rendant de plus en plus affamée. Elle souleva sa bite et la prit dans sa bouche. Son goût toucha sa langue, provoquant une faim encore plus grande et une envie encore plus impérieuse de l'avoir en elle. Mais cela signifiait qu'elle devait se repositionner. Et elle aimait cette position. Au moins pour le moment. Elle laissa donc cette envie grandir et se concentra pour faire jouir Adam. Suçant le bout de sa queue, elle faisait tournoyer sa langue autour du gland, s'émerveillant de sa chaleur, de son odeur, de son goût. Tout cela se combinait pour la faire sortir d'elle-même, pour la pousser dans un endroit où elle n'était pas cette fille sage et ennuyeuse. C'était une femme qui prenait ce qu'elle voulait et donnait aux hommes ce dont ils avaient besoin. Elle le suça fort en faisant glisser sa main le long de son sexe jusqu'à ce qu'elle forme un anneau à la base avec son pouce et son index.

— Serre plus. Adam haleta. Oh oui, c'est bon comme ça.

Oui.

Elle suça plus vite, l'engloutit profondément, et serra la main autour de lui jusqu'à ce qu'elle s'attende à ce qu'il lui demande d'arrêter. Il ne le fit pas. Il laissa retomber sa tête en arrière et la laissa faire. Ses lèvres étaient étirées au maximum, sa mâchoire commençait à lui faire mal, mais elle ne s'arrêta pas. Elle se laissa emporter par le rythme. Jusqu'à ce qu'elle l'entende gémir. Puis elle se retrouva sur le dos, à fixer un homme très déterminé.

— Je ne vais pas jouir dans ta bouche. Sa voix la fit frissonner. Je vais le faire enfoui au plus profond de toi. Mais d'abord, tu vas jouir sur ma langue. Et ensuite sur mes doigts. Et ensuite, je vais te faire crier quand j'enfoncerai ma bite en toi.

Oh mon Dieu, oui, s'il te plaît, tout ça.

Tout ce qu'elle put faire fut un signe de tête. Dans la seconde qui suivit, il souleva ses fesses et porta sa chatte à sa bouche. Il la recouvrit complètement, en passant la langue contre son clitoris avant de l'enfoncer entre ses plis. Il la baisait avec la langue.

L'orgasme arriva vite et la laissa plus exposée que jamais, mais aussi ancrée. À lui. Les doigts d'Adam s'agrippèrent à son cul, la maintenant immobile alors qu'il continuait à la dévorer à mesure que son orgasme s'achevait. Arquant le dos, elle poussait son pubis plus près, pour mieux le sentir.

Il lui donna ce qu'elle voulait. Sa langue en elle, les lèvres contre son clitoris, frottant contre le tendre bouton nerveux jusqu'à ce qu'elle puisse à peine respirer. Elle se tordit entre ses mains, enflammée par l'extase. Il faillit la pousser à l'orgasme à plusieurs reprises, mais chaque fois, il s'arrêtait à la dernière minute. Et puis il recommençait tout jusqu'à ce que la tension entre ses cuisses se transforme en brûlure dans tout le corps. Tous ses muscles étaient tendus, réclamant la délivrance. Chaque fois que sa langue touchait son clitoris, son corps approchait du plaisir intense, prêt à exploser.

Il se rassit sur ses talons et elle faillit hurler de frustration.

— J'ai menti. Sa voix gronda au plus profond de sa poitrine, à peine audible, mais parvenant tout de même à la faire trembler. J'ai hâte d'être en toi.

La repoussant contre le lit, il se pencha sur le côté, ouvrit le tiroir de la table de nuit et attrapa une poignée de préservatifs. Des sachets tombèrent de sa main jusqu'à ce qu'il n'en ait plus qu'un seul. Avec ses dents, il l'ouvrit et déroula le préservatif sur sa queue en quelques secondes.

Elle regardait avec de grands yeux, légèrement étourdie d'avoir été trop excitée. Mais elle en voulait toujours plus. Une fois le préservatif en place, il rampa sur son corps, se tenant au-dessus d'elle avec les mains placées au-dessus de ses épaules. Sa bite frôla son pubis et elle leva instinctivement les hanches.

— Les jambes autour de ma taille, Kat.

Ses jambes lui semblaient lourdes, comme si elles pesaient des tonnes au niveau des chevilles, mais elle les enroula autour de lui et rapprocha son bassin. Ses yeux se fermèrent lorsqu'elle se frotta à sa queue, mais ses bras le maintenaient fermement en place. Elle glissa ses doigts dans ses cheveux et gratta son cuir chevelu avec les ongles.

Gémissant, il fit tourner sa tête pour qu'elle passe bien partout. Sa bite s'interposa entre eux et elle se cambra sur lui, essayant d'aligner leurs corps pour que sa queue soit là où elle en avait besoin. En elle.

— J'ai envie de toi, Adam.

Il pressa un baiser à bouche ouverte contre la courbe de son cou, puis mordit un tendon, ce qui la fit gémir et se tortiller.

— Super. Parce que le sentiment est réciproque.

Pourtant il ne la pénétrait toujours pas et la laissait juste se frotter contre lui.

« Putain c'est bon, je pourrais jouir rien que comme ça. »

— Tu n'as pas intérêt, tu m'as promis de jouir en moi. J'ai envie de ça.

Une petite partie de son cerveau avait des doutes sur les mots qui sortaient de sa bouche. La partie prude que sa mère lui avait inculquée. La partie qu'elle voulait effacer de son existence.

L'autre se réjouissait de la liberté qu'elle ressentait ici et maintenant.

— Oh putain.

Elle pensait qu'il ne pensait pas ces mots contre elle. Elle n'était même pas sûre qu'il ait réalisé qu'il les avait prononcés à voix haute. Mais dès qu'ils quittèrent sa bouche, elle sentit un changement l'envahir. Comme un changement d'atmosphère avant une tempête. Il plongea les yeux dans les siens et une partie animale d'elle voulut tout lui donner.

Elle n'eut pas le temps de réaliser à quel point cela devait être terrifiant, car d'un seul coup, il l'empala. Elle poussa un cri sous la sensation soudaine d'être remplie si complètement, plaqua les mains sur les épaules d'Adam et ferma les yeux. La réaction fut instinctive, inconsciente. Elle ne voulait pas qu'il s'arrête. Elle voulait seulement avoir la chance de le rattraper. Mais Adam n'allait pas lui laisser le temps.

— Ouvre les yeux. Je veux que tu me regardes. Je veux que tu saches qui te fait jouir.

Il grognait presque et son regard était brûlant, mais il lui sembla déceler un soupçon de doute dans sa voix. Peut-être qu'elle lisait mal en lui. Peut-être était-ce un vœu pieux de sa part. Pourtant, ses lèvres s'écartèrent en un léger sourire et elle lui prit la mâchoire d'une main en déposant un baiser sur sa joue.

— Je sais qui tu es, Adam. Et je sais ce que je veux. Maintenant, bouge.

Entre deux respirations, il scella leurs bouches l'une contre l'autre et suivit ses ordres. Alors que leurs langues s'emmêlaient, il se retira une seconde avant de la baiser à un rythme mesuré qui la poussa vers de nouveaux sommets de plaisir.

Enroulant ses bras autour de ses épaules et serrant ses

jambes autour de sa taille, elle s'accrocha, haletant des mots incohérents d'encouragement. Ses muscles se tendaient, au bord d'un plaisir incandescent qui menaçait de lui voler ce qui restait de sa santé mentale. Déjà trop loin pour s'en soucier, elle s'abandonna à sa domination totale.

Comme s'il avait senti sa capitulation, il ajusta l'angle de sa poussée et l'envoya au septième ciel. Son sexe se contracta autour de lui, la faisant crier sous la puissance de son orgasme et provocant celui d'Adam. Il jouit en gémissant son nom contre ses lèvres, tremblant et enfoncé en elle.

Et elle réalisa à quel point elle voulait recommencer.

CHAPITRE NEUF

Adam roula sur le dos, respirant si fort qu'il avait l'impression que les voisins pouvaient l'entendre. Kat était allongée à côté de lui, sa respiration étant presque aussi forte que la sienne. Elle tremblait ?

Sans réfléchir, il l'attira contre lui, triomphant quand elle ne résista pas. Mais elle n'était pas assez proche. Avec une petite manœuvre, il l'a drapa sur son torse, la tête sur son épaule, le bras en travers de sa poitrine et la jambe sur sa cuisse.

Et Tristan devrait être derrière elle.

Merde. Merde.

Il devrait être beaucoup plus concentré pour faire face à la culpabilité qui s'accumulait dans ses tripes. Mais, pour l'instant, il pourrait tout aussi bien apprécier la sensation de son corps nu contre le sien. Profiter du plaisir, de la montée d'adrénaline qui lui donnait l'impression d'avoir sauté d'un avion. Et savourer le fait qu'elle l'avait devancé et qu'elle était venue le voir en premier.

— J'avais l'intention de venir te voir aujourd'hui, dit-il, en voulant qu'elle le sache. Pour m'excuser de mon comportement d'hier soir.

Elle retint sa respiration avant de tout relâcher en soupirant.

— Je suppose que les torts seront partagés. Je n'aime pas être une telle salope.

— Tu n'es pas une salope.

— Mmm. Tu ne me connais pas assez bien pour en être sûr. *OK, on verrait.*

— Alors laisse-moi te connaître mieux. Laisse-*nous* te connaître mieux.

Il se demandait comment elle réagirait au fait qu'il ramène Tristan dans l'équation, et quand elle se raidit, il pensa qu'il avait complètement merdé.

— Est-ce que... ce qu'on vient de faire... posera un problème à Tristan ?

Bien sûr, elle avait mis le doigt sur la partie de l'équation pour laquelle il n'avait pas vraiment de réponse. Tristan était amoureux de cette femme depuis des années. Il était obsédé par elle depuis au moins dix ans. Et Adam l'avait prise à part. Est-ce que ça lui poserait un problème ?

— Ça ne devrait pas.

— Mais ça pourrait ?

Oui, c'était possible. Mais c'était quelque chose que Tris et Adam devaient régler entre eux. Kat ne devrait pas avoir à s'en inquiéter.

— Non. Parce que Tris et moi ferons en sorte que non.

Le silence retomba, mais il savait qu'elle faisait tournicoter quelque chose dans son cerveau. Il la laissa faire pendant une minute. Si elle ne finissait pas par demander ce qu'elle voulait, il la pousserait à le faire. Elle avait besoin de savoir qu'elle pouvait lui demander... leur demander n'importe quoi. Il fallait qu'elle réalise que pour que cette relation fonctionne, ils devaient tous être sur un pied d'égalité.

Et quand elle s'était pointée tout à l'heure, il avait réalisé qu'elle était plus forte qu'il ne le pensait la veille au soir. Au moment où il pensait devoir la secouer un peu, elle s'assit à côté de lui. Elle se couvrit jusqu'à la taille avec les draps froissés, mais laissa ses seins à nu. Ce qui était une bonne chose, car elle avait de beaux seins. Petits, mais parfaits. S'il s'appuyait sur un coude, il serait au niveau parfait pour se pencher en avant et prendre un de ces mamelons rose pâle entre les dents. Étonnamment, sa bite recommença à se raidir. Il se retint de l'attirer sur lui et de la prendre à nouveau.

— Alors, comment ça va marcher ?

Et voilà, l'avocate était de retour et attendait une réponse. Il se demandait à quoi elle ressemblait à son bureau. Même en tailleur pantalon avec ses cheveux relevés en chignon, il la trouverait probablement encore désirable. Peut-être plus encore parce qu'il l'avait vue comme ça et qu'il savait à quoi elle ressemblait sous ces vêtements.

« Adam ? »

Elle leva les sourcils, et il sourit, en voyant son air sévère.

— OK, voilà comment ça marche.

Il s'assit et croisa les jambes, sans s'embêter avec la couverture. Son sourire s'élargit lorsque le regard de Kat se posa sur sa bite, qu'elle rougit en clignant des yeux et releva les yeux vers lui.

« Tu aimes ce que tu vois ? »

Il ne pouvait pas s'empêcher de la taquiner. Elle était la seule femme qu'il ait envie de taquiner après le sexe. Il aimait ça.

Elle pinça les lèvres.

— Oui, en fait, j'aime bien. Mais tu le sais, alors pourquoi ne pas plutôt me dire ce que je dois savoir.

Il aimait aussi son côté tranchant. Ça montrait qu'elle avait du caractère.

— Tris aurait peut-être une réponse différente, et tu voudras probablement lui demander la prochaine fois que tu le verras, mais ce que je pense c'est que la seule façon pour qu'une relation comme celle-là fonctionne, c'est qu'il n'y ait pas de jalousie.

Elle prit une seconde pour y réfléchir avant de hocher la tête.

— Je vois bien comment cela pourrait être un problème.

— Oui, c'est un problème énorme, mais que Tris et moi n'avons jamais eu à gérer.

Il ne mentionna pas que c'était parce qu'il ne s'était jamais attaché à aucune des femmes qu'il avait partagées avec Tris. Et il savait que cette fois-ci, ce serait différent. Pour chacun d'entre eux.

« Et tout est basé sur la confiance », poursuivit-il. Tu dois nous faire confiance pour qu'on ne tire pas sur toi comme dans le jeu du tir à la corde, et nous devons te faire confiance pour que tu ne nous montes pas l'un contre l'autre.

Elle fronça les sourcils.

— Est-ce que cela s'est déjà produit ?

— Oui. Quelques fois. Mais ces femmes n'ont pas eu le résultat qu'elles escomptaient.

C'est-à-dire que Tristan se range de leur côté et laisse tomber Adam.

— Est-ce qu'elles savaient que vous formiez tous les deux un lot ?

— On pensait avoir été assez clair.

— Et elles s'attendaient quand même à ce que toi ou Tristan laissiez la place ?

— En gros, oui.

Il l'observa réfléchir.

— Pourtant... je comprends pourquoi une femme peut trouver cette relation bénéfique. Et vous ?

Bonne question. Et une à laquelle il n'était pas prêt à donner une réponse directe parce qu'il n'était pas sûr de vouloir lui révéler autant de sa personnalité. Du moins, pas encore.

— Parce que ça me convient.

Elle le fixait, les yeux limpides.

— Parce que tu n'as pas à être l'unique responsable de la part masculine de la relation.

Elle est maligne.

Il ne broncha pas.

— En partie, oui. Parce que je connais mes défauts.

Elle plissa les yeux et il pensa qu'elle pourrait avoir quelque chose à ajouter à cela. Au lieu de cela, après quelques secondes, elle hocha la tête.

— Et maintenant, on fait quoi ?

Bonne question.

— Maintenant, on t'appelle et on t'invite à dîner.

— Et qui parle à Tristan... de cette journée ?

— Moi. Comme je l'ai dit. On n'a rien fait pour se sentir coupable. Il y aura des moments où nous serons seuls et d'autres où tu seras seule avec Tris. La jalousie n'entre pas en ligne de compte ici.

Et il espérait vraiment qu'il ne mentait pas comme un arracheur de dents.

Kat disséqua sa conversation avec Adam pendant le trajet d'une heure et demie pour se rendre chez Erik. La circulation était affreuse sur l'autoroute Schuylkill, un trafic en accordéon sans raison apparente. Elle se dit qu'elle ferait mieux de s'y habituer si elle devait rendre souvent visite à Erik. Et elle espérait qu'elle le ferait.

Son frère lui manquait. Et c'était la seule personne au monde qui pouvait la comprendre et répondre à ses questions. Parce qu'il était la seule autre personne qu'elle connaisse impliquée dans une relation à trois. Avec son ex-fiancé... Et si ce n'était pas un champ de mines truffé d'explosifs suffisant pour raser une petite ville ça... Elle lâcha le frein en soupirant et avança de quelques mètres.

Pourtant, lorsqu'elle arriva chez Erik dans le comté de Berks, elle s'était convaincue de ne pas lui dire un mot sur Adam et Tristan. Elle aimait beaucoup son frère, mais c'était un homme. Et elle avait besoin d'un point de vue féminin.

Kat venait de poser un pied sous le porche quand la porte s'ouvrit, et que Jules s'avança avec un sourire désolé.

— Salut, Katrina. Entre, s'il te plaît. Je suis vraiment désolée, Erik et Keegan sont en retard. Erik a parlé d'un trou dans une pièce d'équipement ou quelque chose comme ça. Quand ils commencent à parler de trucs techniques, j'ai tendance à ne plus écouter. Elle rit, mais elle avait encore l'air tendue. Je peux t'offrir quelque chose à boire ? Laisse-moi prendre ton manteau. Je vais rappeler les gars et leur dire que tu es là.

Juste elles deux ? C'est sans doute pour ça que Jules continuait à bafouiller. Kat et la copine de son frère n'avaient pas passé beaucoup de temps seules ensemble. En fait, Kat ne se souvenait même pas si elles avaient déjà été seules plus de quelques secondes.

Elle ne reprochait pas à Keegan de se méfier de son attitude face à Jules. Les fiançailles de Kat avec Keegan n'avaient pas pris fin dans les meilleures conditions. Ce qui était en grande partie de sa faute. Elle le savait maintenant.

Merde, serait-elle normale un jour ? Elle n'avait pas de bons rapports avec les autres femmes. Probablement parce qu'elle n'en avait jamais rencontré une seule qui ne lui rappelle pas sa mère d'une façon ou d'une autre. Fausse. Méchante. Obsédée par elle-même. Et elle n'avait jamais connu une seule une relation amicale avec une fille qui n'ait pas abouti à un échec lamentable.

« Katrina ? »

Kat réalisa qu'elle s'était arrêtée au milieu du salon, le manteau à moitié enlevé. En clignant des yeux, elle regarda Jules qui la fixait avec une inquiétude nerveuse.

— Excuse-moi, Julianne. Kat essaya de sourire, en espérant que ça ne ressemble pas à une grimace. J'aimerais bien un verre, oui, merci.

Kat finit d'ôter son manteau et le tendit à la jeune femme, remarquant à quel point Jules semblait mal à l'aise. Ce qui était entièrement sa faute. Et tellement injuste.

— Pourquoi ne pas aller t'asseoir dans le salon. Jules disparut avec le manteau de Kat dans le bureau d'Erik, puis réapparut pour se diriger vers la cuisine. Je vais juste...

— Si ça ne te dérange pas, je vais te donner un coup de main.

Le visage surpris de Jules fit sourire Kat. À chaque rencontre précédente, Kat n'avait pas vraiment su quoi lui dire. La jeune femme avait dû penser que Kat ne voulait rien avoir à faire avec elle. Et malgré cela, elle l'accueillait à chaque fois avec un sourire prudent, mais sincère.

Jules se ressaisit vite.

— Bien sûr. Suis-moi.

Suivant la jolie brune, Kat réalisa qu'une opportunité se présentait à elle. Celle de construire un pont entre elle. Il fallait juste qu'elle soit assez femme pour la saisir. Prenant son courage à deux mains, elle s'arrêta devant le comptoir tandis que Jules continuait vers le frigo.

« Nous avons de la limonade ou du vin. Ou de la bière. Ou je peux te préparer un cocktail ? Keegan est plus... bon, bref, je peux te servir tout ce que tu veux. »

Jules eut l'air de vouloir se mordre la langue d'avoir mentionné Keegan, et Kat décida qu'il était temps de mettre les choses au clair pour qu'elles puissent avancer. Elle et Jules ne semblaient aller nulle part. Pourtant elle rendait le frère de Kat heureux, l'avait ramené à la vie après cette explosion qui lui ait laissé d'horribles cicatrices.

— Je pense que nous avons besoin de prendre un nouveau départ toutes les deux.

Les yeux de Jules s'élargirent et elle se figea devant le réfrigérateur, laissant la porte ouverte. Elle ouvrit la bouche comme si elle allait dire quelque chose, mais rien n'en sortit. Kat l'avait probablement mérité.

« Je me rends compte que je ne suis pas la personne la plus facile à connaître. »

Jules battit des paupières.

— Euh...

— Et je voudrais m'excuser pour cela.

L'expression de Jules se transforma immédiatement en compassion.

— Oh Kat, il n'y a rien à...

— Si. J'ai été dégueulasse, et je ne veux vraiment plus l'être.

Jules ferma la porte du frigo en fronçant les sourcils.

— Il s'est passé quelque chose ? Est-ce que ça va ?

Fixant les yeux sombres de Jules, Kat y vit une réelle inquiétude. Et la possibilité d'une véritable amitié.

— Je vais bien. Mais... oui, quelque chose s'est passé. Et tu es la seule personne que je connaisse qui pourrait comprendre.

— OK.

Jules semblait perdue mais elle n'avait pas contredit Kat ou ne l'avait pas fait se sentir idiote. Et Kat savait qu'elle devait arrêter de penser que toutes les femmes du monde étaient comme sa mère. Ou fausses comme les filles avec qui elle était allée à l'école et qu'elle voyait de temps en temps à Boston.

— J'ai rencontré deux hommes.

— OK. Jules la fixait, l'encourageant à continuer, mais Kat savait que la jeune femme n'avait pas exactement compris ce qu'elle disait. Et puis les yeux de Jules s'élargirent à nouveau et sa bouche resta ouverte pendant quelques secondes avant qu'elle ne la ferme brusquement. Oh ! Ah, OK. Ça n'est pas du tout ce que... mmm. OK.

Kat fit la grimace, essayant de trouver les bons mots pour continuer.

— Je me doute que c'est probablement quelque chose que tu ne t'attendais pas à entendre de ma part, mais je me trouve dans une situation que je ne comprends pas. Et j'aimerais vraiment t'en parler.

Jules la fixa simplement pendant quelques secondes avant de hocher la tête.

— Absolument. Mais je pense vraiment qu'on a besoin d'alcool pour ça. Elle ouvrit à nouveau le frigo, prit une bouteille de vin et l'agita dans la direction de Kat. Celle-ci hocha la tête, soulagée. Elle ne savait pas ce qu'elle aurait fait si Jules l'avait rejetée. Mais elle aurait dû savoir que la femme qui vivait avec son frère et son meilleur ami et qui arrivait à s'en sortir avec eux serait capable de l'écouter.

« Tu veux me parler d'eux ? »

Posant un verre de vin blanc sur l'îlot au centre de la cuisine, elle le poussa vers Kat. Prenant une grande inspiration puis une bonne gorgée de vin, Kat raconta tout à Jules.

Erik poussa la porte d'entrée de la maison qu'il partageait avec Jules et Keegan, qui avait déplacé petit à petit ses affaires de sa propre maison vers la sienne.

Ils n'avaient pas vraiment discuté de la maison qu'ils allaient garder, mais pour une raison quelconque, Jules préférait celle-ci, alors Keegan s'était dit, pourquoi pas ? Finalement, ils avaient trouvé quoi faire de sa maison. Ils avaient déjà parlé d'agrandir celle-ci, d'y ajouter un bureau pour Keegan et d'agrandir la cuisine pour Jules. Tout cela avait été bien accueilli par Erik. Tant que Jules et Keegan resteraient proches, il ferait tout ce qu'il fallait.

Maintenant, il pouvait consacrer un peu de temps à aider Kat à mettre de l'ordre dans sa vie. Pendant les premières années d'enfer après l'explosion qui l'avait laissé défiguré et émotionnellement blessé à vie, Kat et Keegan avaient été ses seuls piliers. Keegan avait été son roc. Kat... celle qui l'avait poussé à avancer alors qu'il aurait préféré se recroqueviller en boule et se cacher dans son laboratoire. Bien sûr, Kat avait été plus du genre "fais ce que je te dis, pas ce que je fais", parce qu'elle-même avait bâti un mur assez imposant autour de ses émotions. Et elle pouvait être une connasse de première quand elle s'y mettait vraiment.

Merde.

Ouais, il avait dit à Keegan qu'il ne devait pas s'inquiéter de laisser Jules et Kat seules ensemble. Maintenant, il devait juste se persuader qu'il avait raison. Tout se passait bien entre elles. Il en était sûr.

Alors pourquoi tu transpires ?

Il ne transpirait pas. Pas vraiment.

Bon sang.

Erik s'avança tout droit vers la cuisine.

— Coucou, Jules. On est rentrés.

— Je suis dans la cuisine, répondit-elle comme d'habitude.

Jetant un regard du genre "tu vois, je te l'avais dit" à Keegan, Erik croisa mentalement les doigts et accéléra le pas, Keegan sur ses talons. En poussant la porte battante de la cuisine, il fit quelques pas dans ce qui était devenu le domaine de Jules et s'arrêta net.

Jules et Kat étaient assises l'une en face de l'autre à la table de la cuisine, des verres de vin devant elles. Jules avait l'air bien. Pas du tout stressée. Le soulagement lui fit relâcher le souffle qu'il n'avait pas remarqué retenir. Puis il tourna son attention vers Kat. Et il fronça les yeux. Sa sœur avait l'air... coupable. Pourquoi diable avait-elle l'air coupable ?

Alors qu'il réfléchissait à cela, il se dirigea vers Jules pour lui donner un baiser puis se tourna vers sa sœur, la fit lever de sa chaise et la serra dans ses bras. Il lui fallait généralement une ou deux secondes pour lui rendre l'embrassade, mais aujourd'hui, elle le fit immédiatement. Il savait maintenant qu'il se passait quelque chose.

— Salut sœurette. Comment ça va ?

Sa sœur jeta un coup d'œil à Jules et dit :

— Ça va bien.

Alors pourquoi avait-il le sentiment que lui et Keegan avaient interrompu quelque chose ? Du coin de l'œil, il vit Keegan se pencher pour embrasser Jules. Bon sang. Peut-être que ce n'était pas une bonne idée. Kat et Keegan avaient été fiancés et maintenant Keegan était en couple et Kat était toujours seule, et peut-être qu'elle n'avait pas envie de le voir embrasser une autre femme ? Mais Kat ne semblait pas être affectée. Et c'était très suspect.

— Kat me parlait de l'endroit qu'elle avait trouvé à Philadelphie. Ça a l'air génial.

Kat s'écarta et lui fit un sourire en se rasseyant. Elle lui cachait vraiment quelque chose.

C'est quoi cette histoire ?

— Ah oui ?

Kat hocha la tête.

—J'aimerais bien vous inviter. Venez dîner quand j'aurai emménagé. Elle inclut Keegan dans l'invitation, en souriant timidement à son ex-fiancé.

Restant bouche bée, Erik fixa Kat pendant plusieurs secondes avant que Keegan ne le tire d'affaire.

— Génial. C'est où ?

Pendant la minute suivante, Jules, Keegan et Kat discutèrent tranquillement de son nouveau domicile, jusqu'à ce qu'Erik secoue la tête.

— OK, temps mort. Il forma un T avec ses mains et tous les yeux se tournèrent vers lui. Kat, c'est quoi ce bordel ? Qu'est-ce qui se passe ?

Jules fut la première à répondre.

— Erik, ce n'est pas une façon de parler à ta...

— C'est bon Jules. Kat fit un bref sourire dans la direction de Jules avant de se retourner vers Erik. J'ai demandé l'avis de Jules sur quelques trucs. Et avant que tu ne t'énerves et que tu ne te jettes sur les mauvaises conclusions, je vais te dire que c'est à propos d'un gars. Elle fit une pause pour se mordre la lèvre supérieure, un signe certain qu'elle était mal à l'aise. Enfin, c'est à propos de deux gars.

Oh putain.

Ça expliquait tout à fait le message vocal qu'il avait reçu dans la matinée. Il semblait qu'il irait faire un tour à Philadelphie plus tôt que Kat ne l'avait prévu.

———

— J'arrive. Bon Dieu, Adam, arrête de frapper comme un malade sur cette foutue porte.

Tristan ouvrit sa porte d'entrée le dimanche matin, s'attendant à trouver Adam. Comme ce n'était pas lui, il ne reconnut pas tout de suite le visage qui lui faisait face, mais il se dit que le gars avait dû avoir un accident sacrément moche. Cela fit tilt dans son esprit et il sut exactement qui se tenait sur le pas de sa porte.

— Erik ! Salut, comment vas-tu ?

Tristan tendit automatiquement sa main et Erik Riley la lui serra avec un léger sourire sur son visage plein de cicatrices.

— Tristan. Ça fait un moment...

— Ouais. Oui, ça fait longtemps. Entre. Tristan s'écarta de la porte. Désolé. Je m'attendais à ce que ce soit quelqu'un d'autre. Comment vas-tu ?

Erik haussa les épaules et sourit, ce qui fit se froisser les cicatrices sur son visage.

— Tu veux dire, à part l'explosion et le fait d'avoir failli mourir, les cicatrices et la rééducation ? Pas mal, en fait. Erik s'arrêta au milieu du salon de Tristan et le regarda avec un sourcil levé, celui du côté de son visage sans cicatrices. Tristan se sentit bête.

— Euh... oui bien sûr... je suis content alors.

Erik rit franchement cette fois.

— Et je suis heureux d'être encore là pour le dire. Je sais que je te l'ai déjà dit, mais je voulais te remercier encore de m'avoir branché avec Jimmy Cochrane.

L'ancien SEAL[1] que Tristan avait présenté à Erik après l'explosion. Jimmy avait perdu un œil et un pied en Afghanistan et travaillait maintenant comme thérapeute, principalement avec des vétérans.

— Je suis content d'avoir pu t'aider.

Le sourire d'Erik s'élargit, mais maintenant Tristan n'y voyait plus beaucoup d'humour. Et soudain, il comprit pourquoi Erik était ici.

Oh merde.

— Alors, Tristan. Tu veux bien me dire quelles sont tes putains d'intentions envers ma sœur ? Parce que je dois te dire que si toi et ton pote vous vous foutez de sa gueule, je vous arrache le cœur.

Tristan se raidit à cause de l'insulte implicite dans les mots d'Erik, et il dut se retenir de lui dire immédiatement d'aller se faire foutre. Parce que s'il avait eu une sœur, il imaginait qu'il ressentirait à peu près la même chose. Si deux types avec sa réputation et celle d'Adam se mettaient à lui courir après, il voudrait probablement leur arracher la tête aussi. Il se mordit la langue et réfléchit sérieusement à sa réponse. Erik le méritait.

— J'ai un faible pour Kat depuis le lycée. C'est la première fois que j'ai pu tenter quelque chose avec elle depuis. Et j'ai bien l'intention de continuer à la voir.

— Toi et Adam Oleksy.

— Tu es bien renseigné.

— Bien sûr. Et je suis ici pour te dire que si vous lui faites perdre la tête, je trouverai des moyens de vous détruire que vous ne verrez jamais venir. Et je ne veux pas dire physiquement. Kat n'est pas comme les autres femmes. Elle a...

Erik se tut, mais Tristan savait ce qu'il allait dire. Kat avait des problèmes. Mais ça n'allait pas l'arrêter parce qu'il voyait aussi la douceur sous son apparence piquante.

— Je ne suis pas...

Une autre série de coups bruyants l'interrompit, et il sut que c'était Adam cette fois.

« Attends, Tristan se dirigea vers la porte, ne me dis rien parce que tu vas pouvoir nous le dire à tous les deux en même temps. »

<hr>

Kat passait ses mains sur le bas sa robe, se demandant si elle devait se changer. Non pas parce qu'elle trouvait sa robe trop chic, mais parce qu'elle n'avait jamais porté quelque chose comme ça auparavant.

Elle était bleu foncé, décontractée, légère, avec des broderies sur l'ourlet. Un peu rétro avec sa taille basse et son décolleté, dans un tissu soyeux qui soulignait ses courbes minimales et lui donnait une impression de féminité. Elle avait passé une partie de la journée au centre commercial King of Prussia, à errer dans les magasins, son esprit étant surtout préoccupé par le coup de téléphone qu'elle avait reçu un peu plus tôt.

De Tristan. Lui et Adam voulaient l'emmener dîner ce soir. À moins qu'elle ne préfère rester dans la chambre et commander au room service. Elle avait opté pour le plan B. Principalement parce qu'elle ne voulait pas avoir cette conversation dans un restaurant où quelqu'un pourrait les entendre.

Et oui, peut-être parce qu'elle voulait simplement être seule avec eux. Où ils pourraient faire ce qu'ils voudraient, quand ils voudraient.

Les papillons dans son estomac se transformèrent en un troupeau entier de ptérodactyles. Un troupeau ou un vol ? Peu importe, c'était violent en tout cas.

Elle se retourna pour regarder la pièce. Quelques petites bougies brûlaient sur la petite table devant les fenêtres, et elle n'avait allumé que deux autres lumières dans la suite. L'une près de la porte, l'autre dans sa chambre. Il ne lui manquait plus que les deux hommes.

Sa conversation avec Jules avait été instructive, et elle avait senti qu'elle maîtrisait mieux la dynamique d'une relation à trois. À moins qu'ils ne viennent lui dire, « désolé, ça ne va pas marcher, c'était génial et merci pour les souvenirs, mais il est temps de passer à autre chose. »

Les ptérodactyles devinrent des T.Rex, ébranlant sa confiance.

Peut-être qu'elle devrait commencer par le vin.

Un coup sur la porte la fit sursauter, même si elle s'y attendait.

OK. Respire profondément.

Elle ouvrit la porte, un sourire aux lèvres. Qui se figea rapidement à la vue de Tristan et Adam, l'un vêtu d'un pantalon décontracté et d'une chemise bleu pâle et l'autre d'un jean et d'un t-shirt noir à manches longues. Elle n'avait jamais vu d'hommes aussi beaux de sa vie. Et ils étaient là pour elle.

Son sourire s'élargit et les lèvres de Tristan firent de même. Adam se contenta de ne relever qu'un coin de ses lèvres, mais ses yeux restèrent froids. Elle ne se laissa pas inquiéter. Elle commençait à mieux les connaître tous les deux, et elle savait qu'Adam se cachait tellement derrière sa froideur.

— Salut. Entrez.

— Salut, Kat. Alors qu'il entrait, Tristan se pencha et lui fit un petit baiser sur la bouche. Merci de nous recevoir.

Adam le suivit, se pencha également, mais frotta juste ses lèvres contre sa joue.

— Tu es magnifique.

Son cœur manqua un battement et une soudaine chaleur l'envahit lorsqu'il fit suivre son baiser d'une caresse au menton. Son sourire s'élargit alors qu'elle fermait la porte derrière Adam, les isolant du reste du monde.

— Vous voulez boire quelque chose ? J'ai...

— On aimerait te parler d'abord en fait, déclara Tristan. Si cela te convient.

Merde. Oh merde. Ça n'est pas bon signe.

Elle maintint son sourire en place de toutes ses forces.

— Bien sûr. Vous voulez vous asseoir sur...

— Ce que je veux, dit Tristan, c'est que tu comprennes exactement ce que nous voulons.

Elle se figea.

— Et qu'est-ce que c'est ?

— Toi. Entre nous. Nue.

CHAPITRE DIX

Kat resta bouche bée.

Nue et entre eux.

Oh mon Dieu, oui. Ça avait l'air merveilleux. C'est ce qu'elle voulait. Et tout ce qui allait avec. Elle avait simplement besoin de trouver le courage de prendre ce qu'ils lui offraient.

Allez ! Vas-y. Fais-le. Dis oui !

Tristan la regardait intensément, un défi dans les yeux. Dès le début, il avait été franc sur ce qu'il voulait exactement. Elle. Rien dans sa vie ne l'avait préparée à Tristan. Personne ne lui avait couru après avec une telle assiduité. Cela lui faisait languir tout ce qu'il voulait lui donner.

En même temps, cela la rendait réticente à l'idée de se donner à lui et d'avoir un retour de bâton après plus tard. C'était un jeu auquel sa mère aimait jouer. Donner d'une main et reprendre de l'autre. Kat avait appris à se méfier de tous ceux qui lui offraient quelque chose sans aucune condition visible. Il y avait toujours des conditions. Une autre chose que sa mère lui avait apprise.

Son regard se porta sur Adam, qui cachait toutes sortes de

choses. Elle n'était pas sûre d'avoir les outils nécessaires pour faire face à ça. Il contrôlait tellement ses émotions qu'elle se demandait parfois s'il ressentait quoi que ce soit. Enfin, à part le désir.

S'ils poursuivaient cette liaison, elle devrait apprendre à gérer tout ça. Et décider si elle pouvait vivre avec un homme qui ne s'intéressait à elle que physiquement. Si Adam ne s'engageait pas... s'il n'était là que pour le court terme...

Pourrait-elle vivre avec, en sachant qu'elle ne serait qu'une partenaire sexuelle à ses yeux ?

Pourras-tu vivre sans avoir au moins essayé ?

Elle le regretterait chaque jour.

— J'en ai envie moi aussi.

Un sourire éclaira soudain le visage de Tristan. Un sourire à couper le souffle. Il avait l'air d'un homme qui venait d'obtenir enfin exactement ce qu'il voulait. C'est-à-dire *elle*. Cette pensée fit fourmiller l'excitation dans tout son système nerveux. Puis elle jeta un autre regard à Adam, et la panique ébranla sa confiance.

« C'est juste que... Elle s'efforça de choisir les bons mots. Je ne suis pas sûre de savoir comment faire... ça. »

Tristan secoua la tête.

— Nous saurons ce qui nous convient au fur et à mesure.

Elle hocha la tête, mais la déclaration de Tristan ne l'aida pas vraiment à se sentir mieux. Elle aimait avoir un plan. Elle aimait savoir ce qu'on attendait d'elle. Quelle était sa place dans l'ordre des choses.

— Kat.

La voix d'Adam la fit cligner des yeux avant que son regard ne se porte sur lui.

— Oui ?

— On veut tous les deux la même chose.

Adam la fixa avec autant d'intensité que Tristan ne l'avait

fait. Mais ses yeux n'avaient pas la chaleur de ceux de Tristan. Ou bien si ? Elle n'arrivait pas à savoir avec Adam. Elle avait beau essayer, autant qu'elle le voulait, elle ne savait pas ce qu'il pensait. La seule chose dont elle était sûre était son désir pour elle. C'était clair comme de l'eau de roche.

Est-ce que ce serait toujours comme ça ? Lui manquerait-il toujours quelque chose dans les yeux d'Adam ? Et cela avait-il de l'importance, si elle trouvait ce dont elle avait besoin dans ceux de Tristan ?

— Comment puis-je en être sûre ?

Adam redressa le menton.

— Tu ne peux pas. Tu ne peux que me faire confiance si je te dis que je ne serais pas là si je ne le voulais pas.

Elle y croyait vraiment. Elle savait aussi que l'attachement d'Adam pour Tristan était si fort qu'il pourrait l'accepter dans son lit simplement parce qu'il savait que c'était ce que Tristan voulait. Sauf que cela n'expliquait pas la rencontre d'hier.

— Tu lui as dit ?

La question lui échappa avant qu'elle ne puisse se retenir de la poser. Elle voulut retirer immédiatement ce qu'elle venait de dire, mais en regardant Tristan, elle vit qu'il n'avait l'air ni choqué ni surpris. Adam acquiesça.

Merci mon Dieu.

Ce poids qui pesait sur ses épaules semblait soudain vingt fois plus léger.

« Bien. C'est... bien. Je ne veux pas qu'il y ait de secrets entre nous. »

Tristan s'approcha d'elle le sourire aux lèvres :

— Je suis content qu'on soit sur la même longueur d'onde. Adam et moi, on se connaît. On se fait confiance. Tu n'es pas un trophée pour lequel on est en compétition. Tu es la femme avec qui on veut faire l'amour.

Le désir échauffa son sang. L'envie de tendre la main et de

les faire courir le long de la forte mâchoire de Tristan la déman-
geait. L'envie de sentir la légère rugosité de sa barbe. De laisser
ses doigts courir le long de son cou jusqu'aux larges muscles de
sa poitrine. De vouloir enlever sa chemise et presser son corps
nu contre le sien.

Elle voulait qu'Adam se colle contre son dos, lui saisisse
les hanches et lui morde le cou si fort qu'il en laisse une
marque. Son regard se tourna vers Adam, qui n'avait pas
bougé.

— Mais tu dois comprendre, lui dit Adam. Je ne suis pas
Tristan. Je ne suis pas aussi accessible.

Étonnamment, la déclaration directe d'Adam la fit sourire.
Comme elle souriait, le visage d'Adam perdit un peu de son
sérieux.

— Je m'en suis rendu compte toute seule !

Tristan réduisit la distance entre eux et son cœur fit des
bonds.

— Tu es prête pour le dîner ? demanda Tristan.

Elle cligna des yeux.

— Tu veux manger d'abord ?

Le sourire de Tristan s'élargit et même celui d'Adam.

Tendant la main vers elle, Tristan serra ses doigts puis frotta
son pouce sur ses articulations.

— Nous ne sommes pas seulement intéressés par le sexe.

Elle non plus. Mais les relations étaient semées d'embûches
encore plus nombreuses que « juste le sexe ».

— D'accord.

— Kat.

Elle regarda Adam.

— Oui ?

— Alors ? Tu veux manger ?

Oui, elle avait faim. Son estomac gargouilla en y pensant.

— Oui, commandons quelque chose !

— À moins que tu préfères qu'on t'allonge sur la table et qu'on te montre pourquoi tu ne regretterais pas d'avoir accepté ?

La respiration de Kat devint hachée alors que son regard glissait vers la table pendant une brève seconde avant de plonger dans les yeux d'Adam.

— Oh, bon Dieu, tu vas nous tuer, dit faiblement Adam.

Elle sursauta quand les mains de Tristan atterrirent sur ses hanches. Elle ne l'avait pas vu bouger. Maintenant, il pressait son corps entièrement contre le sien, avant de poser sa bouche sur la sienne et de l'embrasser.

Oui, ça. C'est bien. C'est incroyablement bon.

Le baiser de Tristan l'encouragea à se fondre en lui. Elle s'abandonna à la chaleur de son corps qui s'infiltrait à travers ses vêtements et s'acheminait sous sa peau. Lorsque sa langue lui lécha les lèvres, elle ouvrit la bouche pour le laisser entrer, les mains sur ses épaules pour l'attirer encore plus près.

Enivrée par la passion, elle sentit son corps s'alourdir à chaque fois que la langue de Tristan appuyait sur la sienne, à chaque fois qu'il faisait glisser ses mains le long de ses bras. Puis Adam fit exactement ce qu'elle avait espéré quelques secondes plus tôt. Il se pressa contre son dos et posa ses lèvres sur sa nuque en la mordillant juste en dessous de l'oreille.

Gémissante, elle se pressa davantage contre Tristan. Adam se serra alors contre elle jusqu'à ce qu'elle se sente complètement prise entre eux. Ses genoux tremblaient, mais elle savait que les garçons ne la laisseraient pas tomber. Deux paires de mains la maintenaient debout.

Tristan gémit, faisant un pas en arrière. Mais Adam resta contre elle, un bras autour de ses épaules, l'autre autour de sa taille, son érection blottie contre son dos.

— Dîner ! Tristan sourit. Tu vas nous tuer, mais j'ai déjà commandé pour nous tous afin que les plats soit prêts tout de suite.

Étonnamment, elle s'en fichait. La maniaque du contrôle qui vivait en elle semblait avoir été amadouée par le baiser. Du moins pour le moment.

— Comment savais-tu ce que j'aimerais ?

Tristan haussa les épaules.

— J'ai commandé une sélection. Pâtes, steak, poulet, salade. Chocolat et fruits pour le dessert. J'ai pensé qu'on pourrait partager. Fais attention à Adam. C'est un carnivore.

— Mais je sais partager, gronda la voix d'Adam dans on oreille. Et je ne mords pas. Il marqua une pause. Sauf si on me le demande.

Hyper consciente de la chaleur du corps d'Adam qui l'entourait et de sa propre chaleur alimentée par le sourire de Tristan, Kat eut un frisson.

— D'accord. Dîner.

— Bon choix. Adam lui pinça le lobe de l'oreille avec ses dents. Tu vas avoir besoin de carburant pour plus tard.

Elle avait repris son souffle quand Adam la relâcha.

— Viens, je vais t'aider à mettre la table pendant que Tris demande qu'on monte les plats.

Tristan se tourna vers le téléphone sur la table, et elle suivit Adam dans la petite cuisine, le cerveau curieusement au repos. Assiettes en porcelaine et verres en cristal dans l'armoire, serviettes en lin et argenterie lourde dans le tiroir. Adam lui passa les verres, puis empila les serviettes et l'argenterie sur les assiettes. Son attention se porta sur ses mains. Elle avait envie de ces grandes mains habiles sur elle.

Ils s'activèrent en silence pour dresser la petite table basse, la voix de Tristan en arrière-plan étant le seul son à part le tintement de la porcelaine et de l'argenterie. Lorsqu'ils eurent terminé, Adam lui tendit une chaise.

« Ça te dérange si je mets de la musique ? » Adam désigna du menton la petite sono dans un coin.

— Bien sûr que non.

Elle était curieuse de savoir quel type de musique il aimait ou s'il laisserait simplement une station qu'elle avait déjà programmée. Elle le regarda examiner l'écran pendant une seconde avant de tourner le cadran. Et lorsqu'il appuya finalement sur *play*, elle sourit en entendant Frank Sinatra.

Il la surprit en train de sourire et leva un sourcil.

— Ça te va ?

Elle acquiesça.

— Mon père aime Sinatra. Il met ses disques quand il travaille à la maison. Enfant, je passais beaucoup de temps dans son bureau.

Habituellement enfoncée dans un fauteuil avec un livre. Essayant de rester hors du champ de vision de sa mère et de ses critiques.

Adam s'assit sur le fauteuil en face d'elle tandis que Tristan prenait celui d'à côté.

— J'ai toujours aimé ton père, dit Tristan. C'est un type intelligent.

Elle sourit.

— Un type brillant, en fait. C'est pourquoi elle ne comprendrait jamais pourquoi il avait épousé sa mère. Lui et Erik jouaient tout le temps à ces jeux de logique mathématique bizarres et je restais assise à regarder, complètement perdue.

— Les maths n'ont jamais été mon point fort. Adam secoua la tête. J'ai failli ne pas entrer au lycée tellement je détestais ça. Heureusement, le système scolaire de Philadelphie est plus enclin à faire quitter l'école aux jeunes que de les y maintenir.

Elle regarda Adam avec attention.

— Tu as grandi ici ?

— J'y suis né et j'y ai grandi. Mes parents étaient arrivés avant que mes sœurs et moi soyons nés.

— De Russie ?

— De Moscou, oui. On avait déjà de la famille ici.

Et comme elle était bien renseignée, elle savait qui était sa famille. Ce dont elle n'était pas sûre, c'était s'il voulait bien lui dire que son père était en prison pour tentative de meurtre et que son oncle dirigeait la mafia russe de Philadelphie.

« Mais tu le sais déjà, n'est-ce pas ? »

Elle essaya de ne pas se sentir coupable d'avoir demandé aux De Marcos d'enquêter sur les antécédents d'Adam. Il fallait qu'elle soit prudente.

— Oui, je sais pour ton père. Et ton oncle. Mais je préfère en savoir plus sur toi. Pas sur eux.

Elle le vit digérer cette information, réfléchir. Puis il hocha la tête.

— Je me suis engagé dans l'armée parce que je détestais l'école et je ne pouvais pas imaginer passer encore quatre ans à me torturer simplement pour obtenir un diplôme dans un domaine qui n'avait aucun sens pour moi. Il se tut et elle vit qu'il prenait une décision sur ce qu'il allait dire. Et au cours de ma première année de lycée, une famille rivale a décidé que mes sœurs feraient de bons pions dans leur guerre de territoire contre mon oncle et mon père. Mon beau-frère a perdu la moitié de ses jambes quand lui et moi sommes allés les récupérer.

Cela ne figurait pas dans le rapport. Elle n'avait aucune idée de ce qu'il fallait dire.

— Je suis vraiment désolée.

Adam serra les mâchoires comme s'il se retenait de dire autre chose.

— Ce qu'il oublie toujours de dire, ajouta Tristan, c'est qu'il a failli mourir aussi cette nuit-là. La voix de Tristan n'avait aucune inflexion, mais ses yeux étaient durs comme la pierre. On lui a tiré dessus. La balle a effleuré ses poumons et sa colonne vertébrale. Et il a quand même réussi à traîner Tosh et à sortir sa plus jeune sœur de la fusillade.

— Mais Tosh a perdu ses jambes.

— Mais il est toujours là, et tes sœurs aussi.

Adam lança un regard froid à Tristan, et Kat eut le sentiment qu'i y avait une sorte de litige entre eux, quelque chose qu'elle ne savait pas encore. Et elle voulait savoir. Tout.

— Un an plus tard, mes sœurs étaient en sécurité et je devais trouver quelque chose à faire de ma vie en dehors des gangs de rue ou... d'autres activités illégales. Je me suis donc enrôlé.

Il dit ça comme si c'était tout à fait clair et net alors qu'elle savait que ça ne pouvait pas être le cas. Elle avait tant de questions. Elle voulait tellement savoir. Et pourtant, elle ne voulait pas trop s'en mêler, lui causer plus de peine. Et il ressentait vraiment de la douleur en évoquant à nouveau tout cela, c'était clair.

— Tu as aimé ça, l'armée ?

Une lueur de surprise traversa son regard.

— Oui, j'ai aimé. Et j'y étais bon.

— Parce que c'est un petit enfoiré. Tristan envoya délibérément une pique à Adam. Et c'est un bon tireur.

Adam fit un sourire taquin.

— Meilleur que toi.

Tristan roula des yeux.

— Tu te berces d'illusions, mon gars.

Kat sourit, observant leur petit jeu comme si c'était un match de tennis. Ils se connaissaient si bien qu'ils avaient développé une forme de communication. Elle voulait l'apprendre, elle voulait être à l'intérieur avec eux. Quand Tristan lui sourit, elle se sentit incluse dans ce petit cercle.

Elle ôta ses chaussures, replia ses jambes sous elle et s'installa plus confortablement dans son fauteuil. Elle remarqua que les deux hommes reportaient leur attention sur elle.

— Comment vous êtes-vous rencontrés ?

— Quand le nouveau sous-lieutenant a été affecté à mon

peloton. Le sourire d'Adam s'élargit. Tout juste sorti de West Point et déjà un connard de première.

Tristan n'avait pas l'air du tout offensé par les piques d'Adam.

— J'avais peut-être une opinion un peu trop élevée de moi-même à l'époque.

— Heureusement pour nous, tu as fait tes preuves dans le désert.

Elle savait qu'ils avaient servi au Moyen-Orient pendant plusieurs années, mais c'était plutôt un concept abstrait. Maintenant, son estomac se crispait à l'idée que l'un d'eux ou les deux auraient pu être tués. Ce qui était ridicule, car ils étaient là maintenant. Sains et saufs. Mais le seraient-ils toujours ?

— Est-ce que je peux vous demander des précisions sur votre travail actuel ?

Elle avait à nouveau toute leur attention, leurs yeux braqués sur elle étaient un peu déroutants. Adam était si intense, Tristan si... engageant.

Tristan acquiesça.

— Bien sûr.

— Il faut juste que tu comprennes que nous avons une clause de confidentialité, intervint Adam. Tout comme toi avec tes clients.

Elle hocha la tête.

— Je comprends. Alors... que faites-vous exactement ?

— Nous dirigeons une société de sécurité privée.

— Ce qui veut dire...

Tristan hésita avant de répondre, mais Adam se pencha en avant, tapant du doigt sur la table pour attirer son attention.

— Peut-être que tu devrais nous dire ce que tu sais déjà ? Ensuite, nous comblerons les trous.

Comprendraient-ils qu'elle avait enquêté sur eux uniquement parce qu'elle était curieuse à leur sujet ? Et non pas qu'elle s'intéressait à leurs affaires ? Y avait-il même une distinction à faire ?

— Je sais que vous fournissez des services de sécurité, mais vous faites aussi quelque chose appelé « kidnapping et récupération ».

Adam leva les sourcils, mais il n'avait pas l'air surpris.

— Ce n'est pas quelque chose qu'on met sur notre site web.

— Je n'ai pas trouvé ça sur votre site web.

— Non, bien sûr tu as enquêté sur nous.

Adam n'avait pas l'air fâché alors elle acquiesça. Il sourit et Tristan éclata carrément de rire.

— C'est bien, ma chérie, murmura Adam. Une autre femme nous aurait simplement crus sur parole.

— J'aime savoir à qui j'ai affaire.

— C'est une bonne politique. Tristan pencha la tête sur le côté. Et tu as obtenu les réponses que tu cherchais ?

— Non, pas vraiment.

Tristan tendit les bras et s'appuya davantage dans son fauteuil.

— Alors, vas-y, demande. Tout ce que tu veux.

Elle réfléchit, mettant de l'ordre dans ses pensées. Mais le coup frappé sur la porte les dispersa. Adam se leva pour aller ouvrir, non sans avoir laissé ses doigts traîner sur sa joue, la déconcentrant encore plus.

— Garde ça à l'esprit.

Pendant qu'Adam prenait le chariot, Tristan dit "tire-bouchon" et se dirigea vers la cuisine. Elle regarda les hommes s'occuper des choses en tandem et sans dire un mot, comme s'ils savaient exactement ce que chacun d'eux devait faire sans même se parler.

Elle n'avait pas d'amis proches, et elle n'avait jamais ressenti la proximité qui existait entre Adam et Tris avec personne. C'était en partie à cause de sa mère, en partie à cause d'elle-même.

Arrête de t'apitoyer sur toi-même !

— Je peux vous aider ?

Adam lui tendit un plat du chariot, et ensemble, ils remplirent la petite table jusqu'à ce qu'elle déborde. Kat secoua la tête, un sourire ébahi sur les lèvres.

« Vous croyez qu'on va manger tout ça ? »

— Je ne le connaissais pas à l'époque, mais le surnom d'Adam pendant les classes était Coney Island. Tristan rit en la voyant perdue. Tu as déjà vu les concours de mangeurs de hot-dogs le 4 juillet ?

— Non.

— Ces mecs peuvent engloutir, genre, cinquante hot-dogs en cinq minutes. C'est assez dégoûtant, en fait. Adam peut manger pendant des heures et ne jamais être rassasié. C'est comme si ses jambes étaient creuses.

Adam haussa les épaules en se rasseyant.

— J'ai un métabolisme élevé.

— Tu es un monstre de la nature, mec, c'est plutôt ça !

Pendant tout le repas, Tristan et Adam continuèrent à s'échanger des plaisanteries affectueuses en avalant, elle y participa comme si elle avait toujours fait partie de leur petit cercle. Lorsqu'ils eurent terminé les plats principaux et une bouteille et demie de vin, elle avait presque oublié qu'elle avait encore des questions. Adam ne l'avait pas oublié, lui. Alors que la conversation s'achevait après que Tristan ait expliqué la différence entre Rangers et SEALS, Adam posa sa fourchette et la fixa.

— Alors... qu'est-ce que tu veux savoir d'autre ?

— Attends. Tristan posa une coupe de mousse au chocolat devant elle. Je pense qu'on va avoir besoin de chocolat pour la suite.

Elle n'était pas sûre de pouvoir manger davantage, mais le dessert avait l'air incroyable.

Adam ricana.

— Tristan est un vrai bec sucré. Pire qu'une adolescente.

— C'est mieux que les merdes que tu manges. Des petits nounours en gelée ! Tristan lui sourit. Sérieux, il peut en manger un sac entier en une seule fois.

— On a tous nos vices, dit Adam nonchalamment en levant les yeux en l'air. Bon Kat, allez, demande ce que tu veux.

Elle n'était plus sûre de vouloir connaître la réponse. Elle aimait être dans ce petit cocon où le reste du monde n'existait pas. Où il n'y avait qu'eux trois. S'ils se mettaient à parler de leurs métiers dangereux...

Allez, un peu de cran.

— Alors... kidnapping et récupération. Qu'est-ce que ça veut dire exactement ?

Tristan et Adam échangèrent un regard rapide.

— Ça veut dire exactement ce que ça veut dire, dit Adam. Nous récupérons les victimes de kidnapping. Généralement dans des pays étrangers. Nous avons surtout travaillé en Amérique centrale et du Sud ces derniers temps, car ce sont des points chauds. Nous avons aussi beaucoup de travail en Russie à cause de mes liens familiaux là-bas.

— Et par récupérer, vous voulez dire...

— Nous les délivrons par tous les moyens nécessaires, poursuivit Tristan. Parfois, il suffit d'une mallette pleine d'argent. Parfois, nous devons utiliser d'autres méthodes. Mais nous sommes bons dans notre travail. Et en général, bien meilleurs que ces idiots qui pensent qu'il leur suffit d'enlever un Américain pour que l'argent afflue.

D'autres méthodes.

— Alors on vous tire quand même dessus régulièrement ?

— Pas régulièrement. Adam haussa les épaules. Mais, oui,

comme notre entreprise se développe et que notre réputation se répand, nous avons plus de travail, et parfois il y a des circonstances qui sont hors de notre contrôle.

Tristan intervint alors qu'elle essayait de digérer le fait que les hommes auxquels elle commençait à s'intéresser de près se mettaient en grand danger.

— Nous sommes sacrément bons dans ce que nous faisons.

La confiance dans les propos de Tristan se reflétait sur le visage d'Adam, ce qui les rendait indéniablement encore plus sexy. Cela ne calma pas le malaise qui lui enserrait la poitrine, mais cela la recentra sur l'ici et maintenant et non sur ce qui pourrait arriver.

— Est-ce que ça vous est arrivé de ne pas récupérer quelqu'un ?

Adam hocha la tête.

— Oui, et ça craint. Parfois ça tourne mal et peu importe ce que tu fais, ça ne changera rien. Mais Tris a raison. On est bons dans ce qu'on fait.

Tristan sourit.

— Et maintenant, on a quelque chose à attendre avec impatience à notre retour.

Il parlait d'elle. Cette pensée lui donnait l'impression d'avoir avalé un kilo de Pop Rocks[1], pétillant et étourdissant. Et excitant.

Elle cligna des yeux, mais apparemment pas assez vite pour cacher sa réaction à Adam.

En posant son coude sur la table, il se pencha plus près.

— Tu sais ce que j'attends avec impatience maintenant ?

Elle déglutit, luttant pour respirer. *Oui.*

— Non.

Du coin de l'œil, elle vit Tristan sourire.

— Si, tu sais. La même chose que moi.

Elle prit une grande inspiration.

— Et c'est quoi ?

— Tu le sais très bien, dit Adam en s'appuyant à nouveau au dossier, les bras croisés. Allez, Kat. Ne fais pas la timide.

— Je ne fais pas la timide, je n'en suis pas sûre c'est tout...

— Pas sûre de quoi ?

— Pas sûre de pouvoir jouer à ce jeu.

Tristan souriait toujours.

— Ça n'est pas un jeu et si, tu peux. Dis-le Kat.

Oui, elle pouvait. Il fallait juste qu'elle ose le dire.

— Je veux que vous soyez nus et sur le lit.

Le sourire soudain d'Adam lui coupa le souffle.

— C'est un bon début, ma chérie. Mais Tris et moi sommes plus intéressés par le scénario où tu es nue et sur le lit.

Ça, elle avait bien compris.

— Allons-nous négocier qui obtient quoi en premier ?

Tristan s'installa confortablement dans son fauteuil, imitant la pose d'Adam. Elle se demandait s'ils se rendaient compte qu'ils avaient les mêmes attitudes en même temps.

— Tu aimes ça, négocier ?

C'est tout ce qu'elle savait faire.

— ça n'est pas bien ?

— Si, si. Tristan soupira. D'accord. Alors, négocions.

— Quels sont les enjeux ?

— Exactement ce que tu penses, dit Tristan. Toi, au lit. Si c'est comme ça que ça doit se passer, très bien. Mais je te préviens. On va finir par avoir exactement ce qu'on veut. C'est-à-dire toi au lit entre nous.

Ce qui était exactement ce qu'elle voulait. Mais l'idée qu'ils étaient prêts à jouer avec elle lui donna envie de se faire désirer. Elle s'assit un peu plus droite sur son fauteuil.

— Et qu'est-ce que j'obtiens de ce marché ?

— Deux hommes dévoués à ton plaisir, dit Tristan.

— Des orgasmes multiples, osa Adam.

Oh mon Dieu, oui, s'il vous plaît.

— Pouvez-vous le garantir ?

Tristan et Adam échangèrent un regard et répondirent à l'unisson :

— Oui.

CHAPITRE ONZE

— Adam, il faut qu'on se prépare. J'ai reçu un appel de Daniel Sinclair. Sinotec a un K&R.

Tristan passa la tête dans le bureau d'Adam le vendredi matin, s'attendant à le voir complètement concentré sur son écran. Au lieu de cela, il était devant la fenêtre, une main posée sur la vitre. Le brouillard s'étendait devant lui, tandis que des rafales de neige volaient dehors.

« Hé, Adam ! Est-ce que tu m'as entendu ? »

— Mmm ? Adam se retourna, la tête visiblement ailleurs. Qu'est-ce qu'il y a ?

— Téléphone. Travail. Aéroport. On doit y aller.

— Merde. Adam secoua la tête. Désolé. Je n'ai pas entendu le téléphone.

Tristan leva un sourcil.

— Qu'est-ce qui ne va pas ?

— Rien —Tristan ne fut pas convaincu— Où est-ce qu'on va ?

— Colombie. Un ingénieur a disparu hier soir, une demande de rançon a été faite ce matin. Plutôt simple.

Hochement de tête. Adam cliqua sur ce qui était à l'écran et éteignit l'ordinateur.

— OK. Où est-ce qu'on va ?

Maintenant Tristan savait qu'Adam n'était pas là du tout.

— Je viens de te le dire. En Colombie. Tu veux me dire ce qui se passe avant qu'on aille dans la jungle et qu'on me tire dessus parce que ton cerveau est déjà engagé ailleurs ?

Comme s'il avait actionné un interrupteur, Tristan avait maintenant toute l'attention d'Adam. Mais là où Tristan s'attendait à ce qu'il ui fasse un doigt d'honneur ou quelque chose d'aussi obscène, celui-ci fit simplement une grimace.

— Désolé. Merde. Adam soupira, en se frottant la nuque. J'ai reçu un e-mail de mon père. On dirait qu'il y a un accord en cours qui pourrait le faire libérer plus tôt.

Pas étonnant qu'Adam ait eu l'air si préoccupé.

— OK, je vais demander à Eddie Danielson...

Adam fit une grimace.

— Non. Rien à foutre. Ça va aller. Je te prévenais, juste.

— Adam...

— Tris. C'est bon. Tu sais que je préfère travailler de toute façon.

C'est vrai. Adam travaillait mieux sous la pression que tous ceux que Tristan avait connus. Sa capacité à compartimenter et à se concentrer sur une seule affaire à la fois faisait de lui le partenaire idéal pour que Tristan ait une vue d'ensemble.

— Alors, prends tes affaires. Tristan tapa contre le cadre de la porte. J'ai affrété un vol. Nous partons dans quinze minutes pour l'aéroport.

Adam fit un signe de tête, son regard s'échappant à nouveau par la fenêtre.

— Tu vas l'appeler ?

C'était sorti de nulle part. Tristan savait de qui Adam

parlait, mais il n'arrivait pas à y croire. Et merde. Ça lui donnait envie de crier victoire.

— Tu peux le faire ? Je dois encore organiser un transport à Bogota. Dis-lui qu'on devrait être de retour samedi.

Adam grogna, ce que Tristan prit pour un « OK ». Ça aurait tout aussi bien pu être « Va te faire foutre ». Tristan partit avant qu'Adam ne puisse dire autre chose.

Et puis, même s'il se sentait idiot, il attendit dans le couloir, juste derrière la porte du bureau d'Adam, jusqu'à ce qu'il l'entende dire :

— Salut, c'est Adam. Tris et moi partons dans une heure.

Kat jura qu'elle sentait son cœur battre à tout rompre.

— Ai-je le droit de te demander où vous allez ?

— Tu peux toujours demander, mais je ne peux pas te le dire. Adam marqua une pause, comme s'il réfléchissait à ce qu'il allait dire ensuite. Tu n'as pas besoin de t'inquiéter, Kat. Tout va bien se passer.

Kat venait de terminer son dernier entretien avec les associés principaux, qui lui avaient souhaité bonne chance en souriant. Alors qu'elle était en train de préparer ses derniers cartons et de s'assurer que son ancien assistant avait tout ce dont il avait besoin, son téléphone avait sonné. Elle avait souri en reconnaissant le numéro. Le sourire n'avait pas duré longtemps.

Maintenant, une peur acide lui rendait la respiration difficile.

— OK. Merci d'avoir appelé. Je suppose... que j'attendrai de vos nouvelles.

— Et tu en auras. Non, c'est vrai, Kat. Il n'y a pas de quoi s'inquiéter. On se voit bientôt.

Elle se força à sourire même s'il ne pouvait pas la voir.

— Le déménagement va m'occuper.

— On sera bientôt là pour t'aider à transporter des meubles.

Cela la fit sourire vraiment.

— On dirait que vous avez déjà fait ça avant.

— J'ai deux sœurs qui ont déménagé plus de trois fois chacune. Je pense que je peux supporter de trimballer ton canapé sur quelques mètres.

— Je vais veiller à ce que tu tiennes ta promesse.

Adam s'arrêta, comme s'il avait entendu la peur dans sa voix.

— Kat.

— Je suis désolée, Adam. Je dois y aller. Je dois retrouver mon père pour dîner dans une heure, et j'ai encore quelques trucs à emballer ici. Prenez soin de vous. Toi et Tristan.

Elle l'entendit soupirer.

— On te parlera bientôt. Pense à nous, ma chérie.

Le téléphone fit un déclic dans son oreille.

S'enfonçant dans sa chaise de bureau, elle regarda par la fenêtre le paysage urbain, si différent de la vue de son nouveau bureau à Philadelphie. Ce bureau n'était pas aussi grand, la vue n'était pas aussi grandiose. Elle partait de zéro. Elle avait un seul client important, qui était l'entreprise de son frère. C'était suffisant pour la maintenir à flot, mais bien qu'elle soit douée en droit des sociétés, elle voulait se diversifier. Elle voulait travailler avec les enfants, pour les enfants. Non, on ne faisait pas son beurre là-dedans, mais le droit n'avait jamais été une question d'argent pour elle. Il s'agissait d'utiliser ses compétences pour aider les gens qui en avaient besoin. Et maintenant, elle avait le temps et les moyens de le faire.

Mais cela signifiait qu'elle devait bouleverser toute sa vie. Et elle n'avait jamais été douée pour le changement. Maintenant, elle devait gérer une relation avec deux hommes, déménager toute sa vie dans une nouvelle ville et lancer une nouvelle entreprise. De quoi faire réfléchir n'importe qui. Ou provoquer une crise de panique. Sa poitrine commença à se resserrer et son cœur à battre plus vite. Elle commença à utiliser sa technique de respiration, mais elle cherchait déjà le Temesta dans son tiroir.

Tu n'es même pas assez forte pour contrôler tes crises de panique. Comment vas-tu gérer tes affaires et tenir le coup entre deux hommes ?

La voix de sa mère dans sa tête lui donnait mal au ventre. Réprimant la nausée, elle ferma les yeux et résista à l'attaque. Lorsqu'elle les rouvrit, cinq minutes s'étaient écoulées et ses mains lui faisaient littéralement mal à force de serrer les bras de son fauteuil. Mais comme elle n'avait pas couru pour aller vomir aux toilettes, elle considéra que c'était une victoire.

Tu as peut-être plus de cran que tu ne le penses ?

Elle s'accrocha à cette pensée en quittant le bâtiment, ne jetant qu'un seul regard en arrière pour saluer le portier. Il fallait qu'elle arrive tôt au restaurant où elle devait rencontrer son père, car elle avait besoin d'un verre et de quelques minutes de tranquillité au bar.

Ce qui ne se concrétisa pas, car à la seconde où elle entra, elle vit Phillip Donovan. Comme s'il l'avait attendue là.

— Katrina, je suis tellement content d'être tombé sur toi. Pourquoi ne pas prendre un verre ensemble ? Je veux te parler.

Elle s'écarta en souriant poliment, le forçant à relâcher l'emprise qu'il avait sur son coude.

— Je n'ai pas le temps. J'ai rendez-vous avec mon père.

Même si ce n'était pas le cas, elle aurait menti comme un arracheur de dents pour éviter de passer plus de temps qu'il ne le fallait avec lui. Phillip sourit comme s'il détenait un secret.

— Et je suis sûre que tu ne veux pas que ton père sache que tu couches avec deux hommes. Alors tu vas m'accorder quelques minutes.

Le choc de la déclaration de Phillip la plongea dans un

silence glacé qui permit à Phillip de sourire davantage. Il lui reprit le coude et commença à la conduire vers l'arrière du bar, où des tables isolées étaient cachées dans la pénombre. Elle fit quelques pas avant de s'arrêter, ne lui permettant plus de la forcer à avancer. Surpris, il la fixa la bouche ouverte, comme un poisson sorti de l'eau.

Ce soir, elle n'était pas d'humeur à supporter ses conneries. Elle le regarda dans les yeux.

— Tu as deux minutes. Au bar, où tu peux me payer un verre.

Puis elle lui tourna le dos et se rapprocha du bar. Il n'avait pas d'autre choix que de le suivre ou d'avoir l'air idiot. Et Phillip détestait avoir l'air idiot. Le cœur battant à cent à l'heure, elle s'assit et attendit qu'il la rejoigne. Le barman apparut et prit leur commande. Dès qu'il fut hors de portée de voix, Kat se tourna vers Phillip.

« Qu'est-ce que tu veux ? »

Il leva les sourcils.

— Toi. Je pensais avoir été clair.

— Oublie ça.

— Je ne le dirais pas trop vite, à ta place.

Phillip avait l'air si sûr de lui, mais elle avait toujours eu affaire à des hommes comme ça. Et bien sûr, elle avait eu affaire à sa mère.

— En fait, j'en suis absolument certaine. Alors ? Avec quoi exactement comptais-tu me faire chanter ? Le fait que je vois deux hommes ? Il y a des femmes qui me donneraient une médaille pour m'être fait deux des hommes les plus sexy de la planète. Des hommes qui ont servi leur pays héroïquement. Des hommes qui continuent à faire bouger les choses dans ce monde. Au lieu d'un homme qui croit que l'argent et le statut social sont plus importants que les valeurs humaines.

Phillip éclata de rire, bien qu'il n'y ait aucun amusement dans son ton et que son expression se soit durcie à chaque mot.

— Quel idéalisme ! Je ne savais pas que tu avais ça en toi. Ta mère n'a pas la moindre idée du chemin que tu as parcouru.

— Je ne suis pas d'humeur à discuter avec toi. Cette conversation est terminée.

— Pas tout à fait. Juste une dernière chose à laquelle tu dois penser, puisque je détesterai franchement te voir détruire par mon frère. Sais-tu pourquoi Tristan et Adam partagent cet... arrangement ?

Il fit sonner le dernier mot comme le plus grossier des jurons.

— Non, mais je suppose que tu vas me le dire. Fais vite parce que je pars dans trente secondes.

Il mit la main dans sa poche, jeta de l'argent sur le bar, un sourire narquois aux lèvres.

— Demande-leur pour Diane. Il leva son verre devant les yeux de Kat. Ne va pas dire que je ne t'avais pas prévenue.

Il s'éloigna, son verre à la main, s'arrêtant un peu plus loin pour parler à quelqu'un. Kat essaya de ne pas laisser transparaître son malaise. Elle se dit que Phillip se comportait comme un con, un état d'esprit fréquent chez lui. Bien sûr, tout le monde avait eu des relations qui avaient mal tourné dans le passé. Personne ne pouvait l'éviter. Keegan et elle étaient un excellent exemple. C'était pareil sans doute pour Tristan et Adam.

— Kat chérie, tu as l'air perdue dans tes pensées. J'espère qu'il n'y a rien de grave.

Elle tourna brusquement la tête vers son père qui avait surgi à côté d'elle. Elle ne l'avait absolument pas vu arriver. Se forçant à sourire, elle le serra dans ses bras et s'accrocha à lui peut-être un peu trop longtemps.

« Hé, ma grande, qu'est-ce qui ne va pas ? »

Il lui tapota maladroitement le dos. Les premières années après sa puberté, son père n'avait pas su lui montrer son affection. Considérant qu'il n'avait jamais été très démonstratif de toute façon, c'était comme s'il ne voulait plus la toucher de peur d'avoir des gestes déplacés.

Et bien sûr c'était la faute de sa mère pensait Kat.

« Tu es trop grande pour ça », lui disait sa mère quand elle faisait un câlin à son père. Sa voix dégoulinait de tant de dédain, que Kat s'était sentie presque salie. Cela avait abimé sa relation avec son père et bien plus encore. Bon sang, sa mère devrait répondre un jour de toutes ces conneries.

— Pourquoi l'as-tu épousée ?

Les mots s'échappèrent tous seuls et elle les regretta à l'instant où son père se raidit. Elle s'écarta et baissa les yeux en secouant la tête. Elle aurait voulu se gifler.

« Je suis désolée. Je suis... »

— Allez, viens. Allons chercher notre table.

Sa voix était douce comme elle l'avait toujours été depuis son enfance, un ton qui la fit presque pleurer. Comme ses émotions se déchaînaient déjà, cela ne l'aidait pas à les contenir et elle avait vraiment peur de fondre en larmes. Ce qui aurait été ridicule. Elle aurait dû être en colère. Contre Phillip. Contre sa mère. Elle aurait dû rejeter une partie de la responsabilité sur elle-même. Elle avait permis à sa mère de continuer à l'entraîner vers le bas, même après s'être juré qu'elle n'y parviendrait pas.

En levant le menton, elle hocha la tête et laissa son père la guider dans la salle du restaurant. Lorsqu'ils passèrent devant Phillip, elle s'assura d'établir un contact visuel, refusant de le laisser croire qu'il l'avait déstabilisée. Presque toutes les tables étaient prises, mais elle n'entendait qu'un léger murmure. Dans cet endroit, les gens n'élevaient pas la voix et il n'y avait pas d'enfants. Et personne ne s'effondrait en sanglots. Quand ils furent installés, Kat avait retrouvé le contrôle de ses émotions.

« Très bien, Kat. Dis-moi ce qui se passe. »

Son père avait l'air inquiet, et c'était la dernière chose qu'elle voulait. Elle voulait partir pour Philadelphie sur une bonne note. Un nouveau départ. Ne pas ressasser les vieilles blessures du passé. Ou s'inquiéter des conneries que Phillip débitait.

Mais elle aimait son père. Elle le considérait comme son seul vrai parent. Bien sûr, il avait ses défauts, mais il n'était pas la diva égocentrique qu'était sa mère. Cette garce qui utilisait sa fille comme un pion sur un échiquier.

— Je repars à zéro dans une nouvelle ville. Je quitte tout ce que je connais et je fais un grand pas en avant pour croire que je vais pouvoir m'en sortir seule. C'est un peu effrayant.

Il leva un sourcil et elle fut frappée de voir à quel point Erik lui ressemblait. Est-ce que les gens voyaient sa mère quand ils la regardaient ? Mon Dieu, elle espérait que non.

— Mais ce n'est pas tout, dit-il en soupirant. J'aimerais que tu aies l'impression de pouvoir te confier à moi, mais je suppose que le bateau a pris l'eau, n'est-ce pas ? Ta mère a gâché toute chance de le faire.

— Alors pourquoi es-tu resté avec elle si longtemps ?

L'expression de tristesse de son père fit venir des larmes inattendues dans ses yeux.

— Parce que se battre pour avoir ta garde aurait fait plus de dégâts. Et elle n'a pas toujours été comme elle est maintenant. Elle n'a commencé à devenir... mauvaise que lorsque tu es devenue adolescente. Son père leva la main avant qu'elle ne puisse répondre. Je ne dis pas que c'est de ta faute. Pas du tout. Je dis que ta mère a ses propres failles psychologiques. Tu connais tes grands-parents... Son ton ironique en disait long. Ils ont beaucoup à répondre en ce qui concerne ta mère. Et je suis gentil.

Oui, elle avait compris des années auparavant que les parents de sa mère étaient des créatures à sang-froid qui accordaient plus d'importance à l'argent et au statut qu'à tout autre chose.

— Je suppose que je devrais être contente de ne pas avoir grandi avec eux.

— Si j'avais divorcé de ta mère, il y aurait eu de fortes chances que cela se produise. Ils se seraient battus contre moi et ma famille en utilisant tous les moyens possibles pour garder leurs griffes sur Erik et toi. Mais on n'en est pas arrivé là.

Parce qu'il s'était sacrifié pendant les vingt-six dernières années.

« N'aie pas l'air si horrifié. Comme je l'ai dit, ta mère n'est pas un monstre. Elle n'est que le produit de son éducation. Elle a un cœur. À sa façon, elle nous aime. Et elle croit honnêtement que tout ce qu'elle a fait était pour ton bien. »

— En me mettant dans un institut psychiatrique pendant un mois ?

Son père fit une grimace.

— Chérie, pour être franc, je pensais vraiment que tu en tirerais profit. Tu as toujours été... Il soupira, comme s'il était incapable de trouver les mots qu'il voulait. Émotionnellement instable. La moindre petite chose te faisait exploser.

Elle aurait voulu rétorquer que c'était des conneries. Que c'était sa mère qui l'avait rendue comme elle était, mais elle se retint. Parce qu'il avait raison. Elle avait été émotionnellement instable, trop facilement blessée par tout. Un regard noir de sa mère la faisait fuir dans sa chambre quand elle avait douze ans. Un "Juste une minute" distrait de son père équivalait à un rejet complet.

Cela ne voulait pas dire que sa mère n'était pas une garce. Cela signifiait simplement que Kat était assez âgée maintenant pour admettre ses propres défauts, ainsi que ceux des autres.

« Mais après, continua son père, tu es devenue... distante. Un peu plus dure. Je pensais que c'était bien. Il faut avoir une carapace un peu dure pour trouver sa place dans le monde d'aujourd'hui. Mais tu as simplement réussi à cacher la partie fragile en dessous, n'est-ce pas ? »

Kat essaya de cacher son étonnement de voir que son père, qui lui avait semblé insensible à tout ça, avait en fait tout compris, mais évidemment quelque chose dut se manifester dans son expression, car il secoua la tête et baissa les yeux en rougissant légèrement.

« Je suis désolé, ma chérie. Je ne veux pas te mettre mal à l'aise. » Il la regarda dans les yeux et elle vit tout l'amour qu'il avait pour elle. Elle n'en avait jamais douté.

— Tu ne me mets pas mal à l'aise, papa. Et tu as raison. Mais je travaille sur ça.

Il sourit franchement.

— Je sais. J'ai vu des changements en toi ces derniers temps. Est-ce que tu veux bien me dire ce qu'il se passe ?

Pouvait-elle parler de sa relation avec deux hommes à son père ? Son frère vivait déjà ce genre de ménage à trois, mais c'était un homme et les règles sont différentes pour les hommes. Toujours.

« Tu peux me dire tout ce que tu veux, Kat. N'importe quoi. Je ne te jugerai pas. »

— Tu sais déjà.

Son timide sourire lui en dit long.

— Phillip Donovan n'est pas vraiment connu pour sa discrétion. Il a le cerveau d'un enfant de huit ans, émotionnellement rachitique. Il avait hâte de m'éclairer sur les *dépravations* de son frère. Ce sont ses mots, d'ailleurs. Pas les miens.

— Mais tu penses que c'est mal.

— J'ai eu une maîtresse pendant des années. Il lâcha cette bombe avec tant de désinvolture que Kat mit plusieurs secondes à la digérer. Ta mère savait. Elle approuvait, en fait. Tant que je restais discret, elle était contente de laisser tomber le côté sexuel de notre relation. Toi et ton frère étiez jeunes. Vous aviez trois ans quand je l'ai rencontrée. Notre liaison a duré dix ans. Le problème est venu quand ta mère a réalisé que j'étais tombé amoureux de cette autre femme.

Kat cligna des yeux, incapable de former une phrase cohérente. Elle n'était pas tout à fait sûre que son père veuille qu'elle pose des questions. Il continua comme s'il racontait sa journée de travail.

« J'ai envisagé de divorcer de ta mère, mais... elle m'a dit qu'elle m'aimait. Qu'elle m'avait toujours aimé et qu'elle ne pouvait pas vivre sans moi. Et je suis resté, ce qui a fini par faire partir une femme que j'aimais vraiment. »

Les larmes lui brûlaient les yeux, mais elle les chassa en battant des cils.

— Tu as fait ça pour nous. Pour Erik et moi.

— Je l'ai fait pour moi aussi. Parce que je ne voulais pas perdre mes enfants. Parce que j'ai cru ta mère. Et je sais que tu vas trouver ça difficile à croire, mais j'aime ta mère. L'amour n'a pas vraiment de règles, tu sais. Tu aimes ceux que tu aimes et tu espères qu'ils puissent t'aimer en retour d'une manière qui fonctionne pour vous deux. Ou pour vous tous.

Elle se mordit la lèvre, tant de questions lui venaient à l'esprit.

— Es-tu désolé ? De ne pas être resté avec elle, l'autre ? D'être resté avec maman ?

— Est-ce que ça fait de moi une mauvaise personne de dire que je suis désolé de ne pas avoir pu la garder ainsi que ma famille ?

Kat secoua la tête, un sourire amusé aux lèvres.

— Non. Je comprends tout à fait ça. Mais... et si je ne pouvais pas non plus faire en sorte que ça marche ?

— Les situations sont complètement différentes. Tristan et Adam savent déjà comment fonctionne ce type de relation.

— Mais si je ne sais pas comment ça marche ?

La question lui trottait dans la tête depuis une semaine, et c'était celle qu'elle n'avait pas pu poser à Jules. Celle-ci ne la connaissait pas assez bien pour lui dire ce qu'elle avait besoin de savoir.

Son père tendit le bras et lui tapota la main, comme s'il essayait de la réconforter.

— Erik voulait toujours comprendre comment les choses fonctionnaient. On le trouvait tout le temps en train de démonter des lampes et des téléviseurs. Il gloussa en secouant la tête. Quelques-uns de nos micro-ondes sont morts avant qu'on ne réalise qu'il faisait des expériences avec ! Il faut regarder quelque chose sous tous les angles avant de faire un geste. Cela peut être dangereux parce que parfois on observe quelque chose trop longtemps et on décide que ça n'en vaut pas la peine. Alors que ça le devrait. Parfois, les risques valent la peine d'être pris même si tout le monde pense qu'on est fou.

Elle acquiesça, sachant que tout ce qu'il avait dit était tout à fait vrai.

— Mais il y a tellement plus à perdre.

— C'est vrai. Mais, chérie, pense à tout ce que tu peux y gagner.

Elle aurait souhaité que ce soit la seule chose qu'elle ait à l'esprit. Elle souhaitait seulement se concentrer sur le fait que deux hommes veuillent d'elle. Elle en était encore toute étonnée.

— Tu crois que je devrais le faire ? Vivre avec eux ?

— Je pense que tu es la seule à savoir ce que tu veux. Et ce qui est bon pour toi. Mais une fois que tu auras pris cette décision, ne laisse personne te dire que tu as fait le mauvais choix. La seule personne qui peut te le dire, c'est toi-même. Tu es la seule à vivre dans ta tête. Ne laisse personne d'autre y entrer. Il n'y a généralement de la place que pour un seul.

Souriant maintenant, elle hocha la tête et vit le visage de son père se détendre aussi.

« Bon ! Son père tapa sur la table avec ses poings, comme s'il déclarait la fin de cette partie de leur rendez-vous. Qu'est-ce qu'on boit pour célébrer cette nouvelle phase de ta vie ? Je pense que des *shots* de tequila sont de rigueur !

Kat regretta ces *shots* le lendemain matin, lorsque son téléphone sonna un peu après sept heures.

La tête lourde et la bouche sèche, elle prit le téléphone et la bouteille d'eau qu'elle avait posée sur sa table de nuit la veille. S'attendant à entendre une voix inconnue lui dire que les déménageurs arrivaient, elle fut désorientée lorsqu'elle réalisa qu'elle connaissait la voix qui disait "Kat".

— Tristan ?

— Ouais. Désolé d'appeler si tôt, mais... je ne voulais pas que tu entendes ça de quelqu'un d'autre.

— Entendre quoi ?

Tristan marqua une pause et Kat bâilla, en clignant des yeux pour mettre son cerveau en marche. Et quand elle l'eut fait, elle réalisa que Tristan n'avait pas continué.

— Tristan ? Qu'est-ce qu'il y a ?

Elle l'entendit soupirer clairement à travers la ligne téléphonique. Et son estomac se crispa alors que la peur s'installait.

— Adam est à l'hôpital. Mais il va s'en sortir.

Son cerveau commença à mouliner, s'accrochant aux mots « Adam » et « hôpital ».

— Que s'est-il passé ? Il a eu un accident ?

— Non, ce n'était pas un accident. Et ça va aller, vraiment. C'est un putain de dur à cuire. Un autre soupir et là, elle entendit la lassitude dans la voix de Tristan. Il ne sait pas que j'ai appelé, et il va être furieux que je l'aie fait avant que tu n'arrives, mais je me suis dit que tu devais le savoir avant que quelqu'un d'autre ne te contacte.

— Me contacte ? Tristan, je ne comprends pas. Pourquoi Adam est-il à l'hôpital ?

— On a eu un boulot qui a un peu dérapé hier.

— Dérapé ?

— Oui. Écoute, laisse-moi t'organiser un vol au départ de Boston. Tu peux être prête à partir dans une heure ?

Son cerveau se bloqua jusqu'à ce que tout ce qu'elle devait faire lui revienne à toute vitesse.

— Les déménageurs sont censés arriver d'une minute à l'autre et j'avais prévu de descendre en voiture...

— Dans une demi-heure, j'aurai quelqu'un sur place pour s'occuper de ta voiture et des déménageurs. Et je peux faire en sorte que tu sois à l'hôpital dans moins de trois heures.

Sa respiration s'accéléra.

— Oh mon Dieu, Tristan. Comment va-t-il ?

— Il va bien. Il n'a jamais été en danger.

— En danger ? En danger de quoi ? De mourir ?

— Merde, je suis en train de foutre la merde. Tristan soupira. Sérieux, il va bien. J'ai juste pensé... merde, j'ai pensé que tu devrais le savoir avant d'arriver ici. Je ne voulais pas que tu sois surprise.

Elle n'était pas surprise. Elle était choquée. Et terrifiée. Et elle voulait être là-bas. En ce moment même.

— Oui. Je veux être là le plus vite possible.

— Super. Je t'envoie quelqu'un dans trente minutes. Je viendrai te chercher à l'aéroport. On a hâte de te voir, ma chérie. Tu nous as manqué. Je sais qu'Adam sera heureux de te voir.

— Est-ce que tu es sûr que ça va ?

— Oui, oui. Franchement. Merde, je m'y suis pris comme un con. Tout va bien. Je suis content que tu viennes vite. À bientôt, mon amour. Je t'enverrai le nom et une photo de l'homme qui amènera ta voiture et s'occupera des déménageurs.

— D'accord. Tristan ?

— Ouais, ma belle ?

— Vous m'avez manqué. Tous les deux.

— Tu nous as manqué aussi. Hé, Kat. Respire profondément. Tout va bien. On veut juste que tu sois là. Tout de suite.

———

Tristan l'attendait sur le tarmac, les bras croisés, l'épuisement évident sur son visage qui n'avait pas vu un rasoir depuis quelques jours. Et un sourire, pas faux ou forcé, mais un vrai sourire qui lui disait qu'il était heureux de la voir.

Kat eut une seconde pour se demander si elle devait se jeter dans ses bras ou si cela faisait trop pot de colle, avant qu'il ne l'enlace et la serre très fort. Elle enroula immédiatement les bras autour de son cou et lui rendit son étreinte jusqu'à ce qu'elle pense risquer de l'étouffer.

Mais Tristan ne s'en plaignit pas et elle enfouit son visage dans son cou, pour essayer de camoufler ses larmes.

— Putain, Kat, c'est bon de te voir. Tu m'as manqué.

— Tu m'as manqué aussi.

Tristan éclata de rire et l'attira encore plus près.

— Content de l'entendre.

Il la saisit doucement, mit une main sous son menton et inclina son visage pour pouvoir la regarder dans les yeux. Il ne dit rien sur les larmes qu'elle savait qu'il avait vues. Au lieu de cela, il les essuya avec ses pouces sans rien dire puis il l'embrassa.

C'était un baiser brûlant et volcanique qui lui donna envie de se plaquer contre lui et de le laisser faire ce qu'il voulait avec elle. Comme il le voulait. Il l'embrassa comme s'il ne l'avait pas vue depuis des mois et qu'il était affamé. Il mourait d'envie de la goûter. De lui arracher ses vêtements et de trouver une surface plane sur laquelle la pousser ou l'allonger. Laissant tomber le fourre-tout qu'elle avait rempli à la hâte avant de quitter Boston, elle lui passa les doigts dans les cheveux.

Quelqu'un se racla la gorge derrière eux, et Tristan la relâcha à contrecœur, s'écartant après une autre pression prolongée de ses lèvres sur les siennes.

— Ravie de te revoir, Tris. Dis à Adam que je viendrai le voir dans la journée.

Kat, encore étourdie par les baisers, se retourna pour voir la femme pilote derrière elle. Elle souriait à Tris comme si elle le connaissait bien. Et pourquoi avait-elle besoin de venir voir Adam à l'hôpital ?

La jolie rousse portait un pantalon bleu marine et une chemise blanche et ressemblait à la plus gentille fille toute simple que Kat ait jamais vue. Et si elle continuait à sourire à Tristan avec cette chaleur dans les yeux, Kat allait devoir lui faire mal.

— Merci, Mandy. Je te remercie, ainsi que Drew, d'avoir amené Kat.

— Tout ce que vous voulez, mon lieutenant. Vous le savez bien !

Oh, oh, il se passait vraiment quelque chose, là. La force de sa jalousie la prit par surprise, et elle dut se détourner et regarder dans la direction opposée. C'était une réaction telle-ment inhabituelle qu'elle ne savait pas exactement comment y faire face. Elle n'avait jamais été jalouse de quelqu'un aupara-vant. C'était... déconcertant. Et c'était un euphémisme.

Mandy s'éloigna, et Tristan prit le petit sac de Kat en mettant un bras autour de ses épaules alors qu'il la faisait avancer vers le hangar.

— Ça prendra peut-être une demi-heure pour arriver à l'hôpital. Il se plaint déjà de ne pas savoir quand il pourra sortir. La balle a effleuré sa tête et l'a assommé pendant quelques heures. La seule raison pour laquelle il est encore à l'hôpital c'est qu'il a eu une commotion cérébrale quand il s'est cogné la tête en tombant. Il a un joli bleu sur le côté du visage et il lui manque quelques cheveux autour de la zone où il a été touché. Sinon, il va tout à fait bien.

Le ton calme de Tristan avait presque camouflé le fait qu'on avait tiré sur Adam. Mais le cerveau de Kat rattrapa finalement son retard et elle faillit s'étouffer.

— Quoi ? Une balle ? On a tiré sur Adam ?

Il essaya de se retenir, mais elle le vit grimacer.

— Pas exactement. Je veux dire, oui, il y a eu un tir de balles, mais ce n'est pas comme s'il s'était fait tirer dessus. La balle l'a juste... effleuré.

La peur lui coupa la respiration même si elle essayait de s'accrocher au fait qu'Adam aille bien.

— Est-ce que ça arrive souvent ?

Tristan ne répondit pas tout de suite, appuya sur la télécommande qu'il tenait et la voiture garée sur le côté du hangar couina une fois. Quelques secondes plus tard, ils étaient installés dans son 4x4 et se dirigeaient vers la sortie.

— Pas beaucoup, non, mais... il soupira en secouant la tête, je dois être franc, ça arrive parfois. Notre métier est dangereux, mais nous sommes bons dans ce que nous faisons et cela minimise les risques.

Ils prirent l'autoroute en direction de la ville. Tout ce qu'il avait dit semblait si rationnel. Après tout elle pourrait bien sortir de chez elle un matin et se faire renverser par un bus. Mais elle ne marchait généralement pas au milieu de la circulation, ce qui était quasiment ce que faisaient tout le temps Adam et Tristan.

— Kat ?

Elle cligna des yeux, se tournant pour se concentrer sur

Tristan. Il fronçait les sourcils en regardant la route, les mains serrées sur le volant.

— Oui ?

— Ça va aller pour lui.

Oui, il allait bien. Tous les deux allaient bien. Et si elle voulait poursuivre cette relation, elle devait comprendre qu'ils n'allaient pas changer de job simplement parce qu'elle ne pouvait pas supporter qu'il soit si dangereux.

Elle devait apprendre à gérer ça et vivre l'instant présent.

— Bon. Je suis contente qu'il aille bien. Est-ce qu'il va rester longtemps à l'hôpital ?

Tristan tourna la tête vers elle, les yeux plissés, comme s'il ne faisait pas confiance au ton calme qu'elle affectait.

— En fait, il devrait sortir aujourd'hui. Je lui ai dit que je passerais le prendre ce matin. Je ne lui ai pas parlé de te faire descendre en avion, mais je sais qu'il sera content de te voir. Il croit toujours que tu seras là ce soir.

— Tu voulais juste que j'apparaisse à son chevet ?

Le sourire de Tristan fit contracter son estomac. Comment diable faisait-il ça ? Malgré tout le stress de la matinée, il faisait fourmiller tout son corps avec un seul sourire.

— Ouais ! Mais il va être trop content de te voir, crois-moi.

Elle pouvait lui faire confiance. Parfois elle trouvait ça difficile à croire, mais Tristan rendait les choses plus faciles. Adam était encore dur à saisir parfois, mais elle était déterminée à faire fonctionner cette relation. Elle trouverait un moyen.

Adam était assis sur son lit d'hôpital, agitant nerveusement une jambe au point d'en faire rebondir le lit. Tristan avait promis de venir le chercher le matin, mais s'il n'arrivait pas bientôt, il appellerait sa sœur pour qu'elle vienne le chercher. Oui, il pouvait signer sa sortie tout seul et prendre un taxi, mais il avait assez mal à la tête pour se dire qu'il allait prendre quelques heures de repos supplémentaires.

Kat serait là ce soir, et il avait des projets où la migraine n'était pas de mise. Il n'avait pas encore décidé comment expliquer les points de suture, mais il allait trouver une solution. Ou il laisserait Tristan s'en occuper. Tris trouverait un moyen d'édulcorer la chose pour qu'elle ne panique pas en entendant les mots "balle" et "tête" dans la même phrase.

C'était un peu plus qu'une égratignure, mais il n'était pas sûr que Kat fasse la distinction et il ne voulait pas être la cause d'une crise de panique.

Et où était Tristan, putain ? Il regarda sa montre, comme s'il ne l'avait pas fait cinq fois au cours des deux dernières minutes.

Son téléphone sonna et il s'en empara, espérant que c'était Tris.

Putain de merde.

Pas Tris. Bon sang, il n'avait pas besoin de ça. Pas maintenant. Il pensa laisser s'enclencher la messagerie, mais il savait qu'il aurait à faire face à cette situation tôt ou tard. Il aurait préféré ne jamais avoir à le faire, mais il n'était pas du genre à mettre la tête dans le sable. Il répondit en soupirant.

— Ouais ?

— Hé, c'est une façon de dire bonjour à ton père ? Adam, ta mère t'a mieux élevé que ça.

Adam fit une grimace. Oui, effectivement. Et malgré tous ses défauts, l'homme à l'autre bout du fil était son père.

— Comment ça va, papa ?

— Mieux qu'hier, ce que tu saurais si tu répondais à mes appels.

Adam appuya entre ses yeux, où une douleur venait de s'installer.

— J'étais à l'étranger hier, pour un travail.

— Mon garçon, le super héros.

Étonnamment, il n'y avait aucune trace de sarcasme dans la

voix de Mickey Oleksy. Seulement de la fierté. Et là, était le dilemme qui avait tourmenté Adam pendant des années.

— Pas un héros. Je fais juste mon travail.

— Foutaises ! Qu'est-ce que je t'ai toujours dit ? Quoi que tu sois, quoi que tu veuilles être, tu dois l'assumer.

Et oui merde, son père avait bien raison...

— Je sais, papa.

— Bien. Je sors lundi.

Adam savait que ça allait arriver. Mais il avait quand même l'impression d'avoir pris un coup de poing dans le ventre.

Son père souffla.

« Ça t'étonne, c'est ça ? »

— Non. Juste... Comme ça se fait ?

— On en parlera lundi. Réserve-toi du temps pour parler à ton père, d'accord ?

— Est-ce que maman le sait ?

— Bien sûr. C'est la première personne à qui je l'ai dit.

Adam se dit d'appeler sa mère juste après.

— Bien sûr, papa. On en parlera lundi. Tu veux que je vienne te chercher ?

— Non. Je ne veux pas que tu viennes à la prison. Tu le sais bien. Ton oncle va venir.

Voilà, son père allait être de retour dans sa vie. Le mal de tête d'Adam se transforma en migraine.

Il soupira.

— Papa...

— Je n'ai plus de pièces, fils. On se voit lundi.

La ligne fut coupée et Adam eut l'envie presque irrésistible de jeter son téléphone contre le mur, la porte ou n'importe quoi d'autre.

Bordel de merde.

Assis sur le lit, les mains sur les genoux, la tête basse, il prit quelques inspirations profondes, essayant de ne pas laisser le stress s'installer. Son père avait dû dénoncer quelqu'un pour être libéré plus tôt. Bon sang, il espérait que ce ne serait pas quelqu'un qui s'en prendrait encore à sa famille. Honnêtement, il n'était pas sûr de pouvoir s'empêcher de devenir violent et de massacrer des gens. Il avait réussi à se contenir quatorze ans auparavant. Désormais... oui, il était plus âgé et plus sage, mais il avait aussi été formé à faire le plus de dégâts possible avec le moins de visibilité possible.

Merde.

Il entendit des pas dans le couloir. Quand ils s'arrêtèrent devant sa porte, il se dit que l'infirmière était revenue avec le docteur pour le faire sortir. Il leva la tête et il lui fallut deux secondes pour réaliser que ce n'était pas une infirmière.

— Kat !

Il fut debout en une fraction de seconde, les bras autour de ses épaules, la serrant contre lui. Il plaqua les lèvres sur les siennes et l'embrassa, passionnément, jusqu'à ce qu'il doive s'écarter ou risquer de perdre connaissance par manque d'oxygène.

« Je pensais que tu ne viendrais pas avant la fin de la journée. »

— On m'a un peu aidée pour arriver plus tôt. Son regard se porta sur Tristan, qui s'approchait d'elle, souriant comme un gamin content de sa bêtise. Tu vas bien ?

— Ça va. Qu'est-ce qu'il t'a dit ?

Elle leva les sourcils.

— Qu'on t'avait tiré dessus, mais pas vraiment, que ce n'était pas grave et que tu allais bien.

— C'est ça. Et je suis prêt à foutre le camp d'ici.

Il se sentait cent fois mieux maintenant qu'elle était là.

— Tris, va chercher l'infirmière avec les papiers de sortie. Je veux rentrer à la maison.

CHAPITRE DOUZE

— Adam ? Tu es là ?

Kat se figea en entendant une voix féminine. Adam et Tristan s'étaient tous deux endormis peu de temps après leur arrivée chez Adam. Ce dernier avait une migraine et Tristan était tout simplement épuisé.

Kat avait décidé de faire la cuisine. Tristan, au moins, aurait probablement faim à son réveil. Elle aimait bien cuisiner, mais elle ne le faisait pas souvent. Il lui fallut cinq minutes pour fouiller dans le réfrigérateur et les placards d'Adam, savoir ce qu'il avait et ce qu'elle pouvait en tirer. Étonnamment, il avait une cuisine bien garnie. Elle venait d'allumer le brûleur pour porter à ébullition les légumes et le poulet afin d'en faire une soupe quand elle entendit la porte d'entrée s'ouvrir.

Prenant une profonde inspiration, elle se dirigea vers la pièce de devant et y trouva une femme blonde en train de regarder d'un air ironique Tristan, endormi sur le canapé. Lorsque la femme aperçut Kat, ses yeux bleus lumineux s'élargirent, et Kat réalisa qu'elle devait être parente avec Adam. Probablement une sœur.

— Oh, salut. Elle baissa la voix jusqu'à un murmure, se

rapprochant de Kat pour qu'elle puisse entendre. Je suis Lea. La sœur d'Adam. Je ne savais pas s'ils étaient de retour. Ou qu'ils avaient de la compagnie. Tu es Kat, c'est ça ?

Stupéfaite que cette femme connaisse son nom, Kat prit la main que lui tendait Lea.

— Oui, c'est moi. Je, euh, je suis arrivée ce matin. J'ai une casserole sur le point de bouillir. Kat fit signe de la main vers la cuisine. Peut-on...

— Bien sûr, pas de problème. Mmm, ça sent bon. Lea se dirigea vers la gazinière pour renifler le fait tout, puis elle se retourna vers Kat avec un grand sourire. Désolée, tu te demandes probablement comment je sais qui tu es. Adam a fait l'erreur de parler de toi à notre sœur et, bref, elle ne sait pas se taire. Elle va être *tellement* contrariée que je t'aie rencontrée en premier ! Où est Adam ?

Kat cligna des yeux sous cette avalanche de paroles, réalisant que cette mitraillette était plus jeune qu'elle ne l'avait d'abord pensé, probablement pas plus que vingt ans.

— En haut. Il dort. Il avait une migraine.

Lea grimaça.

— Il va être dans un sale état quand il se réveillera. Je te préviens, c'est tout. Alors, qu'est-ce que tu fais dans la vie, Kat ?

Étonnamment, Kat ne s'offusqua pas de la curiosité de Lea. Et elle semblait vraiment curieuse de savoir. Ses yeux brillaient d'intérêt, et elle ne pouvait pas contenir son sourire. Si elle n'avait pas autant ressemblé à Adam, Kat aurait douté de leur lien de parenté. Mais elle et Erik n'avaient rien en commun sur le plan mental, après tout.

— Je suis avocate. J'ouvre un cabinet en ville. Je viens de déménager de Boston.

— Coool ! Lea se dirigea vers le frigo et sortit un soda, totalement à l'aise dans la maison d'Adam. Alors comment as-tu rencontré Adam ?

— Grâce à Tristan. Lui et moi, on se connaît depuis le lycée.

— Tu sors avec les deux, hein ? Ma sœur flippe toujours un peu sur le sujet, mais je pense que tu es plus costaude qu'elle, meuf. Si tu peux les suivre, pourquoi ne pas avoir deux mecs à ta disposition ? Lea fit une pause assez longue pour pointer le doigt sur chacun des ingrédients sur la table. Tu fais aussi des brownies ? Adam est un gros gourmand de sucreries. Nourris-le de sucre et tu ne pourras plus t'en débarrasser.

Le sourire de Kat s'élargit tandis que Lea faisait une petite grimace contrite.

— Pardon. Adam se plaint toujours que je ne me tais jamais. Elle haussa les épaules. Tu t'habitueras à moi.

Kat gloussa.

— J'en suis sûre. Tu veux me donner un coup de main ? Tu peux m'interroger tout en faisant fondre le beurre.

— Et elle a le sens de l'humour, en plus ! Le sourire de Lea réapparut. OK, je pense que je peux m'en sortir avec le beurre. Alors, parle-moi de ton boulot. C'est quel genre de droit ? Je vais à Temple[1], mais je n'ai pas encore choisi mon sujet principal. J'aime les maths, mais j'adorerais étudier la musique.

Les deux heures suivantes passèrent à vitesse grand V, à la grande surprise de Kat. Il lui fallait généralement des mois pour s'habituer à quelqu'un de nouveau, mais Lea était très directe et intarissable sur ce qui concernait son frère et Tristan. Kat n'essayait pas de l'encourager, mais tout ce qu'elle avait à faire était de mentionner Adam ou Tristan et Lea se lançait dans une histoire. On avait presque l'impression de tricher en apprenant à connaître Adam à travers les yeux de quelqu'un qui l'aimait inconditionnellement et qui l'avait connu presque toute sa vie.

L'Adam que Lea connaissait était surprotecteur et si farouchement loyal qu'elle ne pouvait s'empêcher de l'aimer malgré le fait qu'il ait fait de sa vie sociale un "enfer". Cela ne l'avait pas empêché Lea de sortir avec des garçons. En ce moment, elle ne voyait personne de façon régulière, mais cela ne signifiait pas qu'elle ne sortait pas. Apparemment, elle sortait presque tous les soirs et avait beaucoup d'amis. Un peu frivole, comme aurait dit la mère de Kat, avec un rictus pour s'assurer que vous saviez qu'elle désapprouvait. Kat enviait le fait que Lea profite de la vie.

— Tris et toi êtes allés à l'école ensemble, alors ?

Désormais assise sur le comptoir en mangeant une carotte et en train de regarder Kat mélanger la pâte à biscuits, Lea avait décidé que c'était au tour de celle-ci de raconter un peu sa vie.

— Tristan et moi avons grandi dans le même quartier de Boston, bien qu'on n'ait pas traîné vraiment ensemble à l'époque.

— Mais tu aurais aimé ? Le sourire de Lea fit sourire Kat. Je veux dire, qui n'aurait pas voulu, hein ?

— Bien sûr. Toutes les filles de l'école voulaient sortir avec lui. Mais je suis presque sûre qu'il n'a jamais su que j'existais. Il avait deux ans de plus que moi et ne sortait qu'avec des filles de son âge. Ou plus âgées.

— Eh bien, ce n'est pas une surprise. Ce mec est vraiment sexy. Je dois avouer que j'avais un faible pour lui, à un moment.

— Tu n'es pas la seule.

— Bon, maintenant, pourquoi est-ce que mon frère te plaît ?... Lea rit de la tête que fit Kat. Je suppose qu'il est pas mal, mais il peut être un peu *intense*. Ne prends pas son cinéma au sérieux et tout ira bien.

— Quel cinéma ? dit une voix profonde et masculine.

— Tris !

Léa sauta du comptoir et se jeta dans les bras de Tristan, lui faisant un gros câlin qu'il lui rendit en la soulevant de terre et en l'embrassant sur la joue. Il avait l'air tellement plus reposé qu'il ne l'était il y a deux heures, quand il avait fermé les yeux.

— Salut beauté. Comment vas-tu ?

Reposant Lea par terre, Tris s'approcha de Kat et se pencha pour l'embrasser. Un baiser pas du tout fraternel cette fois. En fait, les fourmis n'étaient pas loin dans son bas ventre. Elle faillit mettre les bras autour de son cou jusqu'à ce qu'elle réalise qu'elle tenait toujours la cuillère en bois qu'elle avait utilisée pour mélanger la pâte et que son autre main était couverte de farine. Cela ne signifiait pas qu'elle ne lui rendrait pas son baiser. Et elle regretta que cela n'ait pas duré plus longtemps. Elle se souvint que Lea les regardait, mais elle s'en moquait.

Quand il s'écarta, elle reposa les lèvres sur les siennes pour qu'il l'embrasse à nouveau, il sourit et s'écarta enfin.

— Tu as l'air reposé.

Il se pencha plus près et lui dit directement dans l'oreille.

— Et toi tu as l'air plutôt comestible.

Une rougeur lui enflamma les joues et elle entendit Lea feindre de tousser.

— OK, j'ai compris. Je me suis juste arrêtée pour dire bonjour à Adam parce qu'il a appelé vendredi et je n'ai pas pu le rappeler. Mais je vais y aller...

— Tu es sûre de ne pas vouloir rester pour le dîner ? J'en ai fait assez pour un régiment.

Kat surprit le sourire ironique de Tristan, et elle se demanda si elle n'avait pas outrepassé ses droits avant qu'il ne se tourne vers Lea.

— Reste. Adam sera heureux de te voir. Mais je dois te prévenir. Il a été blessé au travail hier et a passé la nuit à l'hôpital. Il va bien. Il a la tête dure, mais il a des points de suture et il fait un peu plus peur que d'habitude.

Le sourire de Lea s'estompa un peu.

— Il l'a dit à maman ?

— Je ne pense pas.

En soupirant, Lea prit le téléphone dans sa poche arrière.

— Alors je ferais mieux de la prévenir avant que ma cousine

ne le fasse. Rach travaille au service de facturation de Penn. Elle va téléphoner à ma mère dès qu'elle verra le nom d'Adam dans le système informatique. Et croyez-moi, vous n'avez pas envie que ma mère l'apprenne par quelqu'un d'autre.

— C'est vrai. Tris se tourna vers Kat. Pourquoi tu ne vas pas voir si tu peux le réveiller ? Il n'aimerait pas se réveiller et trouver sa mère ici en mode panique.

— Tu es sûr que je devrais ?

Une lumière taquine brillait dans les yeux de Tristan.

— Mieux vaut toi que moi. Il ne t'arrachera pas la tête. Avec moi, c'est moins sûr.

Une chaleur se répandit dans les entrailles de Kat et elle hocha la tête, déposant la cuillère et s'essuyant les mains.

— Alors je suis l'agneau sacrifié ?

Le sourire de Tristan s'élargit.

— Absolument. Il sera furieux d'avoir dormi aussi longtemps que ça.

Comme elle voulait quand même aller voir comment il allait, elle sortit, sachant que Lea la suivait des yeux jusqu'à ce qu'elle soit hors de vue. Elle aimait avoir l'impression qu'ils étaient en train de construire quelque chose de permanent. Le simple fait de penser que cette relation était partie pour durer la rendait heureuse. Ça l'étourdissait, même.

Elle ne se laissait pas étourdir d'habitude, mais elle pouvait s'y habituer... si elle pouvait s'habituer au fait que Tristan ou Adam puissent lui être enlevés à tout moment, tout le reste pouvait aller. Ce matin, elle avait peut-être prouvé qu'elle avait la force de le croire.

En souriant, elle ouvrit doucement la porte de la chambre d'Adam. Elle essaya de ne pas faire de bruit, mais quelque chose dut l'alerter, car il tourna la tête et ouvrit les yeux. Comme Tristan, il avait l'air bien mieux après avoir dormi, et elle poussa un soupir de soulagement.

Adam se souleva sur un coude et secoua la tête.

— Je n'arrive pas à croire que je ne t'aie pas sentie sortir du lit. J'avais trop envie de me réveiller auprès de toi.

Elle eut ce vertige à nouveau, celui qui lui crispait le ventre et l'empêchait de respirer.

— Comment te sens-tu ?

Elle se dirigea vers le lit, s'assit sur le bord et lui prit la main. Il en profita pour l'attirer à lui et l'embrasser.

— Mieux. Il y a quelqu'un en bas ?

— Ta sœur, Lea.

Adam leva les yeux au ciel, bien que son regard soit indulgent.

— Il faut tout le temps qu'elle se mêle de tout, celle-là. Tu as de la chance qu'elle n'ait pas envoyé un SMS à ma mère et mon autre sœur à la seconde où elle t'a vue. Sinon il y aurait trois Olesky ici.

— Je l'aime bien.

— Parfait. Moi aussi, même si elle est trop bavarde.

— Elle est mignonne.

— Mouais, quand elle veut quelque chose. Je parie qu'elle t'a déjà submergée de questions.

Kat lui fit une grimace, déterminée à adopter l'humeur enjouée d'Adam. Elle était tellement heureuse qu'il semble aller mieux.

— Peut-être que tu n'es qu'un grincheux, en fait.

Il fit la moue.

— Oui, je peux l'être. Je le suis, la plupart du temps.

Se penchant pour embrasser ses lèvres froncées, elle se laissa aller pendant de longues secondes, aimant le fait qu'il les plaque encore aux siennes quand elle s'écarta.

— Alors je suppose qu'il faudra qu'on change ça.

— Je suppose que oui.

Elle se leva.

— Maintenant, va prendre une douche et descends. Il faut que tu manges.

— Je serai ton esclave pour toujours si tu me nourris.

Elle éclata de rire, heureuse à cette perspective.

— Alors prépare-toi à me vénérer à genoux.

Il ne rit pas comme elle s'y attendait. Au lieu de cela, son expression reprit son air sérieux.

— Très bien madame. Laisse-moi prendre une douche et je descends dans quelques minutes.

<hr>

— Je l'aime bien. Je n'étais pas sûre au début. Elle a l'air un peu crispée, mais elle se détend au bout de quelques minutes.

Tristan adorait Lea. Qu'elle apprécie Kat signifiait beaucoup pour lui.

— Lys m'a dit qu'Adam était fou de cette fille.

— Attends, Adam a parlé de Kat à Lys ?

— Atterris mec ! Lea leva un sourcil. Elle ressemblait tellement à Adam que Tristan fut obligé de rire. Depuis combien de temps connais-tu ma famille ? Bien sûr qu'il l'a dit à Lys. Il devait obtenir son approbation et celle de Tosh. Et tu sais que Lys me dit tout parce qu'elle ne sait pas se taire.

Comme lui et Phillip n'avaient jamais été très proches étant petits, non seulement à cause de la différence d'âge, mais aussi parce que Tristan avait réalisé que Phillip était un connard dès l'âge de dix ans, Tristan avait toujours été étonné de la façon dont Adam parlait à ses sœurs. Le soldat qu'il avait appris à connaître et à respecter, et qu'il aimait beaucoup, était une personne totalement différente en compagnie de Lys et de Lea. Et quand lesdites sœurs avaient commencé à le traiter comme un autre frère, Tristan leur avait rendu une affection inconditionnelle.

Mais cela signifiait qu'il avait dû apprendre à gérer des sœurs curieuses. Il s'était rendu compte qu'il prenait beaucoup de plaisir à le faire. Tout comme Adam. Celui-ci faisait également confiance au jugement de Lys dans presque tout *sauf* dans sa vie amoureuse. Qu'Adam lui ait parlé de Kat... Le Diable devait se demander pourquoi il neigeait en enfer.

— Qu'est-ce qu'il a dit ?

Le parquet grinça au-dessus d'eux et Lea sourit.

— Je pense que tu vas pouvoir lui demander directement dans quelques minutes. Et ne t'inquiète pas, je ne vais pas rester toute la soirée. Je voulais juste faire un coucou à Adam. Après ça je vous laisserai tous les trois faire vos cochonneries.

Tristan souriait toujours quand Kat entra.

— Adam sera là dans quelques minutes. Il prend une douche. Tu restes dîner avec nous Lea ?

— Oui, si ça ne te dérange pas. Du moment que je peux manger gratuit, je ne dis jamais non.

On sonna et Lea sauta du comptoir où elle était perchée.

« J'y vais. C'est sans doute Lys. Elle a une sorte de sixième sens en ce qui nous concerne, Adam et moi. Elle sait toujours quand quelque chose ne va pas. »

Mais ça n'était pas Lys.

— Lea ! Tu es de plus en plus jolie !

— Oncle David ! Comment vas-tu ?

Merde.

Tristan fut debout et près de la porte d'entrée avant de réaliser qu'il avait bougé.

Adam allait devenir dingue.

— Je vais bien, mon cœur, mais j'ai entendu dire qu'Adam avait des problèmes. Ah, Tristan. Pourquoi ne suis-je pas surpris de te voir ici ?

— David.

Tristan ne se perdit pas en salutations amicales pour David

Oleksy. Les cheveux blancs argentés de David et ses yeux bleus d'Oleksy lui donnaient une apparence de grand-père qui était absolument trompeuse. David n'avait pas d'enfants, ce qui était probablement la décision la plus intelligente que ce type ait jamais prise. Sa femme était morte d'un cancer plus de trente ans auparavant, et il ne s'était jamais remarié, car il était marié à son entreprise. Une énorme entreprise illégale.

— Tristan.

Le chef de la mafia russe de Philadelphie sourit chaleureusement. David aimait Tristan et Tristan devait admettre que David était un type sympathique, si l'on pouvait passer outre le fait qu'il aurait dû être en prison. Par ailleurs, Tristan connaissait plusieurs politiciens qui avaient moins de scrupules que David.

— Comment vas-tu ? Tu n'as pas été blessé toi aussi j'espère ?

— Non. Je vais bien. Adam aussi. La balle l'a seulement effleuré.

David hocha la tête et Tristan pensa qu'il le savait déjà.

— Est-ce qu'il dort ?

— Oui.

— Bien. Je suis content d'entendre qu'il va bien. David fit un signe de tête, sourit à Lea et se retourna pour partir, mais il n'alla pas loin.

— Oncle David. Adam avait atteint le bas des escaliers. Qu'est-ce que tu fais ici ? Papa va bien ?

Tristan poussa un soupir quand il vit Adam pratiquement foncer vers la porte.

— Ouais, ouais. Il va bien. Il a dit qu'il t'avait parlé ce matin, mais que tu avais l'air dans les vapes alors il voulait que je vienne voir si tout allait bien. Tu ne lui as pas dit que tu étais blessé.

Adam s'approcha de son oncle, prit la main qui lui tendait et accepta son accolade. Tristan savait à quel point Adam était en conflit avec sa famille. Et combien il les aimait, aussi. Tristan ne pouvait pas franchement en dire autant des siens. Il ne pouvait pas dire qu'il aimait son frère. Il était trop con. Il aimait ses parents, même s'ils étaient plus enclins à lui donner une tape dans le dos plutôt qu'un câlin.

— Parce que je vais bien. Il n'avait pas besoin de s'inquiéter.

— Et tu sais qu'il le fait souvent. David jeta un coup d'œil à Lea avant de sourire. Donc, je suis venu vérifier et je peux dire que tu vas bien.

Quelque chose d'autre passa entre Adam et son oncle, quelque chose qu'ils reconnurent tous les deux d'un signe de tête, puis David se retourna et se dirigea vers la porte encore ouverte.

— Adam, viens m'accorder deux minutes sous le porche, s'il te plaît. Lea, dis à ta mère que j'irai la voir bientôt. Embrasse, Lys et les enfants.

Adam échangea un regard rapide avec Tristan avant de suivre David dehors. Tristan aurait aimé le suivre, mais il savait ce que ce regard signifiait. *Ne me suis pas et ne pose pas de questions. Pas maintenant. Pas devant Lea.* Et surtout pas devant Kat, qui sortait à ce moment-là de la cuisine en souriant.

— Tout le monde est prêt pour manger ?

— Tu as parlé à ton père, n'est-ce pas ?

Adam réprima un soupir, mais apprécia le fait que son oncle n'ait pas fait traîner les choses. Il voulait retourner à l'intérieur le plus vite possible.

— Oui. Il m'a dit qu'il sortait lundi.

— Il t'a dit qu'il sortait avec un contrat sur la tête ?

Adam serra les dents pour arrêter le flot d'obscénités qui lui venaient à l'esprit.

— Non, il s'est bien gardé de le mentionner.

— Je m'en doutais. David soupira. Je ne pense pas que la famille Guerra s'en prendra à quelqu'un d'autre que ton père. Je ne suis même pas sûr qu'ils s'en prendront à lui. Ils ont trop de problèmes en interne pour se rajouter une charge supplémentaire au sujet d'un de leurs lieutenants qui a déjà fait de la prison. J'ai quand même pensé que tu méritais d'être prévenu.

— Merci.

— Tu sais que je ferai tout ce qu'il faut pour empêcher cette merde de dégénérer. Mais si ton père met enfin à exécution sa menace de prendre sa retraite... Eh bien, il va y avoir des changements.

Adam entendit la question sous-entendue dans les paroles de David et commença à secouer la tête, avant de s'arrêter en grimaçant quand il sentit une douleur vive lui traverser le crâne.

— Non, oncle David. La réponse sera toujours non.

Le sourire de David s'élargit.

— Je le sais, petit. Je le sais bien. Il fallait quand même demander. Tu fais partie de la famille.

Oui, c'était vrai. Et c'était à la fois une bénédiction et une malédiction pour le clan Oleksy.

— Tu me feras savoir si papa a besoin de quelque chose, hein ? Adam tendit la main. Parce que tu sais qu'il ne se posera pas la question.

David prit sa main et attira Adam contre lui.

— Je t'appellerai en premier. Prends soin de toi, petit. Je détesterais devoir aller en Amérique du Sud. Il fait trop chaud là-bas.

Et Adam savait que David serait dans le premier avion pour la Colombie s'il ne se remettait pas de ses blessures. Il monterait une armée entière de guérilleros pour sa famille. Ce qu'il avait fait à la famille rivale qui avait pris Alyssa et Lea quand elles étaient plus jeunes n'avait fait que consolider les menaces perpétuelles de David sur tout le monde.

Déconne avec ma famille et je te détruirai.

Adam ne pouvait pas vraiment trouver à redire à cela. Il serra la main de son oncle et le regarda se diriger vers la grande Cadillac noire qui se trouvait le long du trottoir. Adam fit un signe de la main à l'homme faussement discret, qui attendait David, assis sur le capot.

Max Burdanov, le garde du corps personnel de David. Le type avait un an de plus qu'Adam, et ils se connaissaient depuis toujours. Ils avaient été pris pour des frères dans leur enfance, mais là où les cheveux d'Adam étaient restés blonds, ceux de Max étaient devenus auburn. Et contrairement à Adam qui savait qu'il avait l'air d'un mafieux russe, Max ressemblait à un diplômé en commerce de Harvard, ce qu'il était.

Adam se demandait toujours ce qui avait poussé Max à aller travailler pour son oncle après l'obtention de son diplôme. De plus, le père de Max, comme celui d'Adam, travaillait pour David depuis des décennies. La rumeur voulait que David prépare Max à le remplacer. David n'était pas un idiot et Max était brillant. Et il semblait vouloir ce travail.

Qui était Adam pour juger ? Il avait pris des vies pour défendre les États-Unis pendant des années. Des meurtres autorisés, mais des meurtres quand même. Adam n'était pas sûr que Max ait déjà utilisé l'arme qu'il portait dans son holster.

Et maintenant, la douleur commençait vraiment à marteler sa tête.

Merde.

Pendant une minute, il laissa la colère le gagner. Depuis qu'il avait appris que son père avait menti sur son métier d'agent immobilier, la même colère était enfouie dans ses tripes. Elle ne s'était jamais atténuée, n'avait jamais disparu, et parfois, comme maintenant, elle prenait le dessus sur lui. Il voulait crier, il voulait réduire quelque chose en bouillie.

Et il ne pouvait pas. Il devait se ressaisir pour ne pas contrarier sa sœur. Ou Kat. Et qu'est-ce qu'il allait dire à Tristan, putain ?

Bon sang. Quel putain de bordel !

———

Kat remarqua la tension entre Adam et Tristan dès qu'Adam revint à l'intérieur.

Les deux hommes semblaient préoccupés, ce qui ne la surprit pas. Mais elle put constater qu'il y avait autre chose, quelque chose... d'étrange. Lea détendait un peu l'atmosphère en étant une vraie pipelette, parlant de tout, de la télévision et des films en passant par les amis et la famille. Rien de lourd. Kat était sûre que c'était délibéré. Lea pouvait sembler être une jeune femme un peu fofolle, mais Kat avait réalisé qu'elle avait un plan délibéré derrière chaque histoire, qui était de faire sourire Adam. Et Lea prenait son travail très au sérieux.

Adam faisait des efforts pour sourire et répondre, et Kat voyait bien qu'il ne le faisait pas que pour Lea. Mais celle-ci partit peu après le dîner. Tristan insista pour tout ranger, pour qu'elle et Adam mettent leurs doigts de pieds en éventail. Adam parce qu'il était blessé et Kat parce qu'elle avait fait la cuisine.

Elle était sûre qu'Adam ne se serait pas assis si elle ne l'avait pas fait, alors elle l'entraîna vers le canapé, où il s'effondra avec une grimace à peine dissimulée. Elle l'observa, les sourcils froncés.

— Tu es sûr que tu te sens bien ?

Le fameux regard bleu se tourna vers elle.

— Ça va.

Mais ça n'allait pas du tout.

— Tu peux à peine garder les yeux ouverts. Pourquoi tu ne montes pas t'allonger ?

— Je ne veux pas monter.

Son regard brûlant lui fit comprendre pourquoi il ne voulait pas monter.

Elle gloussa.

— Tu n'es pas en état de faire autre chose que de dormir.

Sa tête retomba sur le dossier du canapé.

— Je déteste l'admettre, mais je pense que tu as raison. Pousse-toi vers le coin, ma chérie.

Elle fit ce qu'il lui demandait. Il se décala pour s'étendre sur une partie du canapé et poser sa tête sur les genoux de Kat. Elle glissa immédiatement ses doigts dans ses cheveux, en évitant soigneusement les points de suture sur son cuir chevelu.

Elle entendait l'entrechoquement des casseroles et des poêles et le tintement occasionnel du verre venant de la cuisine. La respiration d'Adam se stabilisa en quelques secondes et tout son corps se détendit, sa tête reposant lourdement sur sa cuisse.

Elle sourit tristement. Elle ne s'attendait pas à ce que cette nuit se termine ainsi. Mais elle n'était pas malheureuse. Bien au contraire.

Fermant les yeux, elle se laissa dériver, appréciant le poids de la tête d'Adam sur sa jambe, la chaleur de son corps s'infiltrant à travers ses vêtements et sur sa peau. Elle ne dormait pas vraiment, alors elle entendit Tristan sortir de la cuisine et se poster près du canapé. Elle ouvrit les yeux et rencontra son regard sombre.

Le soleil s'était couché pendant qu'ils dînaient et Tristan avait éteint la plupart des autres lumières. Seule une douce lueur provenant de la cuisine lui permettait de le voir.

— Coucou.

— Le dîner était super.

— Je suis contente que tu aies apprécié. Merci d'avoir tout rangé.

Il se posa sur le coussin à l'autre bout du canapé, juste assez loin pour qu'elle ne puisse pas l'atteindre.

— Tu veux me montrer à quel point tu es reconnaissante ?

Elle rit doucement de ses taquineries.

— Adam dort. Il a besoin de repos.

Les sourcils de Tristan se soulevèrent.

— Et je ne suggère pas de le réveiller. Je ne veux pas non plus attendre qu'il se réveille.

Elle respirait difficilement, mais elle commençait à s'habituer à ces taquineries et elle aimait ça. En battant des paupières, elle dit :

— Attendre pour quoi faire ?

Son sourire s'élargit et ses yeux brillèrent.

— Viens par ici et je te le dirai.

Elle aurait bien voulu. Elle en avait tellement envie. Et pourtant... Elle fixa Adam.

— Et s'il se réveille ?

— Il sera heureux de nous regarder.

Une envie douloureuse prit place dans son bas ventre. Elle voulait qu'Adam regarde. Elle voulait que Tristan la prenne ici et maintenant.

— Approche et embrasse-moi, Kat.

Elle le fixa quelques secondes de plus, sentant une pulsation de chaleur entre ses jambes, elle saisit soigneusement un coussin et le posa à la place de sa cuisse, s'éloignant lentement pour ne pas réveiller Adam.

Au lieu d'aller directement vers Tristan, elle se dirigea vers les fenêtres. Elle tira les rideaux et vérifia la serrure de la porte d'entrée. Tristan ne la quittait pas des yeux. Lorsqu'elle se tint finalement devant lui, elle ne put s'empêcher de remarquer son érection qui bombait la braguette de son jean.

« Tu veux bien te déshabiller pour moi ? »

La voix rauque de Tristan lui fit resserrer les cuisses. Elle y entendait tant de désir. Pour elle. Elle voulait lui donner tout ce qu'il demandait. Au lieu de parler, elle laissa ses doigts dériver jusqu'au bouton de son jean. L'ourlet de son t-shirt couvrait à peine sa taille, si bien que Tristan put voir le bouton s'ouvrir et la regarder descendre la fermeture Éclair.

Elle fit glisser le jean vers le bas, en prenant soin de ne pas emporter ses sous-vêtements. Elle savait que Tristan avait un faible pour la lingerie, et elle s'était assurée de porter le plus bel ensemble qu'elle possédait. Elle n'avait jamais pensé qu'elle s'amuserait autant à acheter de la lingerie extravagante et coûteuse, mais la boutique du Haven Hotel avait un choix irrésistible. Maintenant, elle avait hâte de voir l'effet que cela aurait sur Tristan.

Elle avait déjà enlevé ses chaussures, alors elle s'assura que ses chaussettes disparaissent avec son jean, puis elle se redressa et vit le regard de Tristan qui remontait tranquillement le long de son corps. Il leva les sourcils lorsque ses mains saisirent le bas de son t-shirt et qu'elle hésita.

— Tu veux que je te supplie ? Le ton ironique de son regard correspondait à son sourire. Parce que, crois-moi, je le ferai. Et puis je te ferai payer pour m'avoir fait supplier. Mais tu vas aimer ça. Je m'en assurerai.

— Oui, supplie-moi.

Il se pencha en avant, le regard brûlant.

— S'il te plaît ma chérie. S'il te plaît, enlève ton t-shirt.

— Juste le t-shirt ?

— Si le soutien-gorge est assorti à la culotte, alors oui, juste le t-shirt. Parce que je veux vraiment te baiser avec.

Ce n'est pas comme si elle ne l'avait jamais entendu utiliser ce langage avant, mais, combiné avec la bosse sur son jean et son regard, elle aurait pu fondre de désir sur le champ. Mais elle n'avait pas encore fini de le taquiner.

Elle passa le t-shirt par-dessus sa tête, le fit tomber par terre puis laissa ses mains reposer sur ses hanches.

— À toi.

Il ne bougea pas tout de suite. Au lieu de cela, son regard se promena sur son corps, fixant ses seins assez longtemps pour que ses mamelons se dressent et se mettent à picoter.

— Juste pour que tu saches, je pense que c'est peut-être mon ensemble préféré, alors je vais essayer de ne pas l'arracher. Mais si je le fais, je le remplacerai. Je vais devoir le faire plusieurs fois avant d'apprendre à me retenir, je pense. !

Mon Dieu. Comment cet homme arrivait-il à l'amener au bord de l'orgasme en quelques mots ? Elle était si mouillée que ses cuisses étaient glissantes. Ce qui pourrait être dû au fait que la culotte était sans entrejambe. Elle avait hâte qu'il le découvre. Elle voulait le rendre fou, elle voulait qu'il se perde en elle comme elle le faisait avec lui.

Mais Tristan avait beaucoup plus de contrôle sur ses émotions qu'Adam. Adam pouvait sembler être un bloc de glace, mais quand vous le poussiez un peu, vous pouviez voir la glace fondre. Elle aimait regarder Adam perdre le contrôle. Elle voulait voir Tristan perdre le sien.

— Pourquoi ne pas commencer par la chemise ? J'aime ton torse.

Il avait rougi ? Oui, incroyable. Mais elle n'eut pas le temps de sourire, car il se redressa et enleva sa chemise. Et maintenant, elle avait une vue imprenable sur son torse lorsqu'il se pencha vers le canapé. Large, fort. Elle voulait mordre ses petits tétons puis les lécher. Elle voulait chevaucher ses genoux et l'embrasser pendant qu'elle frotterait sa chatte contre sa bite avant de s'empaler dessus. Rien que d'y penser, son ventre se crispait d'impatience.

Tristan dut voir quelque chose dans son expression, car il lui sourit... et tendit la main vers son jean.

— Tu veux m'aider avec ça ?

Elle croisa les bras sous ses seins et regarda Tristan baisser les yeux. Il n'était pas aussi en contrôle qu'il en avait l'air.

— Je pense que tu te débrouilles très bien tout seul.

En hochant la tête, il fit sauter le bouton et descendre la fermeture Éclair, puis se souleva juste assez pour faire glisser son pantalon le long de ses jambes. Ce qui fit faire à ses abdos des choses incroyables. Elle en eut la bouche sèche par anticipation. Puis il s'allongea là, complètement nu et si beau qu'elle aurait voulu le fixer pendant des heures. Elle voulait aussi le lécher des chevilles jusqu'au bout de sa queue raide.

— Quelles que soient tes pensées, vas-y, fais-toi plaisir.

Soudain prise d'audace elle lui répondit :

— Et si je te disais que je voulais que tu te touches pour que je puisse regarder ? Tu ferais ça pour moi ?

Son sourire s'élargit.

— Tu veux dire comme ça ?

Il attrapa ses couilles d'une main et enroula l'autre autour de sa queue. L'image était tellement encore plus excitante que ce qu'elle aurait pu imaginer. Elle frissonna de la tête aux pieds.

Il remua lentement les mains de haut en bas, en pressant plus fort qu'elle ne le pensait supportable. Mais il n'avait absolument pas l'air de souffrir. Non, il avait l'air d'avoir envie de la dévorer tout en se caressant. Sa queue se raidit et gonfla, le gland devint rouge vif. Tout ça l'incita à s'approcher davantage. Puis, s'assurant qu'il la regardait dans les yeux, elle se mit à genoux entre ses jambes. Posant ses mains sur ses cuisses, elle les écarta pour se faire de la place, et s'approcha encore. Au-dessus d'elle, elle entendit la respiration de Tristan devenir plus laborieuse et vit ses doigts former un anneau autour de la base de sa queue et la serrer. Elle en profita pour se pencher en avant et prendre son membre dans sa bouche.

Alors qu'il gémissait, elle lécha le bout, sa chair chaude contre sa langue. Tellement chaude. Tellement excitante. Pendant plusieurs minutes, elle le suça, les mains appuyées sur ses cuisses tendues alors qu'elle le prenait bien au fond, faisant glisser sa langue sur toute sa longueur, puis revenant au bout.

Elle se perdit dans le mouvement, son goût et l'érotisme pur du mouvement. Elle voulait lui faire perdre le contrôle, mais Tristan avait autre chose en tête.

Avec un grognement, il lui saisit les épaules et la poussa en arrière jusqu'à ce qu'elle soit obligée de le relâcher. Elle aperçut rapidement ses mâchoires se contracter et ses yeux se rétrécir avant qu'il ne la saisisse sous les bras et la soulève sur le canapé, les genoux écartés de chaque côté de ses cuisses.

Il déroula un préservatif, ne perdit pas de temps pour la taquiner, son intention étant clairement évidente lorsqu'il prit sa bite raide d'une main et qu'il utilisa l'autre pour attirer Kat vers le bas. Ils gémirent tous les deux. Kat se sentit s'étirer autour de l'érection impressionnante de Tristan. La tête rejetée en arrière, elle n'eut pas le temps de digérer les sensations avant qu'il ne s'installe contre le dossier et commence à la baiser. Vite et fort.

Ses mains saisirent ses épaules pour se maintenir, et finalement elle prit le rythme, descendant alors qu'il montait en ondulant des reins. La base de sa bite frappait son clitoris, et à chaque contact, le plaisir s'intensifiait. Tristan se pencha en avant et l'embrassa, enfonçant sa langue dans sa bouche alors qu'il la tenait fermement, la balançant d'avant en arrière sur sa queue jusqu'à ce qu'elle jouisse en criant. Une seconde plus tard, Tristan grogna et elle sentit sa bite pulser au fond d'elle.

Il lui fallut au moins une minute pour se remettre, allongée toute molle et haletante contre sa poitrine, écoutant son cœur battre. Enfin, elle entendit Tristan reprendre son souffle.

— J'aime la culotte. Je pense que je vais t'en acheter dix douzaines comme ça, et c'est tout ce que tu vas porter à partir de maintenant.

Elle pouvait à peine respirer, mais il la faisait quand même sourire.

— Je ne pense pas que je pourrais les porter au travail. Ça me donnerait trop de distractions.

— Toi aussi tu m'empêches de me concentrer. Tristan pressa ses lèvres sur le haut de sa tête. Et...

— C'est le meilleur remède contre la migraine que j'aie jamais vu, dit Adam la voix traînante. Viens ici et laisse-moi te montrer comme je me sens mieux.

Beaucoup mieux, à en juger ce qu'elle voyait.

CHAPITRE TREIZE

Kat se précipita dans le hall de l'immeuble, se glissant dans un ascenseur juste avant la fermeture des portes. Se voyant dans le miroir, elle sourit.

Le bonheur vous faisait ça, parfois.

Au cours des deux dernières semaines, elle, Tristan et Adam avaient passé plus de temps ensemble que séparés.

Elle avait passé ses heures de travail à se familiariser avec les comptes de TinMan et à prendre quelques contacts avec l'association du barreau concernant du travail bénévole pour les services locaux de protection de l'enfance.

Les nuits, ils cessèrent de dormir là où ils avaient atterri le soir. Ils passaient beaucoup de temps dans son nouvel appartement, mais ils n'y dormaient pas parce que son lit n'était pas assez grand. Ils se retrouvaient chez Adam le plus souvent parce que c'était le plus proche de chez elle. Elle avait décidé d'acheter un lit king seize la semaine suivante.

Les portes s'ouvrirent en émettant un ding. Il était près de neuf heures du soir, mais les garçons lui avaient dit de les retrouver ici. Quelque chose s'était passé. Mary Alice, leur responsable administrative était invisible quand Kat ouvrit la porte de leur bureau.

Ce qui était probablement une bonne chose quand soudain elle entendit Adam hurler « Recule, putain ! »

Elle n'avait jamais entendu Adam aussi en colère, aussi énervé.

— Merde, tu m'avais promis que ça n'arriverait pas. Putain, Adam ! Quand est-ce que tu vas apprendre, bon Dieu ?

Et elle n'avait jamais entendu Tristan parler comme ça à qui que ce soit, non plus. Jamais. Qu'est-ce qui se passait, bon sang ? Elle ne voulait pas écouter aux portes, mais ils savaient qu'elle arrivait. Devrait-elle partir et attendre dans le couloir ? Pourquoi se disputaient-ils ?

— Fils de pute. Comment tu peux demander ça ? Bon sang, Tris, c'est ma famille.

— Et moi qui croyais qu'on en construisait une à nous.

— Ce n'est pas parce que tu ne supportes pas la tienne que je dois abandonner la mienne pour faire ça ? Je ne peux pas. Et je ne le ferai pas. Tu le sais bien.

— Mais tu ne peux pas te laisser entraîner dans cette merde. Je ne peux pas t'aider, là.

— Putain, je t'ai demandé de m'aider ? Je ne veux pas de ton aide, bordel. C'est ça le putain de problème. Je ne veux pas entraîner quelqu'un d'autre dans cette merde.

Une pause et Kat réalisa qu'elle retenait son souffle.

— Putain, Adam. On est partenaires. Ce n'est pas ce qu'on avait juré de ne pas faire ? Qu'on ne laisserait pas ce bordel se mettre entre nous ? Tu ne peux pas faire ça, merde !

— Et tu sais très bien que je dois le faire. Et on sait tous les deux qu'on ne peut pas mêler Kat à ça.

— Tu crois que je ne le sais pas abruti ?

— Alors c'est la seule solution. Je me casse d'ici et de son lit, jusqu'à ce que tout le reste soit réglé.

— Et tu t'attends à ce que je te laisse faire ? Seul ?

— Oui. Ce n'est pas ton problème.

— Oh non. Pas question, putain. Ne me sors pas cette connerie. Ce n'est pas ton combat non plus. Mais tu t'y laisses entraîner.

— Comment je pourrais ne pas le faire ? On va continuer à tourner en rond tant que je ne l'aurai pas aidé à se barrer.

Une autre pause.

Kat avait commencé à rassembler les pièces du puzzle, et elle pensait avoir trouvé la bonne réponse. Ni Tristan ni Adam n'en avaient soufflé mot, mais Kat avait appris par Janey De Marcos que le père d'Adam avait été libéré de prison. Janey n'avait pas donné beaucoup de détails, mais Kat supposait qu'il avait conclu une sorte d'accord.

— Bon Dieu de merde...

— Non. Tris, écoute-moi. C'est mon problème. Ma famille. Je vais nettoyer cette merde.

— Tu t'attends à ce que je reste sur la touche et que je te regarde te faire entraîner dans tout ce bordel ? Pas question, putain.

— Tu n'es pas mon tuteur.

— Non, je suis ton putain de meilleur ami. Je pensais que tu n'allais plus jamais te comporter comme un loup solitaire.

— Oh, va te faire foutre, Tris. Merde. Je ne peux pas tout le temps m'inquiéter que Kat fasse partie des dommages collatéraux. Et je ne veux pas avoir à regretter que tu sois mort à cause de ma famille.

Une autre pause.

Kat entendait parfaitement sa respiration laborieuse. Elle n'arrivait pas à croire qu'ils ne l'entendaient pas depuis l'autre pièce. Finalement, elle perçut quelque chose qui ressemblait beaucoup à un coup de poing dans un mur.

— Putain, qu'est-ce que je suis censé dire à Kat ?

— Dis-lui ce que tu penses qu'elle devrait entendre. Je ne veux juste pas qu'elle soit mêlée à ça. Et je ne veux pas non plus qu'elle s'approche de moi en ce moment.

La douleur lui fit l'effet d'un coup de poing dans le ventre. Si elle regardait ça de façon rationnelle, peut-être qu'elle comprendrait d'où venait Adam. Mais émotionnellement, elle voulait rentrer dans un trou et pleurer jusqu'à ce qu'elle n'ait plus de larmes.

Elle voulait s'en aller. Maintenant. Avant qu'ils ne la découvrent. Et pourtant, elle ne pouvait pas partir et ensuite les laisser lui mentir. Elle n'était pas sûre de pouvoir leur pardonner. Prenant une profonde inspiration, elle se força à faire un pas vers le bureau de Tristan. Elle hésita une seconde, mais continua à mettre un pied devant l'autre.

— Tu ne peux rien lui dire. Si quelqu'un découvrait qu'elle sait...

— Je sais. Bon sang...

Kat poussa la porte du bureau.

— Il n'y a pas besoin de me dire quoi que ce soit.

Tristan et Adam se retournèrent d'un coup. Le visage de Tristan montrait sa surprise et celui d'Adam la colère. Elle eut envie de s'approcher d'eux, pour lisser les rides sur le front de Tristan et embrasser les lèvres d'Adam jusqu'à ce qu'il n'ait plus l'air de vouloir frapper les murs. Mais elle ne pouvait pas. Pas si elle devait leur offrir l'échappatoire dont ils avaient besoin. Et ils en avaient désespérément besoin.

Tristan s'approcha d'elle.

— Kat...

— Non. Elle secoua la tête et leva la main pour l'en empêcher. Non, s'il te plaît, ne mens pas. J'en ai entendu assez pour savoir ce qui se passe. Et je vais vous donner exactement ce que vous voulez.

Tristan fit une grimace.

— Kat, attends...

— Vous avez besoin que je sois loin, alors je me retire de l'équation.

— Bon sang, Kat...

— Stop ! La voix d'Adam transperça Tristan comme un couteau et son regard bleu était limpide. Il faut effectivement que tu sois loin de tout ça.

— Alors ce sera chose faite. Quand tu auras réglé tes affaires, peut-être que j'attendrai encore.

Tristan avait l'air d'avoir été frappé et seuls les muscles qui se crispaient dans la mâchoire d'Adam révélaient son énervement.

« Mais vous m'avez tous les deux appris que je vaux bien plus que ce que je croyais. J'ai appris à vous aimer tous les deux et c'est quelque chose que je n'aurais jamais cru possible. Mais je ne vais pas attendre éternellement. »

Elle se dirigea vers la porte puis tourna la tête juste avant de sortir.

« J'espère simplement que vous réaliserez que nous sommes plus forts ensemble avant qu'il ne soit trop tard pour nous. »

CHAPITRE QUATORZE

— Il faut que je demande une dernière fois. Tu es sûr de toi ?

Adam passa le bras dans un holster et inspira longuement en prenant son arme. Son calme s'évanouissait rapidement. Il aurait voulu bloquer sa mâchoire pour ne pas répondre à la question de Tristan, mais il était là, debout à côté de lui alors qu'il n'avait pas à le faire. Le gars méritait une réponse. Il méritait bien plus qu'une réponse.

— Ouais. Je suis sûr que je dois le faire. Non, je ne suis pas sûr que ce soit une bonne idée. Oui, ça pourrait être un désastre total. Non, je ne peux pas faire marche arrière. Oui, je pense que tu devrais rester en dehors de tout ça. Et non, je sais que tu ne le feras pas. Est-ce que ça répond à toutes tes questions ?

Tristan soupira et se passa une main dans les cheveux pour ce qui devait être la centième fois en cinq minutes avant de prendre son manteau sur la chaise la plus proche. Adam aurait voulu lui arracher le manteau des mains et lui interdire de se rendre à cette réunion. C'est ce qu'il avait essayé de faire. À plusieurs reprises. Tristan s'était finalement mis à lui faire un doigt d'honneur pour qu'il se taise.

Il enfila son manteau, dissimulant l'étui sous son bras. Il

espérait qu'ils n'en auraient pas besoin, mais il ne partirait pas sans. Ils possédaient tous deux un port d'arme. Bien sûr, s'ils utilisaient leurs armes pour commettre un crime, ça ne leur servirait à rien. Ils se feraient quand même arrêter. Et ce genre d'exposition ne serait pas une bonne chose dans leur métier. Cela détruirait tout ce qu'ils avaient construit.

Putain, l'un d'entre eux devrait rester en dehors de tout ça. Mais Tristan ne se laissait pas influencer.

Merde.

Adam prit lui aussi son manteau et cacha son arme et son étui. Bien sûr, leur chef de bureau, Mary Alice, le remarquerait. Cette fille avait le regard affûté. Elle avait bien compris qu'il se passait quelque chose, mais n'avait pas posé de questions. Pas encore. Probablement parce qu'elle savait qu'elle n'obtiendrait aucune réponse.

Moins il y avait de gens qui savaient, mieux c'était. Il n'avait rien dit à ses sœurs, n'avait pas dit un mot à Tosh. Il aurait aimé pouvoir épargner Kat...

Il repoussa cette pensée. Cela faisait deux semaines qu'elle avait quitté ce bureau. Deux semaines et aucun d'entre eux ne lui avait parlé. S'il se mettait à penser à elle maintenant, il s'énerverait et ce ne serait bon pour personne. Il avait besoin de garder la tête froide ce matin. Sinon, les choses pourraient se transformer en un véritable merdier en quelques secondes.

Et Adam se dit qu'il allait devoir maintenir son père sur le droit chemin pour qu'ils ne déclenchent pas une guerre.

— Adam, tu as un visiteur.

La voix de Mary Alice sortit de l'interphone, et son ton mit Adam sur les nerfs. C'était sa voix désapprobatrice. Au cours des trois dernières années, Tristan et Adam avaient acquis un certain respect pour ce ton. Même si elle n'avait que vingt-trois ans, Mary Alice n'avait aucun mal à faire plier les deux hommes devant sa volonté. Élevée avec trois frères aînés qui ne l'avaient adorée qu'un peu plus qu'ils ne l'avaient tourmentée et protégée, elle avait eu le choix entre être un garçon manqué ou faire tapisserie.

Au final elle était une boule de feu férocement féminine avec des cheveux roux, des yeux verts et elle jurait comme un charretier. Elle avait été anéantie par la mort de son frère aîné. Au lieu de prendre sa retraite de l'armée avec Tristan et Adam et de se lancer dans les affaires avec eux, John Matthew s'était réengagé et avait été déclaré mort au combat au cours d'une mission restée confidentielle. Même Tristan, qui avait des amis à tous les niveaux des services de l'armée n'avait pas pu en savoir plus.

Si *cette* situation se détériorait, Tristan n'aurait pas assez d'influence pour les faire libérer. C'est pourquoi Adam envisageait sérieusement de l'assommer et de le laisser ligoté dans le placard. Tristan serait furieux, mais...

— N'y songe même pas. La voix de Tristan n'était guère plus qu'un grognement. Je connais ce regard. Ne va pas m'énerver en essayant de m'abandonner ici.

Adam leva son majeur sous son nez alors qu'il se dirigeait vers la réception.

— Laisse-moi me débarrasser de cette personne et on partira.

En ouvrant la porte de son bureau, la première chose qu'Adam vit fut Mary Alice, debout à quelques centimètres, le dos bien droit. Comme si elle gardait la porte. Adam regarda par-dessus son épaule les sourcils froncés et vit Max Burdanov. Costume sombre. Cheveux parfaits. Un beau visage. Un sourire inoffensif. Un diplômé en droit de Harvard camouflant le bagarreur de rue qu'il avait été.

Mais Mary Alice était fine psychologue. Elle sentait évidemment le parfum de danger qui entourait Max.

Adam posa une main sur son épaule et la serra, essayant de

la rassurer, même s'il savait que la visite de Max n'était probablement pas de bon augure. *Probablement* était de trop en fait.

— Merci, Mally. Entre, Max.

Mary Alice se retourna pour fixer Adam, la mine renfrognée. Trop intelligente pour son bien, elle savait qu'il se passait quelque chose. Elle n'avait tout simplement pas encore rassemblé les pièces du puzzle. Mais elle le ferait. Et quand elle l'aurait fait... il avait le sentiment qu'ils devraient trouver une autre secrétaire parce qu'elle serait royalement furieuse. Et blessée. Avec raison. Et ça serait vraiment nul.

Un problème à la fois.

Max s'avança, le regard fixé sur Mary Alice. Lorsqu'il s'arrêta à quelques centimètres, elle dut incliner la tête en arrière pour maintenir le contact visuel. Mais elle ne recula pas d'un pouce. Adam ne put s'empêcher de sourire. Elle était comme un chihuahua faisant face à un doberman. Et si jamais elle réalisait qu'il venait de la comparer à un chien, elle trouverait un moyen de lui faire payer, ce qui serait douloureux et atrocement embarrassant. Et il ne l'en blâmerait pas.

Mais la raison pour laquelle elle affrontait Max était déconcertante. Savait-elle qui il était ? Pourquoi il était là ? Tristan et lui avaient pris soin de ne rien laisser échapper à Mary Alice sur ce qui se passait avec son père. Ils ne voulaient pas qu'elle sache quoi que ce soit au cas où tout cela tournerait mal.

Et en parlant de ça... Adam contourna Mary Alice pour tendre la main à Max.

— Pourquoi ne pas parler dans mon bureau ?

— Bien sûr. Max lui serra la main, le sourire aussi lisse que son costume sur mesure et ses chaussures italiennes faites main. Ce ne sera pas long.

Adam vit Tris se raidir. Mary Alice avait dû le remarquer aussi, car elle se retourna pour regarder Tristan, le regard inquisiteur. Comme si elle pouvait comprendre ce qui se passait juste en le regardant.

Merde.

Il fit signe à Max de passer.

— Bien sûr.

Faisant un signe de tête à Mary Alice, un soupçon de sourire sur les lèvres, Max entra dans le bureau d'Adam. Tristan suivit, laissant Adam s'occuper d'elle. Celle-ci se tourna vers lui, les bras croisés sur la poitrine et les sourcils levés, attendant une explication. Elle allait être cruellement déçue.

— Ne me demande pas. Adam la regarda droit dans les yeux. Non. Je ne peux rien te dire, et même si je le pouvais, je ne le ferais pas. Ne te mêle pas de ça. Pas question. Retourne à ton bureau. Fais ce que tu fais pour que tout se passe bien tous les jours. Et sache que nous ne pourrions pas faire ce que nous faisons sans toi.

Ses sourcils s'élevèrent encore plus haut.

— Et c'est censé m'apaiser ? Adam, tu penses que je suis stupide ? Tu crois que je ne sais pas qu'il se passe quelque chose ? Un gros truc ? L'homme qui s'occupe des soi-disant, elle fit des guillemets avec les doigts, « affaires » de ton oncle, se pointe dans votre bureau comme s'il venait de vous engager et vous allez me fermer la porte au nez ? Bon sang, Adam. Je pensais que tu étais plus intelligent que ça.

Il avait commencé à secouer la tête à mi-chemin de sa tirade, et quand elle eut finalement terminé, il eut l'impression qu'il avait déglingué quelque chose dans sa tête.

Il aurait dû réaliser que Mary Alice saurait exactement qui était Max.

— Alors tu devrais comprendre pourquoi je ne te dis rien du tout. C'est dans ton intérêt d'être totalement dans le flou.

— Adam...

— Mally, non.

Adam n'avait jamais utilisé ce ton avec elle auparavant. Il n'avait jamais senti qu'il avait besoin de l'utiliser. Mais il ne pouvait pas l'impliquer. Ce qui lui fit penser à Kat, bien qu'il ait essayé de ne pas le faire parce que quand il le faisait...

Plusieurs fois, il avait failli craquer et l'appeler. Il s'était dit qu'il allait appeler pour le bien de Tristan. Tris était plus tendu qu'Adam ne l'avait jamais vu. Il était à fleur de peau et incapable de rester assis. Il n'était pas du tout lui-même.

Et c'était sa faute. Il aurait dû faire en sorte que Tristan reste à l'écart de tout ça, mais quand ce dernier se mettait en tête de faire quelque chose, il ne reculait pas. En revanche Adam ne laisserait jamais Mary Alice se faire contaminer par ça.

Elle se mit à souffler, attirant à nouveau son attention sur elle. Ses yeux verts flamboyaient de rage et d'un soupçon de fureur.

Tant pis. C'est pour son propre bien.

Elle tourna sur ses talons en grognant.

— Très bien. Je vais me chercher un café. Je n'ai aucune idée de combien de temps ça va me prendre. Et je ne t'en ramènerai pas.

Elle marcha à grande enjambée vers la sortie, ses boucles rousses se balançant sur ses épaules quand elle claqua pratiquement la porte. Une douleur vive dans l'estomac d'Adam lui donna envie d'enfoncer son poing dans le mur. Encore un jour de plus avec cette boule au ventre. Encore un jour de plus avant que tout soit arrangé et que chacun puisse avancer.

Bon Dieu. Au moins il l'espérait. Parce que Max n'était pas là pour rien. Il savait pertinemment que ça ne sentait pas bon. Il se retint de grogner, entra dans son bureau en calquant la porte derrière lui.

— Bon, Max c'est quoi le bordel maintenant ?

Kat jeta la page régionale du *Philadelphia Inquirer* sur son bureau. Depuis qu'elle avait quitté le bureau de Tristan et Adam, elle avait passé les deux dernières semaines à parcourir le journal, mais n'avait lu aucun article indiquant des troubles dans la sphère criminelle locale. Ce qui était totalement ridicule. Depuis quand sa vie avait-elle pris un tournant aussi surréaliste ?

Au moins, elle n'avait pas à réfléchir à la réponse. Elle connaissait le moment exact. Le soir où elle avait quitté la maison de ses parents avec Tristan et Adam. Ce qui était la plus grosse erreur qu'elle avait faite dans sa vie, commençait-elle à croire.

Elle réalisait qu'elle avait mis sa vie entre parenthèses pour Tristan et Adam. Aucun d'eux ne lui avait demandé de le faire. Elle avait pris cette décision toute seule et n'avait qu'à se reprocher d'être aussi malheureuse qu'elle l'était.

En soupirant, elle se leva de sa chaise de bureau et s'étira le dos en se dirigeant vers la fenêtre et en regardant fixement une ville où elle se sentait encore étrangère. Aurait-elle un jour des nouvelles de Tristan et d'Adam ? Ils avaient dit qu'ils appelleraient. À ce moment-là, elle s'était éloignée, blessée. Mais elle n'avait aucune raison de douter qu'ils ne le feraient pas. Maintenant, le doute rongeait sa confiance en elle à chaque instant.

Et dans un coin de sa tête, elle continuait d'entendre la voix de sa mère, remettant en question chacun de ses faits et gestes. Sa mère aurait eu une crise cardiaque si elle avait eu vent de tout cela. Franchement, Kat était surprise qu'elle ne se soit pas présentée à sa porte, hurlant sur le fait que Kat se soit acoquinée avec une famille de criminels connus et exigeant qu'elle rentre à la maison avant de causer plus de honte à sa famille.

Elle commençait en fait à s'inquiéter du fait que sa mère n'ait pas du tout pris contact avec elle. Kat s'attendait toujours au coup suivant avec elle. Elle ne croyait pas qu'elle se résignerait à perdre cette bataille contre sa fille.

Kat sortit un dossier de l'énorme pile qui se trouvait sur son bureau en soupirant. TinMan Biometrics avait besoin de toute son attention.

La porte d'entrée de son cabinet s'ouvrit et elle redressa la tête d'un coup. Elle n'avait aucun client prévu et n'avait pas encore engagé d'assistante. Elle avait l'intention de le faire cette semaine-là, mais elle n'avait pas trouvé le temps, ce qui signifiait qu'elle était complètement seule en ce moment.

Sautant de sa chaise, elle se précipita vers la réception. Il n'y avait que cinq pièces dans son cabinet : la réception, son bureau, une salle de réunion, une salle de bain et un petit espace de rangement.

L'homme qui se tenait au centre de la réception semblait pouvoir retenir un camion avec ses mains. Il portait un pantalon cargo qu'il n'avait certainement pas acheté dans un grand magasin local. Elle avait l'impression qu'il était de qualité militaire. Son t-shirt blanc était immaculé, contrastant fortement avec sa peau bronzée.

Les traits de son visage évoquaient des ancêtres latinos et Asiatiques, le mélange étant inhabituel et très frappant. Plus elle le fixait, plus il devenait beau. Jusqu'à ce qu'elle réalise qu'elle l'avait fixé pendant plusieurs secondes.

Elle se força à parler.

— Je peux vous aider ?

Il fit un signe de tête.

— Mademoiselle Riley.

Ce n'était pas une question. Cet homme savait qui elle était.

— Oui ?

— Je suis Jesse Kanatawa. C'est Max Burdanov qui m'envoie.

Max Burdanov. Le nom lui était familier, mais...

— M. Burdanov travaille avec David Oleksy.

Son cœur manqua un battement, et elle fit un pas involontaire en arrière.

— Est-ce que Tristan et Adam vont bien ?

Les mots sortirent de sa bouche avant qu'elle n'ait eu le temps de réfléchir. Son cœur se mit à battre plus fort, et ses poumons se contractèrent.

Jesse hocha la tête.

— Pour autant que je sache, oui. M. Burdanov aime simplement prendre en considération tous les angles quand il s'agit d'une situation inconnue. Il m'a demandé de vous tenir compagnie aujourd'hui.

Elle cligna des yeux, son cerveau élaborant divers scénarios.

— Et qu'est-ce que ça veut dire exactement ?

Jesse remua un coin de la bouche.

— Ça veut dire exactement ce que vous pensez que ça veut dire.

Donc, quoi qu'il se passe avec la famille d'Adam, ça se passait aujourd'hui. Son cœur commença à battre un peu plus fort.

— Alors pourquoi êtes-vous ici et pas avec M. Burdanov ?

Plus important encore, pourquoi ne protégeait-il pas Adam et Tristan ?

Elle vit un léger signe de contrariété traverser ses traits, qui, selon elle, ne lui étaient pas destiné.

— Parce que M. Burdanov m'a demandé de passer la journée avec vous.

Ce qui signifiait que M. Burdanov pensait qu'elle était en danger.

— Adam et Tristan savent-ils que vous êtes ici ?

Il acquiesça.

— Franchement, je suis presque sûr que je perds mon temps

ici. Et, sans vouloir vous offenser, je ne suis pas vraiment content de faire du baby-sitting aujourd'hui.

Eh bien si, elle était offensée... mais après ce bref accès d'indignation, elle réalisa autre chose.

— Pourquoi êtes-vous ici, M. Kanatawa ?

Sa bouche se tordit à nouveau avec ce petit sourire.

— En fait, je devrais surveiller votre immeuble depuis la rue. Ça me permet de mieux voir qui va et vient.

— Alors que faites-vous *dans* mon bureau ?

Il s'arrêta comme s'il réfléchissait à sa réponse, et Kat jura que s'il jouait encore sur les mots, elle allait se mettre à crier.

— On ne m'a pas explicitement demandé de surveiller de l'extérieur.

L'agacement lui fit serrer les poings alors même qu'elle prenait une grande inspiration et posait une dernière question.

— Alors *pourquoi* êtes-vous ici, M. Kanatawa ?

— Parce que quand Max me demande de veiller sur une femme, je veille sur une femme, sans poser de questions.

Sa réponse la contraria, car il l'avait fait sans aucune trace de sarcasme. Direct, sans raconter de conneries.

— Je ne sais pas quoi répondre à ça.

Il haussa les épaules.

— Vous n'avez pas besoin de dire quoi que ce soit. Si vous avez du travail à faire, allez-y, faites-le. Je serai dans le couloir.

Non, ça ne marcherait pas. Elle n'était pas la seule locataire à cet étage. Il y avait quatre autres bureaux, dont un pour un thérapeute qui s'occupait principalement de jeunes enfants. Un regard sur cet homme et certains de ces enfants se mettraient à hurler. Ce n'était pas qu'il avait l'air effrayant, mais il était grand. Très grand.

— Vous n'avez pas besoin de rester dans le couloir.

— Si, parce que si je reste ici, vous ne pourrez pas vous empêcher de me cuisiner, et je ne dirai rien parce que je ne peux pas. Et franchement, il vaut mieux que vous ne sachiez rien. Il se retourna et sortit.

Kat le suivit, la main tendue vers son bras, mais sans le toucher.

— Attendez ! S'il vous plaît.

Jesse s'arrêta et se retourna pour lui faire face, un sourcil levé. Elle imagina qu'il intimidait beaucoup de gens avec ce regard. Mais Kat savait comment parler aux costauds.

— J'apprécierais que vous restiez ici. Je me sentirais... plus en sécurité.

Il leva l'autre sourcil et esquissa un sourire en secouant la tête.

— Adam a toujours été attiré par les filles intelligentes. Et je dois le reconnaître, vous avez presque réussi à me faire croire que vous aviez vraiment peur.

C'était vrai pourtant. Elle était effrayée. Mais pas pour elle-même. Elle libéra sa lèvre inférieure d'entre ses dents.

— Vous allez rester ?

Il haussa les épaules, comme si ça n'avait pas d'importance.

— Et puis merde. Il va neiger, et je préfère ne pas me geler le cul dans la voiture. Ou effrayer la population autochtone dans le couloir.

Kat effaça rapidement son sourire.

— Alors, je vous en prie. J'étais en plein milieu de quelque chose dans mon bureau. Vous voulez bien vous asseoir avec moi ?

Un autre sourire ironique.

— Bien sûr. Mais pourquoi vous ne me demandez pas ce que vous voulez savoir, tout simplement ?

Elle s'assit à nouveau derrière son bureau et attendit qu'il prenne la chaise en face d'elle.

— Si vous êtes si sûr de ce que je vais vous demander, pourquoi ne pas me le dire tout de suite ?

Il éclata de rire.

— Parce que c'est plus amusant.

Elle n'arrivait pas à contenir son propre sourire, même si son inquiétude pour Adam et Tristan avait commencé à grandir.

— Je ne voudrais pas gâcher votre amusement.

— Oh oui, je comprends tout à fait ce qu'Adam voit en vous.

OK, il avait raison. Elle voulait effectivement le cuisiner.

— Alors vous connaissez Adam depuis longtemps ?

Max secoua la tête, mais elle savait que ce n'était pas une réponse à sa question. Il commentait le fait de participer à cette conversation.

— On peut dire ça. Nous étions à l'école ensemble.

— Au lycée ?

— Depuis la première année d'école.

— Et vous travaillez pour son oncle maintenant ?

— Je travaille avec Max. Max travaille pour David.

— Il y a une distinction ?

Le sourire de Jesse disparut.

— Il va y en avoir une.

Tristan avait envie de faire les cent pas. Ça le faisait chier de ne pas pouvoir le faire.

Non, il devait avoir l'air cool, confiant et prêt à sauter sur quelqu'un au moindre prétexte alors qu'il se tenait derrière Adam. Ce n'était pas la position qui lui posait problème. Il n'avait aucun problème à surveiller les arrières d'Adam. C'était le sentiment d'être perturbé par cet environnement.

Il détestait vraiment ça, putain. Il détestait aussi le fait qu'Adam n'ait pas immédiatement refusé l'offre de Max. Celle qu'il avait faite à leur bureau avant qu'ils ne viennent ici.

Merde.

Il se força à jeter un autre coup d'œil dans la pièce. Dix hommes se tenaient contre les murs, encerclant les six hommes assis à la table ronde au centre. La pièce était assez grande pour que Tristan n'entende pas exactement ce qui se disait. Même s'ils parlaient en russe et qu'il ne comprenait que quelques mots de la langue, il se dit que c'était une bonne chose.

Il ne voulait absolument pas savoir ce qui se passait. Adam se tenait directement derrière son père, lui ressemblant tellement que Tristan devait contrôler l'envie de hocher la tête. Il n'avait jamais vraiment vu la ressemblance avant. Il se demandait maintenant si c'était parce qu'il n'avait pas *voulu* la voir.

Adam semblait chez lui, ici, mais Tristan savait que c'était du cinéma. David et Mickey, ne jouaient pas la comédie, eux. Pour eux, cela pouvait signifier le début d'une vie vécue sans devoir tout le temps regarder derrière soi. Sans craindre que quelqu'un essaie de les tuer pour leurs soi-disant affaires. La position de Max était encore plus délicate.

David et Mickey voulaient se retirer des « soit-disant » affaires justement. Max voulait quelque chose qui serait encore plus difficile à obtenir.

La respectabilité.

De l'autre côté de la table étaient assis trois hommes que Tristan n'avait jamais vus auparavant. Il ne connaissait pas leurs noms. Il ne préférait pas. Ils s'étaient adressés à Mickey et David en russe quand ils étaient entrés et avaient continué dans la même langue depuis. Les cinq hommes qu'ils avaient amenés avec eux n'avaient pas dit un mot. Adam, Tristan et les trois autres hommes que David avait amenés n'avaient pas dit un mot non plus.

Les hommes autour de la table n'avaient cessé de parler pendant l'heure écoulée. Personne n'avait élevé la voix, personne n'avait ri. Il y avait eu un bref moment où ils avaient souri, mais cela n'avait pas duré et ils étaient de nouveau en train de négocier âprement. Du moins, c'est ce que Tristan imaginait.

Soudain, un des hommes se pencha en avant et la tension monta d'un cran dans la salle. Les hommes d'Adam et de son oncle se redressèrent. Les hommes au fond de la pièce se redressèrent aussi. Mickey déplaça son bras sur la table, mais David mit sa main sur l'avant-bras de son frère, en maintenant sa position. David dit quelques mots. Et tout le monde se détendit. Cela sembla s'arrêter là.

Les négociations se poursuivirent pendant quinze minutes avant que David ne s'adosse à sa chaise et ne tende la main à l'homme un peu plus jeune qui se trouvait en face de lui. Sans hésitation, cet homme la prit et la serra. Puis il se leva et serra la main de Mickey, en disant quelques mots. Mickey répondit d'un signe de tête, mais garda la bouche close, un exploit étonnant. Ensuite, l'homme prit la main de Max et dit quelques mots. Max hocha la tête sans rien dire.

Le groupe sortit de la pièce. Et la tension palpable se dissipa.

Tristan sentit qu'il pouvait enfin respirer correctement, mais quand il se tourna vers Adam, il réalisa qu'il avait manqué quelque chose. Quelque chose d'important. L'expression d'Adam semblait sculptée dans la pierre alors qu'il s'approchait de son père et frappait du poing sur la table à côté de Mickey.

— Bon sang, papa. Pourquoi diable ne m'as-tu rien dit ?

Mickey soupira fort en se levant.

— Parce que je savais que c'était comme ça que tu réagirais. Je te l'ai dit, Adam. Je ne laisserai jamais rien de tout ça t'atteindre et je le pensais vraiment.

— Mais...

— Pas de, mais. David et moi avons parlé, c'est comme ça que ça marche et pas autrement.

Adam semblait être devenu muet, mais Tristan savait que son cerveau moulinait à toute vitesse.

— Est-ce que maman le sait ?

Le visage de Mickey se tordit de dégoût.

— Bien sûr que ta mère le sait. Et l'accord ne s'applique pas à elle. Elle aurait pu rester. Elle peut revenir ici quand elle veut. On garde la maison de toute façon.

— Mais toi et David devez retourner en Russie, putain ! Bon sang, papa...

— Adam. Ça suffit !

Mickey trancha l'air d'une main comme pour stopper tout ce qu'Adam allait dire. C'était un homme adulte, mais il était toujours le fils de son père et il traitait Mickey avec un respect affectueux. Même si l'homme avait été en prison pendant cinq ans. Même si l'homme était un criminel depuis qu'il était enfant et qu'il avait grandi dans les bidonvilles de Moscou. Tristan n'avait pas toujours compris la relation entre Adam et Mickey, mais il ne pouvait pas reprocher à Adam d'aimer son père.

— Je sais que c'est un choc, poursuivit finalement Mickey. Tes sœurs vont être furieuses et Lea... C'est elle qui est à l'origine de la dispute entre ta mère et moi.

Oh bon Dieu. Lea avait à peine vingt ans, et sa mère déménageait à l'autre bout du monde. Oui, elle vivait dans son propre appartement près de Temple University. Mais quand même...

— Nous voulons qu'elle vienne avec nous, mais nous ne pensons pas que cela va se faire. Elle va avoir plus que jamais besoin de toi.

Adam semblait vouloir jurer et s'emporter, mais sa mâchoire restait bloquée. Tristan savait qu'Adam ne s'emporterait pas devant Max et ses hommes. Il intérioriserait tout ça. La proposition de Max avait beaucoup plus de sens désormais. Elle expliquait aussi pourquoi il avait dit à Adam de prendre son temps et de réfléchir avant de donner sa réponse.

Tristan avait été choqué lorsque Max avait offert à Adam un poste de chef de la sécurité pour la nouvelle société qu'il était en train de créer. Il n'avait jamais envisagé qu'Adam l'accepterait venant de Max. Il n'avait jamais pensé qu'Adam mettrait fin à leur partenariat.

Mais maintenant, Tristan comprenait pourquoi Max avait offert le poste à Adam. Parce qu'il laissait le nom d'Olesky lié au côté légitime des affaires. Max et David se tenaient dans le coin le plus éloigné. David avait la main sur l'épaule du jeune homme et parlait si bas que Tristan n'entendait pas un mot de ce qu'il disait. Max n'arrêtait pas de hocher la tête, son attention étant complètement tournée vers David.

Tristan n'enviait pas le fardeau que Max venait de prendre sur ses épaules. Même si tout se passait comme Adam l'avait expliqué à Tristan avant la réunion, Max avait encore la plus grande montagne à gravir en prenant en charge quelques entreprises de David. Et sans David pour l'aider...

Oui. Ce n'était pas un travail que Tristan aurait voulu. Mais si Adam voulait ce que Max lui avait proposé ?

Merde.

Ce que Tristan voulait vraiment, c'était appeler Kat. Lui dire qu'ils venaient la chercher et qu'elle devait être prête à passer le week-end - au moins - chez Adam. Au lit. Nue.

Ouais, peut-être qu'il devrait demander d'abord. Et se préparer à un peu de résistance. Ils ne lui avaient pas parlé depuis deux semaines. Tristan avait presque craqué et failli l'appeler plus d'une fois, mais il avait réussi à se convaincre que la séparation était le meilleur moyen de la tenir à l'écart de tout ça.

Il avait hâte de la voir, putain. Il espérait qu'elle en soit tout aussi heureuse.

Jesse était posté entre la fenêtre et la porte du bureau de Kat et essayait de se rendre invisible. Il n'était pas entièrement efficace. Il était tout simplement trop grand pour être ignoré, mais il était presque anormalement immobile. Ce qui était une distraction en soi. Pourtant, elle s'efforçait de travailler et de se réfugier dans la sécurité de ce qu'elle connaissait.

En d'autres termes, le droit.

Quand son téléphone portable sonna, le bruit la fit sursauter. Elle réalisa qu'elle lisait depuis plus d'une heure, se perdant dans sa première affaire bénévole. Le petit cri qu'elle poussa fit se retourner Jesse, un sourcil levé. Elle réussit à ne pas lui faire une grimace en décrochant son portable, mais elle ne put cacher son soupir en voyant le nom sur l'écran.

— Bonjour, maman. Comment vas-tu ? Curieusement, sa voix semblait calme.

— Katrina. Je suis surprise de voir que je suis toujours dans tes contacts.

Jesse s'était levé à la seconde où il avait entendu « maman » sortir de sa bouche et était déjà à la porte quand Angelica avait commencé à lui sauter dessus avec sa voix aigüe. Mais elle était presque sûre qu'il avait entendu la première partie du laïus. Un mois de frustration et de colère refoulée faisait paraître sa mère encore plus mauvaise que d'habitude.

« Tu t'es bien amusée, Katrina ? J'espère que ta nouvelle vie est comme tu l'avais espéré. »

C'est à partir de là que tout dégénéra. Pendant vingt minutes, sa mère la réprimanda pour chaque décision qu'elle avait prise depuis la fête. Elle reprocha à Kat d'avoir abandonné sa famille, d'avoir été tellement égoïste de s'être fait une nouvelle vie dans une nouvelle ville. Comment Kat osait-elle obliger sa mère à s'inquiéter parce qu'elle n'était pas visible tous les jours ? Comme c'était affreux d'avoir dû être emmenée à l'hôpital parce qu'elle ne pouvait pas dormir à cause du départ de Kat.

Vingt minutes. Kat regarda sa montre tout le temps.

Son rythme cardiaque augmenta, sa poitrine se resserra et son estomac se retourna. Elle sentit la crise de panique s'intensifier chaque fois que la voix de sa mère partait dans les aigües. Au bout de vingt minutes, elle commença à respirer de façon hachée.

Heureusement qu'elle était assise. Malgré cela, elle dut mettre la tête entre les genoux pour ne pas s'évanouir.

Alors pourquoi l'écoutes-tu encore ?

Elle pouvait raccrocher à tout moment. Elle prit une grande inspiration puis une autre. En fermant les yeux, elle se concentra sur la diminution de son rythme cardiaque. Et n'écouta plus sa mère. Étonnamment, elle trouva qu'il n'était pas si difficile de simplement ignorer Angelica. Tout ce dont elle avait besoin était de penser à autre chose. Au fait qu'elle se débrouillait toute seule, qu'elle dirigeait sa propre entreprise et faisait le genre de droit qu'elle avait toujours voulu faire, plutôt que de travailler pour un grand cabinet et de s'entendre dire quelles affaires traiter. Ou le fait qu'elle ne soit pas une épave parce que les deux hommes qu'elle fréquentait semblaient l'avoir abandonnée.

Elle avait trouvé une force qu'elle n'avait jamais connue.

Bien joué.

Et elle n'avait plus à supporter ça.

— Maman, je vais raccrocher, là.

Elle avait interrompu Angelica au milieu d'une phrase, quelque chose à propos de son ingratitude.

Sa mère eut une sorte de hoquet.

— Comment oses-tu me traiter comme ça ? Je suis ta mère. Qu'est-ce qui te donne le droit...

— J'ai du travail à faire. Un travail que j'aime. Ce que tu

saurais si tu avais pensé à demander. J'ai pris plaisir à décorer ma nouvelle maison. Encore une fois, quelque chose que tu saurais si tu avais demandé. Mais tu ne l'as pas fait. Tout tourne autour de toi. Tu ne parles que de toi. Et je pense que... non je *sais* que je ne vais plus m'infliger ça.

— Katrina ! Qu'est-ce que tu...

— Je te dis au revoir, maman. J'aimerais beaucoup que tu n'appelles plus, à moins de souhaiter avoir une vraie conversation au lieu de ce chapelet de reproches.

— Katrina ! Comment oses-tu...

— Au revoir.

Elle raccrocha avant d'entendre Angelica dire un mot de plus.

Une minute s'écoula alors qu'elle regardait par la fenêtre, en attendant que le téléphone sonne à nouveau. Une part d'elle-même voulait sauter et faire une petite danse victorieuse alors que ce n'était pas le cas. L'autre part aurait voulu pouvoir verser quelques larmes sur ce qu'elle venait de perdre. Bien que ce qu'elle ait perdu exactement soit un mystère.

Elle n'avait jamais vraiment eu de mère, pas celle qu'elle avait voulue. Peut-être pouvait-elle faire le deuil du fait que sa mère ne serait jamais ce qu'elle voulait qu'elle soit ? Ou peut-être qu'elle s'était finalement défendue, mais qu'il n'y avait personne pour fêter ça avec elle ?

Le bruit de la porte de son bureau la fit sursauter. Elle paniqua pendant un moment avant de se rappeler qu'elle n'était pas seule.

Jesse se tenait là, le visage impassible. Mais son regard avait perdu cette dureté.

— Ma mère voulait que je sois médecin, dit-il.

Kat secoua la tête, convaincue qu'elle ne l'avait pas bien entendu.

— Pardon ?

— Ma mère, Jesse s'appuya contre la porte, les mains dans les poches, elle voulait que je sois médecin. J'avais d'autres projets. Quand j'ai eu vingt-et-un ans, elle a failli mourir. Cancer du sein. Elle voulait que je lui promette que j'obtiendrais mon diplôme. Je n'ai pas pu le faire. Aujourd'hui encore, elle continue de me dire à quel point elle est déçue que je n'aie pas respecté son souhait sur son lit de mort. Je continue à lui dire qu'elle n'est pas encore morte, donc il est encore temps pour moi de changer d'avis.

Kat ne savait pas quoi répondre à ça, alors elle hocha simplement la tête et regarda ses lèvres s'écarter en un sourire. Et ouah, cet homme était vraiment beau, dans le genre exotique. Ce qui fit que ses amoureux lui manquèrent davantage.

Il haussa les épaules.

« C'était juste une observation. Tout le monde a des problèmes familiaux. »

Elle pensa à plusieurs réponses, mais décida finalement de dire la vérité.

— Ma mère ne m'aime pas beaucoup. Elle ne m'a jamais aimé. Je ne suis pas la fille qu'elle attendait que je sois.

Jesse rit.

— Bon sang, personne ne peut être à la hauteur des attentes de ses parents. Si on le faisait, de quoi auraient-ils à se plaindre pour le reste de leur vie ?

Kat ne put s'empêcher de lui rendre son sourire.

— Je pense...

Les premières notes de "Hell's Bells" de AC/DC la firent sursauter et Jesse récupéra son téléphone dans la poche de son pantalon, en levant un index et en regardant l'écran, puis il répondit.

— Ouais.

Son expression ne changea pas, et il ne dit rien d'autre, mais quand il retira le téléphone de son oreille et le remis dans son pantalon, elle sut que la crise était passée.

— Alors, vous êtes libre pour aller dîner ?

La question était si inattendue qu'elle se figea, elle entrouvrit les lèvres et son cerveau peina à trouver une réponse.

— Euh, merci pour l'invitation, mais je pense...

— Vous attendez une autre proposition.

— Oui, je pense que oui, dit-elle peu sûre.

— Pas de problème. Mais ne les laissez pas vous faire attendre trop longtemps.

<hr>

— J'appelle.

Adam serra les poings à s'en faire craquer les articulations.

— Je ne suis pas sûr d'être de bonne compagnie ce soir.

— J'en ai rien à foutre ! Prends sur toi. Je n'attends plus, putain.

Adam se mordit pratiquement la langue pour ne pas dire à Tristan d'aller se faire foutre, mais il ne pouvait pas nier qu'il voulait voir Kat autant que lui. Ils étaient retournés à leur bureau après la réunion, un peu avant midi. Mary Alice n'était toujours pas revenue. Tristan n'avait pas dit plus de deux mots depuis tout ce temps, et Adam n'avait rien dit du tout. Il avait trop de choses en tête.

Son père avait été banni. Cela semblait médiéval, mais c'était vrai. Et sa mère avec lui. Ses sœurs seraient anéanties. Lea n'avait que vingt ans. Elle avait besoin de sa mère. Mais Alyssa aurait le cœur brisé d'être séparée si elle décidait d'aller avec leurs parents. Et lui...

Il ne voulait pas perdre plus de la moitié de sa famille d'un seul coup.

Merde.

— Adam.

Il fallait qu'il parle à sa mère, il fallait qu'il parle à Tosh et Lys, aussi.

— Adam. Merde !

Putain.

— Quoi ?

Tristan avait l'air aussi énervé qu'Adam.

— On doit appeler Kat.

— Alors appelle-la. Tu as raison. Tu dois la voir. Je dois parler à ma mère et à mon père. Pour décider comment gérer la maison. Et aussi où Lea va vivre. Où...

— Adam.

— Mais merde à la fin, Tristan. Il voulait hurler, mais se retint à peine en prenant une profonde inspiration. Je ne peux pas m'occuper d'autre chose pour l'instant.

La mâchoire de Tristan semblait prête à se fendre.

— Kat n'est pas une chose dont tu dois t'occuper. C'est la femme qu'il nous faut ici, entre nous. On lui a promis d'appeler. Je ne reviendrai pas là-dessus.

— Je ne m'attends pas à ce que tu le fasses. Appelle-la. Je ne dis pas que tu ne devrais pas. Je dis que je ne peux pas m'occuper d'une chose de plus en ce moment.

Tristan réduisit la distance entre eux, s'arrêtant juste à un mètre.

— C'est là que tu as tort. Tu as besoin d'elle. *On* a besoin d'elle. Ce truc avec ton père n'est qu'une foutue excuse.

Peut-être. Putain. Probablement. Mais quand même...

— Et la proposition de Max ? Qu'est-ce que je suis censé faire à ce sujet, bon Dieu ?

Tristan restait là, à le fixer, chaque respiration audible.

— Qu'est-ce que tu veux faire, bordel ?

Adam passa une main dans ses cheveux, luttant contre l'envie de les arracher.

— Si je savais ce que je voulais, tu ne crois pas que je te le dirais ?

Adam observa Tristan respirer et se détendre visiblement. Comment diable arrivait-il à faire ça ? Adam aurait bien aimé savoir.

— Écoute. La voix de Tristan avait baissé et son ton s'était adouci, comme s'il avait pris un Valium. Je sais que c'est un choc. J'ai compris. D'accord ? Mais on se doit d'appeler Kat.

— Alors, appelle-la. J'ai juste besoin... d'un peu d'espace.

Tristan resta silencieux trop longtemps avant de répondre :

— Un peu d'espace...

— Merde, Tris. Lâche-moi un peu, putain !

Tristan ouvrit la bouche pour répondre, puis la referma et se détourna en faisant de grandes enjambées vers la porte. Il resta face à la porte du bureau d'Adam, le dos suffisamment raide pour montrer son agacement. Mais Adam avait déjà trop de choses en tête. Tris était un grand garçon. Il ferait face.

Finalement, Tristan se retourna et le regarda droit dans les yeux.

— J'ai compris. La journée a été dure. Mais Adam... essaie de ne pas te laisser emporter plus que tu ne l'as déjà fait. Parce que tu vas perdre encore plus que ce que tu crois avoir déjà perdu.

Tristan sortit. Adam continua à fixer la porte, mais il entendit clairement Tristan, désormais dans son bureau.

— Kat. C'est Tristan. Comment vas-tu ?

La douleur commença quelque part dans sa poitrine en entendant son nom. Adam pouvait à peine entendre sa voix d'où il se tenait, mais le peu qu'il entendait le faisait souffrir de désir. Et pas seulement de désir physique, bien que cela en fasse partie. Non, c'était le désir d'être simplement avec elle. De la tenir dans ses bras.

Mais il savait qu'il serait de mauvaise compagnie. Elle avait besoin qu'il lui donne plus que ce qu'il pouvait lui donner en ce moment. Et il voudrait lui prendre tout ce qu'elle avait. Ce ne serait pas juste. Pour personne. Il valait mieux qu'il reste à l'écart de tout le monde.

Il ferma la porte de son bureau parce qu'il ne voulait plus rien entendre. Le silence se referma autour de lui comme un vide. Il fut tenté de mettre de la musique simplement pour remplir le vide. Mais il savait que la musique ne ferait que l'ennuyer.

Tout l'ennuyait en ce moment. Il aurait voulu sortir de sa peau. Il se dirigea vers la fenêtre et regarda fixement la rue. Tous les gens marchaient vite, vers un but où aller.

Pourquoi avait-il l'impression que tout s'écroulait autour de lui alors que, pour la première fois, il aurait dû avoir l'impression qu'un poids avait été enlevé de ses épaules ?

Son père sortait enfin de la vie illégale qu'il menait depuis des années. Il aurait dû être ravi. Il aurait dû être...

— Je m'en vais.

Adam se retourna pour voir Tristan dans l'embrasure de la porte, l'air impassible.

« Viens avec moi. »

Il y avait comme un ordre dans la voix de Tristan qui fit se hérisser Adam. Mais qui incita l'ancien soldat qu'il était à obéir.

— Non. C'est mieux pour tout le monde si je... ne le fais pas. Pas maintenant.

— Foutaises, dit Tristan d'un ton cassant. Ce n'est pas mieux pour personne. Tu veux être un connard ? Très bien. Sois un connard. Mais tu fous en l'air la meilleure chose qu'il te soit jamais arrivé. Je ne vais pas te laisser tout foutre en l'air pour moi non plus.

Puis il partit. Pas de colère, pas de portes qui claquent. Rien. Juste... parti.

Adam avait envie de se cogner la tête contre la vitre.

Tristan décida de se rendre à pied au bureau de Kat. Oui, c'était à plus d'un kilomètre, mais il se dit qu'il pourrait en profiter pour réfléchir à sa colère. Et s'il se présentait à sa porte en ayant l'air de vouloir frapper quelque chose, eh bien... Il ne lui en voudrait pas si elle le repoussait.

Il ne voulait vraiment pas qu'elle le repousse. Il voulait qu'elle l'accueille à nouveau à bras ouverts. Qu'elle presse son beau corps contre le sien et qu'elle l'embrasse jusqu'à ce qu'ils ne puissent plus respirer. Il en avait marre d'être seul, marre de la vouloir tant et de ne pas l'avoir.

Ce satané Adam...

Merde. Il s'arrêta en plein milieu du trottoir, et la femme âgée derrière lui faillit lui rentrer dedans. Il jura dans sa barbe, fit un pas de côté et marmonna une excuse, mais elle l'avait déjà dépassé et ne s'était pas retournée.

C'était peut-être lui qui avait besoin de se ressaisir. Peut-être qu'Adam avait eu la bonne idée de prendre un peu de temps pour réfléchir. Mais Tristan n'était pas celui qui avait besoin de temps pour comprendre ce qu'il voulait. Il savait exactement ce qu'il voulait.

Kat.

Sauf que ce n'était pas censé être juste eux deux. C'était censé être eux trois. Que diable ferait-il si Adam ne venait pas ? Qu'est-ce qu'ils feraient lui et Kat ?

Il était sûr d'une chose. Il n'allait pas abandonner Kat. Mais est-ce qu'elle ne voudrait que lui ? Lui et Adam formaient un lot. Ils lui avaient dit qu'elle les aurait tous les deux.

Merde.

Il s'écarta du mur sur lequel il était appuyé depuis au moins une minute, il recommença à marcher, cette fois-ci un peu plus lentement.

Il faut que j'arrête de douter de moi. C'est fini.

D'habitude, Adam et lui arrangeaient les choses ensemble. Adam était comme un chien avec un os, il s'acharnait sur un problème jusqu'à ce qu'il ait une solution. Il avait besoin d'un peu de temps pour remettre les choses en ordre. Tristan lui donnait quelques jours. Ensuite, il s'assurerait qu'il suivait le programme.

Tristan regarda autour de lui... pris dans ses pensées il venait de passer devant le cabinet de Kat. Il fit demi-tour en soupirant et entra dans l'immeuble. L'ascenseur s'ouvrit après seulement quelques secondes et l'homme qui en sortit lui fit un bref signe de tête avant de l'éviter.

Il monta jusqu'à son étage, incapable de s'empêcher de faire les cent pas, même dans ce petit habitacle. Dès que les portes s'ouvrirent, il se dirigea directement vers le bureau de Kat. Il avait à peine passé la porte qu'elle lui apparut directement en face.

Elle écarquilla les yeux et ouvrit légèrement la bouche, mais il lui prit le visage entre les mains, et laissa tomber sa bouche sur la sienne en gémissant. Kat trembla contre lui puis se raidit. Il voulait qu'elle mette ses mains sur lui, il voulait...

Elle se détendit enfin, enroula ses bras autour de ses épaules et pressa son corps contre le sien.

Oui.

Il l'embrassa avec passion, emmêla leurs langues et laissa son goût s'infiltrer en lui. Une main dans ses cheveux, il fit un peu basculer sa tête vers l'arrière pour obtenir un meilleur angle. Son autre main se posa au creux de ses reins et l'attira encore plus près.

Son membre, déjà dur et tendu pour elle était plaqué contre son ventre, mais il avait besoin d'être plus près, il voulait être nu et à l'horizontale avec elle sous lui. Il voulait...

Il s'écarta pour reprendre son souffle et entendit Kat faire de même.

— Tris...

Il l'embrasse à nouveau, lui mit les mains autour de la taille et la souleva contre lui. Puis il commença à avancer jusqu'à ce qu'elle soit dos au mur. Elle émit un petit cri lorsqu'elle toucha le mur, mais cela se transforma en un gémissement lorsqu'elle ouvrit la bouche encore plus grand et glissa sa langue contre la sienne.

Seigneur, il pourrait l'embrasser pendant des heures et ne pas se lasser d'elle. Son goût l'enivrait. Il la souleva plus haut et aurait voulu qu'elle enroule ses jambes autour de sa taille, mais il se rendit compte que sa jupe était trop étroite.

L'embrassant toujours, le bout de sa bite frôla son pubis, envoyant une onde de sensations qui le transperça. Il pressa le bassin contre elle et appuya encore plus fort. En gémissant, Kat s'écarta de sa bouche, glissa les mains dans ses cheveux et tira dessus jusqu'à ce qu'il ouvre les yeux.

— Tris.

Elle le regarda avec ces yeux si bleus, et il voulut lui donner tout ce qu'elle désirait.

— Tu m'as tellement manqué.

Son tendre sourire le rendit encore plus dur.

— Tu m'as manqué aussi.

Puis elle regarda par-dessus son épaule et l'interrogea du regard.

Tristan secoua la tête.

— Il n'est pas là.

Il ne put cacher l'agacement dans sa voix et voulut ravaler ses paroles immédiatement. Il ne voulait pas que sa colère contre Adam se retourne contre Kat.

« Désolé. Bon sang. Je ne suis pas en colère contre toi. »

— Pourquoi es-tu en colère contre Adam ?

Tristan prit une grande bouffée d'air et essaya de ne pas laisser sa frustration prendre le dessus.

— Parce que c'est un connard. Tristan fit un pas en arrière, passa une main dans ses cheveux et chercha le calme. Désolé. Mon Dieu, je suis désolé. Ce n'est pas ce que je voulais dire.

C'était tellement injuste.

Kat le regarda fixement, l'inquiétude se lisant sur son visage.

— Tristan ? Que s'est-il passé aujourd'hui ?

Bon sang, il n'était pas vraiment sûr et il ne savait pas trop ce qu'il devait raconter à Kat parce que, merde, c'était à Adam de raconter. Comme il ne répondait pas, elle fronça les sourcils.

— Est-ce qu'Adam va bien ? Est-ce que ça va, toi ?

Est-ce qu'il allait bien ? Merde, il ne savait plus trop.

— Adam va bien. Physiquement. Nous allons bien tous les deux.

— Alors pourquoi es-tu le seul ici ?

Il n'était pas seul. Il était ici avec elle. Ne voulait-elle pas de lui si Adam ne faisait pas partie du marché ?

— Tristan ? Il s'est passé quelque chose entre toi et Adam ?

Oui, il s'était passé quelque chose. Il ne savait juste pas quoi exactement ou comment arranger ça.

— Non. Il ne s'est rien passé. Adam a juste... beaucoup de choses à régler en ce moment.

— Avec sa famille ?

— Ouais.

Elle mordilla sa lèvre inférieure comme elle le faisait quand elle réfléchissait. Elle plissa le front et on aurait dit qu'elle voulait dire quelque chose. Mais au bout de quelques secondes, elle soupira et lui fit un sourire presque triste.

— Je suis heureuse de te voir.

Merci mon Dieu.

— Moi aussi, ma chérie.

Tristan prit son menton dans une main et se pencha pour

l'embrasser à nouveau, plus lentement et moins frénétiquement qu'auparavant. Il s'autorisa à savourer le moment cette fois-ci. Parce que si c'était la dernière fois... non. Il n'allait pas se laisser aller à penser comme ça. Il allait plutôt utiliser ce temps pour lui montrer exactement pourquoi elle ne devait pas l'abandonner.

« Est-ce que tu as des rendez-vous prévus pour le reste de la journée ? »

Elle secoua la tête, l'œil interrogatif.

Il sourit.

— Tu m'as vraiment manqué.

Elle sourit tendrement.

— Toi aussi, beaucoup.

— J'ai envie de toi.

Son sourire devint un peu coquin quand elle se pencha plus près.

— Moi aussi.

En se penchant, il pinça le lobe de son oreille, le prenant entre ses dents et le tirant jusqu'à ce qu'il sente qu'elle frissonnait.

— Tu veux ? Ici ? Maintenant ? Sur ton bureau. Je veux te pencher dessus et te prendre par-derrière.

Ses lèvres se séparèrent et il l'entendit respirer fort. Son regard devint un peu flou, comme si elle se concentrait sur quelque chose dans sa tête. Puis elle cligna des yeux et le regarda droit dans les yeux.

— Ferme la porte d'entrée et je te laisserai faire.

Chacun de ses mots était comme une caresse sur sa bite. Et son regard... Bon sang. Il allait jouir très vite. Sans dire un mot, il se retourna et se dirigea vers la porte d'entrée. Il s'assura qu'elle était bien fermée, puis il tourna le verrou.

Et quand il est revint dans son bureau, il eut l'impression d'avoir été frappé.

Elle avait reculé jusqu'au bureau, les fesses appuyées contre et les bras croisés sous les seins, les forçant à remonter et saillir contre son chemisier.

Elle était habillée comme une avocate. Une fine jupe noire qui tombait sous les genoux. Un chemisier en soie blanche qui se boutonnait sur le devant. Elle n'avait laissé que deux boutons défaits. Elle portait même des perles. Elles étaient noires, mais c'était toujours des perles. Le look lui allait très bien.

Mais ses cheveux pendaient sur ses épaules, encadrant son beau visage et lui donnant envie de les enrouler autour de ses doigts. Elle avait l'air un peu ébouriffée et il aimait vraiment ça.

— Tourne-toi.

On aurait dit qu'il avait du gravier dans la gorge, et elle déglutit d'un coup. En fait, elle prit les perles d'une main et les tripota pendant une seconde avant de se lever et de se retourner, en posant les paumes sur le bureau.

Bon sang, cette femme avait un sacré joli cul. Il voulait la mettre nue et caresser chaque centimètre de son corps. Mais il savait qu'il n'avait pas le temps d'y aller aussi lentement. Ou de faire durer le moment, d'ailleurs. Il la désirait trop pour attendre.

Il tendit les mains vers ses hanches, les fit glisser sur ses cuisses, puis commença lentement à remonter sa jupe. Quand il arriva à l'ourlet, il souleva la jupe jusqu'à sa taille, révélant le minuscule slip de soie beige qui couvrait à peine ses fesses.

Plus tard, il se mettrait à genoux, lui écarterait les jambes et lui boufferait la chatte. Là, s'il posait sa bouche sur elle, il jouirait avant même de la pénétrer. Et il voulait la pénétrer.

Il posa une main sur son épaule et la poussa en avant.

« Penche-toi, ma chérie. »

Elle n'hésita pas. En étendant les bras sur le bureau, elle tortilla les fesses une fois et le fit gémir. Arrachant le porte-feuille de sa poche arrière, il attrapa le préservatif puis jeta le portefeuille sur son bureau. Il défit sa ceinture, ouvrit sa braguette puis abaissa son pantalon et ses sous-vêtements sur ses hanches. Quelques secondes plus tard, il déroulait le préservatif et posait le bout de sa bite sur son sexe.

Mon Dieu qu'elle était mouillée. Il vit le reflet luisant du désir sur sa chatte. Et son cul... Si pâle et si lisse. Il saisit ses hanches et poussa vers l'avant, enfonçant sa bite d'un coup. Elle gémit et arqua les reins contre lui, l'envoyant encore plus loin. Elle le serrait comme un poing, contractant son sexe jusqu'à ce qu'il ne puisse plus rester immobile. Il commença à la baiser, balançant régulièrement les hanches. La friction créée par leur corps l'électrisait de la racine de sa bite jusqu'au bout de ses orteils, qui se recroquevillèrent dans ses chaussures. Chaque muscle de son corps se contractait sous le plaisir, et chaque cellule de son cerveau enregistrait qu'elle était à nouveau à lui.

— Tristan.

Elle dit son nom dans un souffle, sa chatte se contractant autour de lui.

Il se pencha plus près, respirant son odeur.

— Kat, mon amour. Allez, on y va !

Il n'était pas sûr de l'endroit où il voulait qu'elle aille. Il savait seulement qu'il voulait qu'elle soit avec lui. En glissant une main devant elle, il visa pile son clitoris. Avant même qu'il ne la touche, elle frémit et ondula des reins contre lui. Sa peau lisse était pressée contre ses cuisses, soyeuse et chaude. Elle cambra le dos et il y fit courir sa main libre tout du long jusqu'à poser ses doigts sur son épaule. Puis il se laissa aller.

Chaque poussée vers l'avant faisait claquer ses couilles contre son cul, le mouvement étant presque aussi excitant que la sensation de sa chatte se serrant autour de sa bite. Il entendit sa respiration lourde aussi clairement que la sienne, vit ses articulations devenir blanches alors qu'elle s'agrippait au bord du bureau. Il voulait qu'elle soit hors de contrôle. Il voulait qu'elle lui cède complètement.

Elle haleta et il se figea, de peur de lui avoir fait mal.

— Non ! Elle lâcha le bureau d'une main pour lui saisir la hanche. Oh mon Dieu ! Non, ne t'arrête pas !

Il obéit en gémissant. Tout pour elle. Il ferait n'importe quoi...

Elle se mit à gémir, la voix rauque, et il la sentit jouir autour de sa queue. Cette sensation déclencha son propre orgasme, qui enflamma son corps avec un effet dévastateur. Tous ses nerfs s'embrasèrent. Chacun de ses muscles se relâcha avec satisfaction jusqu'à ce qu'il doive poser ses mains sur le bureau pour ne pas tomber en avant sur elle.

Lorsqu'il réussit finalement à se débarrasser de la brume devant ses yeux, il vit Kat affalée sur le bureau, le dos soulevé par chaque respiration tremblante. Il s'empressa de se retirer, enleva le préservatif et le jeta dans la poubelle. Puis il remonta son pantalon, le laissant ouvert, et la souleva dans ses bras pour aller s'asseoir sur le petit canapé le long du mur.

Elle enroula ses bras autour de ses épaules et laissa sa tête tomber dans le creux de son cou où son souffle effleura la peau de Tristan. C'était si bon de l'avoir contre lui. Il ne voulait pas qu'elle reste plus de deux heures loin d'eux. Bon, d'accord, huit heures, maximum. Il fallait bien qu'ils travaillent.

Ils justement... Putain d'Adam. Il aurait dû être là.

— Kat, ça va ?

— Oui, oui. Simplement... ses lèvres se pressèrent contre son cou et il frissonna contre elle. J'essaie de reprendre mon souffle.

Oui, il connaissait ce sentiment. Mais le sien n'était pas aussi facile à contrôler. Surtout quand une pensée rationnelle recommença à s'insinuer. Il l'aimait. Il voulait lui dire. Il avait besoin de lui dire. Et pourtant, il savait qu'il manquait quelque chose. Il manquait quelqu'un.

— Peux-tu me dire ce qui s'est passé ?

Soupirant, il laissa sa tête retomber sur le coussin du canapé et fixa le plafond. Elle était parfaite. C'était bien. Pas complet, mais bien.

Et peut-être que tu vas devoir apprendre à vivre avec « bien, mais pas complet ».

Non. Il n'accepterait pas cela. Il ne voulait pas.

— Les parents d'Adam doivent retourner en Russie dans le cadre de l'accord pour sortir son père des affaires. Il le prend mal.

Elle caressait son cou.

— Je suppose que c'est compréhensible.

— Oui, mais il laisse tout ça lui monter à la tête, et on ne peut pas le laisser faire ça.

— Tu veux dire qu'il ne veut pas venir ici ? Avec moi ? Avec... nous ?

En s'écartant, Tristan mit sa main sous son menton et le souleva jusqu'à ce qu'il puisse plonger les yeux dans les siens.

— Il veut être ici. Fais-moi confiance. Mais il pense qu'il ne devrait pas, parce qu'il pense qu'il doit s'occuper de tout le reste. Que d'une certaine façon, c'est de sa faute.

Elle fronça les sourcils.

— Comment ça, de sa faute ?

— Je veux dire qu'il pense que son père a fait ces plans parce que c'est ce qu'Adam a voulu toute sa vie— que son père file droit. Et maintenant qu'il a ce qu'il voulait, sa famille est déchirée. Donc il se sent responsable.

Elle ne dit rien d'autre, mais Tristan pouvait pratiquement l'entendre penser. Il ne savait pas quoi lui dire pour la rassurer. Kat se déplaça un peu pour pouvoir le regarder sans se tordre le cou. Elle le fixa, les yeux pleins d'incertitude.

Il voulait l'embrasser, lui faire comprendre qu'il restait là. Et qu'il allait tenir les promesses qu'il s'était faites à lui-même la concernant, même s'il ne le lui avait jamais dit directement.

— Viens dîner avec moi ce soir.

Il essaya de ne pas faire passer cela pour un ordre, mais elle leva les sourcils et il sut qu'il n'avait pas réussi. Cependant elle ne dit rien. Elle se leva en hochant la tête, tout en réajustant sa jupe. Puis elle se pencha délibérément pour ramasser quelque chose sur le sol. Quand elle se releva, sa culotte pendait à un de ses doigts.

Il ne prit pas la peine de cacher son sourire en se levant. Il referma sa braguette et boucla sa ceinture, puis rentra sa chemise dans son pantalon. En se penchant, il l'embrassa à nouveau. Doucement, sans se presser, car elle ne l'avait pas repoussé.

Fermant les yeux, elle se blottit contre lui, les bras autour de sa taille, les mains glissant sur son cul et le pressant un peu. Elle lui donna un petit coup de langue sur les lèvres, un petit coup de langue qui fit battre son cœur à tout rompre.

— Oui, d'accord pour un dîner.

Elle s'arrêta, et il sut qu'elle voulait en dire plus, mais qu'elle avait changé d'avis.

« Maintenant, dit-elle en souriant, j'ai vraiment du travail à finir, alors tu dois y aller. »

— Je passe te prendre à sept heures. Porte quelque chose de chic. Nous irons au Haven.

— D'accord. À tout à l'heure.

Et s'il arrivait à ses fins, ils n'iraient pas sans Adam.

CHAPITRE QUINZE

Adam entra dans le bureau vers cinq heures ce jour-là, sans savoir si Tristan y était.

Son cerveau n'avait pas cessé de mouliner depuis qu'il avait quitté la maison de ses parents deux heures auparavant. Lea et Lys avaient commencé à pleurer, la conversation à peine entamée avec leurs parents, mais elles n'avaient pas été aussi affectées qu'Adam l'aurait pensé. Oui, Lea était tombée des nues, mais elle s'était remise plus vite qu'il ne l'avait prévu. Et le fait que sa petite sœur ne soit plus une enfant l'avait frappé de plein fouet.

Lys prit plus mal la chose, mais une fois que leur mère lui a assuré qu'elle reviendrait plusieurs fois par an, y compris à Noël, elle cessa finalement de pleurer. Et le poids sur la poitrine d'Adam s'allégea quelque peu. C'était la culpabilité de la façon dont il avait traité Tristan qui commençait à le ronger.

Bon sang, il s'était comporté en vrai connard. Il savait ce qu'il devait dire pour arranger les choses avec Tristan. Il savait ce qu'il devait faire pour réparer leur relation avec Kat. Il ne restait plus que la proposition de Max. Et ça... merde, ça n'était pas réglé. Mais il faudrait bien que ça le soit.

— C'est gentil d'être passé.

Le sarcasme sous les paroles de Mary Alice le fit sourire alors qu'il fermait la porte d'entrée derrière lui. Même avec toutes les pensées noires qui occupaient encore son cerveau il ne put s'empêcher de pouffer devant la jeune fille appuyée contre le comptoir de la réception.

— Ravi de te voir aussi, Mally.

Elle plissa le nez avec dédain, mais il perçut la douleur dans ses yeux.

— Tristan était là tout à l'heure, mais il est reparti.

— Alors pourquoi es-tu encore ici ?

Elle leva cet adorable nez en l'air.

— Parce que je voulais être là si jamais tu passais. Je m'inquiétais pour toi.

Merde, elle était adorable cette fille. Il l'aimait comme une sœur. Il la considérait comme faisant partie de sa famille. Comme Tristan. Comme Kat. Mais sa relation avec Mary Alice était beaucoup moins compliquée que sa relation avec Kat. En soupirant, il s'appuya à côté d'elle sur le comptoir.

— Tu veux savoir ce qui s'est passé ?

Elle leva un sourcil, son visage indiquant clairement qu'il était idiot de demander.

— Tu veux me le dire ?

Il secoua la tête.

— Ce n'est pas que je ne veuille pas te le dire. J'avais juste besoin de comprendre la situation.

— Et tu l'as fait ?

— En partie. J'ai encore quelques trucs à régler.

Mary Alice cogna son épaule contre la sienne.

— Explique-moi tout ça.

Il ne devrait pas la mêler à ça. Et pourtant... Elle lui avait demandé et il avait besoin d'avoir son avis.

— Mon père doit s'exiler en Russie. Ma mère va l'accompagner. Il ne pourra pas revenir. Elle, en revanche, sera libre de voyager. Mes sœurs ont l'air de mieux encaisser le coup. Je pense que Lea est peut-être impatiente de se retrouver seule. J'ai l'impression que... tout s'effondre, et je ne sais pas comment gérer ça.

Elle souffla.

— Oh la vache ! C'est un sacré choc.

Ouais, affreux.

— Merci, ma grande. Je me doutais bien que tu allais me soutenir et tout ça.

Mary Alice éclata de rire, posant sa tête sur l'épaule d'Adam.

— Tu sais que je t'aime, non ? Même si parfois tu es plus chiant qu'autre chose. Tu peux être tellement têtu que les gens autour de toi ont envie de te descendre.

Sa pique fit mouche. Il savait qu'elle ne voulait pas être méchante. Ce n'était pas dans sa nature. Il savait aussi qu'elle avait absolument raison.

— Alors pourquoi tu me supportes ?

Elle leva les yeux au ciel.

— Parce que tu es aussi la personne sur qui tout le monde peut compter pour s'en sortir. Quand John Matthew est mort, tu as été la seule personne à réaliser que je ne faisais pas face. Tous les autres pensaient que je m'en sortirais, comme je le fais toujours. C'est la malédiction des fortes têtes. On enferme toute la merde à l'intérieur et on pense que tout va bien alors qu'en fait, on ne fait que l'ignorer. C'est vraiment facile à voir chez tous les autres. Pas si facile à voir en nous-mêmes.

Il avait commencé à sourire à la moitié de son discours.

— Quand est-ce que tu es devenue une telle philosophe ?

Elle éclata de rire.

— Tu as regardé « Dodgeball, même pas mal ! » donc ! Je t'avais dit que tu aimerais bien ce film. Et je suis tout simplement brillante. C'est pour ça que vous m'avez engagée avec Tristan.

Ils l'avaient surtout engagée parce qu'ils avaient promis à son frère décédé de s'occuper d'elle s'il lui arrivait quelque chose. Oui, elle avait deux autres frères, mais ils étaient aussi dans l'armée, en poste en Allemagne et en Afrique.

À la mort de John Matthew, Tristan et Adam étaient allés à son enterrement et avaient dit à Mary Alice de quitter son emploi alimentaire au pressing et de se présenter à leur bureau le lendemain. Tristan avait voulu la dorloter, il voulait d'abord qu'elle prenne une semaine de congé. Adam avait refusé et lui avait dit de se présenter le lendemain et de ne pas être en retard. Elle était arrivée cinq minutes plus tôt et était partie une demi-heure plus tard. Depuis, elle n'avait pris que six semaines de congés et trois jours d'arrêt maladie.

Il mit son bras autour de ses épaules et la prit dans ses bras.

— Nous ne l'avons jamais regretté. Rentre chez toi, Mally. J'ai quelques trucs à faire ici, et puis je partirai aussi.

— On se voit lundi ?

Elle était soudain sérieuse maintenant, comme si elle était inquiète.

— Bien sûr. Je ne vais pas disparaître.

Mary Alice s'écarta du comptoir puis se tourna vers lui en souriant.

— Cool. Je me suis habituée à ta vilaine tête de ronchon.

Elle lui fit un baiser sur la joue et partit ranger ses affaires. Il resta appuyé contre le comptoir pendant un petit moment, un sourire aux lèvres.

Quand elle lança un « Salut » et ferma la porte du bureau, il alla se poster devant la fenêtre et élabora des scénarios.

— C'est presque comme si tu savais que j'allais venir et que tu t'étais habillée pour l'occasion. Tu es magnifique, Katrina.

Kat eut l'envie irrésistible de claquer la porte au nez de Phillip Donovan, mais elle était tellement abasourdie par sa présence qu'elle resta figée

— Je suis content de t'avoir trouvée à la maison, continua-t-il en la frôlant et en entrant dans son salon comme si elle l'y avait invité. Ta mère s'inquiète. Elle a dit que tu n'étais pas toi-même au téléphone. Elle savait que j'étais à Washington pour le week-end, alors elle m'a demandé de pousser jusqu'à Philly et de passer prendre de tes nouvelles.

Un vent glacial souffla sur elle, l'incitant à fermer la porte, sinon elle l'aurait laissée ouverte. Elle ne voulait tellement pas être seule avec cet homme. La seule chose qui l'empêchait de lui crier de foutre le camp de chez elle était le fait que Tristan devait se pointer dix minutes plus tard.

Et même si elle ne voulait pas du tout passer de temps avec lui, elle était plutôt curieuse de savoir ce qu'il allait faire à l'arrivée de son frère. Elle souhaita brièvement que Tristan frappe Phillip en pleine figure pour lui effacer ce sale sourire. Ou peut-être dans ce début de bedaine ?

Attendez, qu'avait-il dit ?

— *Ma mère* t'a demandé de venir ?

Traversant tranquillement son salon, Phillip se dirigea vers la fenêtre donnant sur la rue. Il s'e retourna et lui sourit, l'air si suffisant qu'elle avait envie de le frapper elle-même. Ce qui ne résoudrait rien. C'était peut-être une bonne chose qu'il se soit pointé. Il allait la voir avec Tristan et peut-être qu'il réaliserait alors que ça ne marcherait jamais entre eux. Pas dans cette vie-là.

— Oui. Elle a peur que tu sois un peu... agitée.

Agitée. Oui, c'était le bon mot. Elle l'avait été. Mais Phillip faisait sonner ça comme si elle était malade.

— Ma mère et moi avons parlé aujourd'hui. Elle avait un comportement irrationnel, alors j'ai mis fin à la conversation. Quelque chose que j'aurais dû faire il y a longtemps.

Le visage de Phillip se figea pendant une seconde avant qu'il ne retrouve cet air hautain qu'elle rêvait d'effacer de son visage. Elle voyait maintenant ce que cachait son sourire. Il pensait qu'elle serait facilement effrayée par son arrivée et la conversation avec sa mère. Il ne s'attendait pas à trouver une femme avec du cran. Sa mère lui avait probablement dit qu'elle était dans un état émotionnel lamentable après lui avoir parlé au téléphone et elle l'avait envoyé pour ramasser les morceaux.

Et maintenant, elle avait enfin la possibilité de le remettre à sa place. Et le courage de le faire.

— Angelica s'inquiétait que tu aies pu avoir une autre... perte de réalité.

Elle ne put retenir un rire.

— Sérieusement ? C'est ce qu'elle a dit ? Tu es vraiment un connard, n'est-ce pas, Phillip ?

Lamentable. Il était parfaitement lamentable. Il pensait franchement qu'il allait se pointer, l'intimider avec les inquiétudes de sa mère concernant une éventuelle dépression nerveuse, et qu'elle tomberait dans ses bras. Le coup frappé à sa porte la fit sourire de façon incontrôlable tant le timing était parfait.

« Ne bouge pas ! » Elle lui fit un clin d'œil et faillit manquer sa tête de débile incrédule alors qu'elle se tournait vers la porte.

Kat sourit à Tristan, tellement heureuse de le voir. Grand, brun, magnifique, et lui souriant comme s'il la vénérait. Enroulant ses bras autour de ses épaules, il l'attira contre lui, et l'embrassa comme s'il ne l'avait pas vue depuis des jours.

Lorsqu'il la laissa enfin reprendre son souffle, son sourire était devenu un peu narquois. Et elle réalisa qu'il savait que Phillip était là.

— Alors, ma chérie. Tu es prête à sortir ?

— Absolument. Ton frère allait partir. N'est-ce pas, Phillip ?

Elle se retourna pour regarder son visiteur indésirable, voyant la frustration et la jalousie qui le consumaient. Tristan fit un vague signe de tête à son frère sans dire un mot. Il attendit simplement aux côtés de Kat.

Phillip ne savait manifestement pas comment faire face à la situation. Kat ne s'était jamais considérée comme une personne violente, mais elle voulait absolument qu'il donne un coup de poing à Tristan. Seulement parce qu'elle savait qu'il n'arriverait jamais à destination et que la réplique serait terrible.

Mais là encore, Phillip était un lâche. Un vantard et un tyran, aussi. C'est sans doute pour ça qu'il s'entendait si bien avec sa mère. Ils s'étaient reconnus comme âmes sœurs.

Phillip s'approcha d'eux, et elle voyait son cerveau chercher quoi faire à chaque pas. Le temps qu'il arrive à la porte, elle et Tristan, s'étaient écartés. Kat n'était pas inquiète d'une attaque physique de Phillip. Il n'était pas ce genre d'homme. Il abusait des gens verbalement et psychologiquement. Et il le prouva à la seconde où il s'arrêta sur le pas de la porte.

— Je suppose que tu ne lui as jamais posé de questions sur Diane. Dommage. Tu finiras par le regretter. Passe une bonne soirée.

Tristan se raidit à côté d'elle alors que son frère s'éloignait et qu'elle fermait la porte. Quand elle se retourna vers lui, il avait l'air furieux.

— Quel sale con !

Kat s'appuya contre la porte fermée, regardant Tristan essayer de maîtriser sa colère. Oui, elle se souvenait que Phillip lui avait dit de poser des questions à propos de Diane. Elle ne l'avait pas fait parce que, franchement, il y avait eu trop d'autres choses qui s'étaient passées. Et parce qu'elle croyait sincèrement que Phillip avait essayé de semer le trouble.

Apparemment, elle avait raison.

— Tu veux en parler ? demanda-t-elle.

Tristan ferma les yeux et il lui fallut une bonne dizaine de secondes avant de prendre une grande bouffée d'air et de les rouvrir.

— Non, pas vraiment. Mais je vais le faire parce que ce salaud l'a évoquée.

— C'est vraiment si grave que ça ?

— Oui, c'est grave. Mais pas pour les raisons que ce fils de pute veut te faire croire.

Kat attrapa les mains de Tristan et l'entraîna vers le canapé.

— Dis-moi. On a quelques minutes avant de devoir partir.

— Je sais de quoi ça va avoir l'air, c'est pourquoi on n'en parle pas. Jamais. Un autre soupir alors qu'il était assis. Adam et moi avons rencontré Diane il y a quelques années. Elle semblait savoir ce qu'il en était avec nous, elle savait comment gérer la relation entre Adam et moi. Elle semblait avoir tout compris. Elle était consultante financière, elle travaillait pour une énorme entreprise à King of Prussia, en Pennsylvanie. Tout s'est bien passé pendant un certain temps jusqu'à ce qu'elle veuille s'installer avec nous. Tous les deux. Trouver un endroit, vivre tout le truc de la famille heureuse. Ça avait l'air génial. Il fit une pause. Jusqu'à ce que j'hésite.

— Pourquoi ?

— Parce qu'elle n'était pas la femme avec qui je voulais passer le reste de ma vie.

Il la fixa, le regard brûlant et elle sut qu'il faisait une déclaration à son sujet, dévoilant des sentiments qu'il n'avait pas encore exprimés à haute voix.

« Quand je lui ai dit, elle a fondu en larmes. Elle a saccagé mon appartement. Elle a crevé les pneus d'Adam. Elle a déposé quelques plaintes anonymes à la police au sujet d'abus et sur le fait qu'Adam et moi étions des dégénérés et des malades mentaux. Il s'est avéré que c'était elle qui était malade. »

Kat déglutit, pas vraiment sûre de vouloir entendre la suite de l'histoire. Mais elle lui fit tout de même un signe de tête pour qu'il continue.

« Elle s'est retrouvée dans l'unité psychiatrique à Temple pendant un mois. Ils ont finalement déterminé qu'elle avait plus d'un problème à régler. Elle avait des problèmes au travail. Elle avait coupé tous les liens avec sa famille parce qu'elle pensait qu'ils ne la soutenaient pas. Elle avait toujours eu des problèmes psychologiques, mais quand je lui ai dit que c'était fini, ça l'a poussée à bout. Elle a fait une dépression nerveuse et a passé plusieurs mois à l'hôpital.

Kat perçut la douleur refoulée dans sa voix, la culpabilité. Comme s'il pensait qu'elle ne pourrait pas le supporter. Comme s'il pensait qu'elle était en quelque sorte comme son ancienne copine. Et c'est ce qui, plus que tout, la fit s'asseoir sur ses genoux et entourer ses épaules de son bras.

— Ce n'était pas de ta faute.

— Logiquement, oui, je sais ça. Mais d'un point de vue émotionnel je pensais que tout était de ma faute. Adam l'a mal pris et je me suis aussi reproché la dépression de Diane. Pendant des semaines nous n'avons eu que des conversations professionnelles, et je me suis dit que notre amitié était terminée à ce moment-là. Que je l'avais tuée. Heureusement qu'on est tous les deux d'affreux têtus.

— J'en suis bien heureuse. Que s'est-il passé pour que vous vous rapprochiez à nouveau ?

— Toi.

— Moi ? Pourquoi ?

— Parce que Phillip a appelé, tout content, pour dire que tu allais accepter sa demande en mariage. Et je savais qu'il n'était pas l'homme qu'il te fallait. Bon sang, Kat, je suis amoureux de toi depuis le lycée. On n'a juste pas eu la bonne occasion. Mais je savais que je ne pouvais pas laisser Phillip prendre cette place auprès de toi. Il ne te mérite pas. Adam et moi ne te méritons pas non plus, mais je t'aime, Kat. Si tu me dis de m'en aller, je le ferai. Je ne vais pas devenir un harceleur fou et rendre ta vie épouvantable. Mais je ne veux pas vivre sans toi. Nous avons besoin de toi. Adam a des trucs à régler, mais il a besoin de notre soutien. On ne peut pas le laisser se couper de lui-même.

Kat n'avait pas arrêté de sourire depuis qu'il avait dit le mot en A. Tristan venait de souder un morceau cassé à l'intérieur qu'elle n'avait pas réalisé avoir besoin de réparer. Elle se pencha pour l'embrasser. Doucement, tendrement. Chastement. Comme un serment.

— Je t'aime aussi.

Le sourire de Tristan commença à réapparaître.

— Merci mon Dieu.

Quand il l'embrassa cette fois, ce fut beaucoup plus long et avec un grand usage de la langue. Et ce n'était certainement pas assez long. Elle en voulait plus, mais il la posa par terre et se leva.

— Allez, ma belle. Allons-y avant que je me décide à voir ce que tu portes sous cette jolie robe. Je n'espère rien. Mais j'ai dit à Adam qu'on le retrouverait au restaurant, et je veux vraiment croire qu'il va se pointer.

Tout comme Kat. Elle voulait vivre son heureuse fin de conte de fées. Si tout se passait comme elle l'espérait, elle aurait deux princes au lieu d'un.

Et, bon sang, elle voulait les deux. Traitez-la d'égoïste. Elle s'en fichait.

Si Adam ne venait pas ce soir, elle n'allait pas le laisser faire. Enfin, pas ça...

— J'aime vraiment cet hôtel. Il est magnifique.

— Les propriétaires sont des amis. Je vous présenterai un jour. Mais ce soir, je te veux pour moi tout seul.

Kat regarda Tristan par-dessus le menu en cuir.

— Tu ne penses pas qu'il va se pointer, n'est-ce pas ?

Tristan soupira en secouant la tête.

— Franchement, je n'en ai aucune idée. Mais ne t'inquiète pas, j'ai des projets pour toi ce soir, et rien ne se mettra en travers de mon chemin.

Le son de sa voix rendit sa culotte humide. Comment y arrivait-il ?

— Et moi j'attends ça avec tellement d'impatience ! Mais tiens-toi bien pour l'instant. Il faut que je mange avant qu'on ne... s'éclipse pour la nuit.

Les yeux de Tristan s'éclairèrent.

— On pourrait toujours faire envoyer le dîner dans notre chambre. Je nous ai réservé une suite pour ce soir.

— Ah bon ? Mais pourquoi ? Tu n'habites qu'à quelques minutes d'ici.

— Parce que tu n'as jamais rien vu de tel que cette chambre. Tu vas l'adorer. Fais-moi confiance.

— Je te fais confiance. Complètement.

Mais elle souhaitait...

Non, plus de ça. Elle allait être reconnaissante pour ce qu'elle avait ce soir. C'est-à-dire Tristan, pour elle seule.

— Heureux de l'entendre.

— Parle-moi de cette chambre.

Elle ne voulait pas penser à Adam, au vide qu'elle ressentait en son absence. Le sourire de Tristan lui donnait envie de se tortiller sur son siège.

— Non, je ne veux pas gâcher la surprise. Qu'est-ce que tu prends ?

Pendant l'heure qui suivit, Tristan se donna pour mission de la taquiner, la flatter et flirter avec elle. Et lui faire attendre la fin du dîner pour qu'ils puissent profiter de la meilleure partie de la soirée. La partie où ils étaient nus. Elle restait concentrée sur lui, mais son esprit vagabondait parfois et elle cherchait Adam des yeux. Mais point d'Adam à l'horizon.

Finalement, lorsque leur serveur leur demanda s'ils voulaient un dessert, Tristan déclina.

— Si nous voulons un dessert plus tard, nous commanderons au room service. Ça te va ?

Kat hocha la tête, mais une fois que le serveur fut parti en souriant, elle se pencha vers Tristan.

— Je prendrai de la mousse au chocolat pour pouvoir l'étaler sur ton corps et la lécher.

Tristan cligna des yeux, sa bouche s'ouvrit comme s'il allait dire quelque chose puis se referma avant qu'il ne le fasse. Il prit la note, la signa, se leva et lui tendit la main.

— Je m'excuse tout de suite si je déchire cette robe en te l'enlevant. Mais tu vas certainement payer pour cette érection que je ne vais pas pouvoir cacher en sortant.

Elle éclata de rire.

— Alors, disons que j'enlèverai la robe pour toi.

Il grogna doucement en l'aidant à se relever.

— Tu vas me tuer, je te le jure. Quand est-ce que tu t'es transformée en allumeuse ? Non pas que je n'aime pas ça. Mais bon sang, ma bite me fait déjà mal !

Elle se pencha pour lui parler dans l'oreille quand ils s'arrêtèrent à l'ascenseur.

— C'est la chose la plus sexy que tu puisses me dire. Tu sais comment faire pour qu'une femme se sente bien !

— Tu vas me supplier de te laisser jouir, tu vas voir.

Puis il la poussa un peu vers la porte de l'ascenseur ouverte et la suivit à l'intérieur. Ils ne dirent plus rien jusqu'au cinquième étage. Kat pouvait à peine reprendre son souffle, elle était tellement excitée. Même le fait qu'Adam ne soit pas là ne put refroidir son enthousiasme. Lorsqu'ils atteignirent finalement la chambre, Tristan ouvrit la porte et la laissa entrer en premier.

Un éclairage doux mettait en évidence certaines parties de la pièce, et ce qu'elle vit lui coupa le souffle.

— Oh mon Dieu, Tristan. C'est magnifique.

— Les propriétaires ont récemment rénové les chambres de cet étage avec des thèmes différents. Celle-ci s'appelle le Harem du Sultan.

Et elle pouvait voir pourquoi. Des tissus de soie colorés recouvraient les murs, des chaises longues et des oreillers moelleux de couleur perle remplissaient l'espace. La table basse au centre de la pièce devait servir à autre chose qu'à manger, si l'on en croyait les anneaux à chaque pied. Le sol était recouvert de tapis orientaux et des voilages de couleurs vives étaient suspendus au plafond pour draper certaines zones.

—Ouah ! On doit bien s'envoyer en l'air dans cette chambre...

Tristan rit en s'approchant derrière elle et en enroulant ses bras autour de sa taille.

— Bonne observation. Ne nous en privons pas. Je suis fou de désir pour toi depuis deux semaines.

Un mouvement de derrière un des rideaux la fit sursauter. Tristan se raidit avant qu'elle ne le sente se détendre. Il lui fallut en fait une seconde pour réaliser qu'il avait reconnu qui était là.

— J'espère que tu sais que j'ai été perdu sans toi aussi. Adam s'avança dans la lumière au centre de la pièce. Et j'espère que tu me pardonneras d'avoir été un parfait idiot.

Derrière elle, Tristan se taisait, comme s'il attendait sa réponse autant qu'Adam. Ce qui était logique, supposait-elle. Mais elle avait besoin qu'il lui parle d'abord.

— Es-tu prêt à me dire pourquoi tu te comportais comme un idiot ?

Il baissa la tête pendant une brève seconde.

— Tu ne vas pas me lâcher facilement, hein ?

— Pas vraiment, non. Tu crois que je devrais ?

— Pas vraiment. Qu'est-ce que tu veux entendre en premier ? Mon explication ? Ou bien veux-tu que je passe directement à la demande de ton pardon ?

Elle jeta un coup d'œil à Tristan par-dessus son épaule. Celui-ci fixait Adam les yeux plissés. Il bougeait à peine, mais elle entendait que sa respiration était difficile.

— Je veux que tu me parles.

Adam fit une grimace.

— Ça n'a jamais été un de mes points forts. Elle ouvrit la bouche pour répondre, mais il continua avant qu'elle ne puisse. Mais pour toi, son regard se porta sur Tristan pendant une brève seconde, je veux bien essayer.

Adam commença à réduire la distance qui les séparait.

« J'aime mon père. Il est loin d'être parfait. En fait, il est aussi loin de la perfection qu'on puisse l'être. Mais je n'ai jamais douté qu'il m'aimait. C'est en fait sa plus grande qualité. Il aime sa famille et, sauf une fois, il n'a jamais laissé les merdes qu'il traite nous atteindre. Je n'ai jamais eu peur de lui. Et il n'a jamais laissé entendre qu'il voulait que je suive sa conduite et que je reprenne le flambeau. »

Adam se tenait maintenant à un mètre d'elle, suffisamment près pour qu'elle doive pencher la tête en arrière pour le regarder. La tristesse dans ses yeux lui donna envie d'enrouler ses bras autour de sa taille, mais elle attendit, réalisant qu'il s'était arrêté là pour une raison précise.

« La seule chose que j'ai toujours voulue, c'est qu'il change de vie. Maintenant, c'est fait et il doit partir et emmener ma mère loin de leurs petits-enfants et de mes sœurs. J'ai l'impression d'obtenir ce que j'ai toujours voulu, mais aux dépens de tout le reste dans ma vie. Il fit enfin quelque pas pour être à sa portée. Y compris la femme que j'aime et ma meilleure amie.

L'émotion contenue dans sa voix fit venir les larmes aux yeux de Kat alors qu'elle tendait le bras pour lui prendre la main.

— Tu sais que ce n'est pas ta faute, n'est-ce pas, à propos de ton père ? Et je ne t'en tiendrai pas rigueur. Je t'aime, Adam. Je ne veux pas passer d'autres nuits seule.

La joie sur le visage d'Adam la fit s'illuminer de l'intérieur, mais elle se dépêcha de poursuivre, car elle voulait en finir avec ça.

« J'ai réalisé à quel point j'avais été seule toutes ces années, et je ne veux plus l'être. Toi et Tristan m'avez montré à quel point la vie est meilleure avec vous deux à mes côtés. Je n'aurais jamais pensé trouver un homme qui m'aimerait telle que je suis, mais j'en ai trouvé deux et j'ai eu l'impression d'avoir gagné à la loterie.

Adam secoua la tête.

— On n'est pas un cadeau, mon amour. C'est Tristan et moi qui devrions nous mettre à genoux pour te remercier d'être avec nous. Je sais qu'il n'y aura pas toujours des roses et des bougies. Tu sais déjà que je peux être un pitoyable crétin et que Tristan a... ses périodes.

Derrière elle, elle entendit Tristan souffler.

— J'admets être difficile. À l'occasion.

Le regard d'Adam se porta sur Tristan.

— À l'occasion ? On reparlera de ça plus tard ! J'ai pris ma décision concernant la proposition de Max. On va faire une contre-proposition. Toi et moi. On trouvera une solution. Ensemble.

Kat réalisa que tout ce qui avait foiré entre eux venait d'être pardonné.

« Mais pour l'instant, je veux montrer à Kat combien je suis désolé d'avoir été un tel connard. »

Elle eut à peine le temps de respirer avant qu'Adam ne s'approche d'elle et ne se penche pour l'embrasser. Il l'empêcha de penser correctement alors que ses lèvres se posaient sur les siennes et que ses mains s'étalaient dans son dos, l'attirant contre lui. La chaleur de son corps la brûlait, faisant monter sa pression sanguine et faisant battre son cœur à cent à l'heure. Ses mains saisirent ses épaules et elle se souleva sur ses orteils pour se rapprocher.

Il l'embrassa comme s'il l'avait presque perdue. Comme s'il n'arrivait pas à croire qu'elle était là et qu'il n'allait pas la laisser s'échapper à nouveau. Elle était d'accord. C'était tout ce qu'elle attendait.

Comme s'il avait lu dans ses pensées, il gémit et laissa ses mains glisser le long de ses bras jusqu'à ses mains, où il entrelaça leurs doigts puis les ramena jusqu'à ses hanches.

« Je te veux nue dans ce lit et je suis sûre que Tristan ne s'y opposera pas. On peut te déshabiller, ma chérie ? Je meurs d'envie de t'avoir sur moi, ma queue enfouie en toi. Et je sais que Tristan meurt d'envie de prendre ton cul. Tu veux bien ? Est-ce que tu veux bien être notre compagne ? On te promet que tu ne le regretteras pas. Je ne peux pas promettre qu'on ne t'énervera pas, qu'on ne te rendra pas triste ou inquiète. Parfois, notre travail est dangereux. Mais nous sommes bons dans ce domaine. »

Et elle leur montrerait qu'elle pouvait faire face à ça.

— Je comprends. Je ne veux pas que vous abandonniez quoi que ce soit pour moi. Je veux juste faire partie de vos vies, peu importe ce qu'on fait au lit.

— On fera tout ce qu'il est possible de faire.

Les mains de Tristan atterrirent sur ses hanches et il s'appuya contre son dos. Son érection se nicha contre son cul, et elle frissonna en réalisant qu'elle pouvait toujours avoir ça. Les avoir toujours. Tous les deux.

C'est ce qu'ils offraient. Et c'était ce qu'elle voulait.

Une main sur la hanche d'Adam pour le rapprocher et l'autre tendue vers Tristan, elle frotta son nez contre la barbe d'Adam.

— Et moi je veux me donner à vous. Je vous aime. Tous les deux. Je n'aurais jamais pensé dire ces mots à qui que ce soit, mais vous deux m'avez fait voir que je méritais mieux que ce que j'avais. Qu'il n'y avait pas besoin de tant de règles et qu'il n'y avait pas d'obstacles que nous ne pouvions surmonter ensemble.

— Nous essaierons de ne jamais te laisser regretter ta décision.

Les mains d'Adam commencèrent à faire remonter le bas de sa robe, exposant progressivement ses cuisses.

— Tu sais que tu peux l'enlever, tout simplement, la fermeture Éclair est à l'arrière.

— Tris, tu as entendu la dame.

— Oui, je l'ai entendue.

Tristan abaissa la fermeture éclair en quelques secondes. Adam tira sur la robe et celle-ci tomba à ses pieds.

Les deux hommes retinrent leur souffle et Tristan gémit.

— Bon sang, je vais acheter des parts dans ce satané magasin de lingerie.

Elle frissonna en l'entendant et à la façon dont le regard d'Adam se déplaçait sur son corps avec une faim qu'elle en était venue à attendre avec plaisir.

— Je n'ai jamais acheté de sous-vêtements comme ça pour personne, pas même pour moi. Je n'ai jamais eu envie de le faire. Seulement pour vous.

— Et on va tout faire pour que tu saches à quel point nous t'en sommes reconnaissants. Tristan posa les mains sur ses épaules tandis qu'Adam passait un doigt sur le renflement de sa poitrine en tirant sur la bordure de dentelle rose pâle du soutien-gorge.

Kat sentit à peine Tristan le dégrafer, mais Adam savait manifestement ce qu'il faisait, car il glissa son doigt dessous et l'écarta. Elle avait déjà compris qu'ils aimaient l'avoir presque nue entre eux. Elle réalisa également qu'ils étaient tellement concentrés sur elle qu'ils n'avaient pas pris la peine d'enlever leurs propres vêtements. À moins qu'elle insiste. Pour l'instant, elle n'avait pas la patience de les déshabiller elle-même.

— J'ai envie de vous voir nus. Tout de suite !

Adam fit un sourire sexy du coin de la bouche.

— Je pense qu'on peut s'en accommoder.

Elle sentit un mouvement dans son dos et se retourna pour voir Tristan qui se débarrassait déjà de sa chemise.

— Le moins que tu puisses faire est de me donner un coup de main avec mon pantalon, chérie.

La lueur dans ses yeux la fit encore plus mouiller.

Elle défit sa ceinture à tâtons, se penchant en avant pour poser des baisers le long de la poitrine de Tristan alors qu'elle défaisait le bouton de son pantalon, faisait glisser la fermeture Éclair et l'abaissait.

— Je pense que j'ai besoin d'un peu d'aide aussi, ma belle, dit Adam.

Il fit faire demi-tour à Kat et posa ses mains sur son pantalon, lui prit le visage à deux mains et l'embrassa passionnément, mais elle réussit quand même à défaire son jean, même si ses doigts tremblaient et si son corps essayait d'absorber toutes les sensations d'un seul coup.

Ses mamelons durcis frôlèrent la poitrine d'Adam tandis que ses mains s'enroulaient autour de sa queue raide. La chaleur de sa peau la fit gémir, et quand Tristan s'appuya contre elle par-derrière pour lui mordiller le cou, elle jura qu'elle allait jouir.

Les doigts d'Adam glissèrent entre ses jambes et jouèrent le long de ses plis humides avant de s'enfoncer à l'intérieur et de la caresser, là.

— Tu es prête maintenant, n'est-ce pas, mon amour ?

— Oui. Tout de suite.

Dans la seconde qui suivit, Tristan la prit dans ses bras et hocha la tête en direction d'Adam.

— Le lit est là.

Adam se dirigea vers lui, puis il enleva ses chaussures et se débarrassa du reste de ses vêtements.

Elle l'aperçut brièvement étendu sur le lit tel un mec de calendrier coquin avant que Tristan ne la mette à genoux directement au-dessus des hanches d'Adam.

— Désolé, murmura Adam en mettant la main derrière sa nuque pour sceller leurs lèvres. Elle n'avait aucune idée de ce pour quoi il s'excusait jusqu'à ce qu'elle entende le tissu de son slip se déchirer. Adam la fixait avec une consternation simulée.

« Je t'en achèterai dix autres, laisse-moi te pénétrer tout de suite. »

Il se trémoussa un peu et elle sentit le bout de sa queue frôler son clitoris et se déplacer jusqu'à être bien en place. Kat s'appuya sur le torse d'Adam et s'enfonça sur lui jusqu'au bout.

Les yeux fermés, elle apprécia la sensation d'être largement étirée. Les mains d'Adam caressèrent ses seins, lui pincèrent un peu les bouts, la tourmentant et lui procurant un plaisir intense jusqu'à ce qu'elle ne puisse plus rester immobile.

Elle ne voulait plus attendre, alors elle le chevaucha vite et fort, augmentant la friction à un niveau proche de l'orgasme. Lorsque Tristan la saisit par les hanches, la forçant à rester immobile, empalée sur la bite d'Adam, elle gémit et laissa celui-ci l'entourer de ses bras et la tenir contre sa poitrine.

Le lit remua sous ses genoux lorsque Tristan se plaça derrière elle, la fraîcheur du lubrifiant sur ses doigts alors qu'il les frottait entre ses fesses.

Sa chatte se contracta d'impatience et Adam se mit à souffler, comme s'il avait mal. Elle savait que c'était loin d'être le cas. Il aimait ça. Elle recommença. Et il la sentit se resserrer de tous les côtés.

— Putain, Tris. Dépêche-toi !

— Tu sais bien que je ne peux pas.

La voix de Tristan semblait tendue, mais dans la seconde qui suivit, elle sentit sa bite se presser contre son cul, avançant lentement mais sûrement. Lorsqu'ils furent tous deux en elle, Tristan se pencha pour l'embrasser entre les omoplates.

— Maintenant.

Ils commencèrent à s'activer en cadence à un rythme contrôlé, mais diabolique qui l'amena bientôt à les supplier de la faire jouir.

— Bientôt, ma belle, lui chuchota Tristan à l'oreille. Et toujours.

Le plaisir foudroyant arriva enfin et dans un cri étouffé, elle sentit les pulsations de son bas ventre répandre l'extase dans tout son être. Son monde se réduisait à ces deux hommes qui la tenaient si fort qu'elle pouvait à peine respirer. Mais elle savait qu'ils ne la laisseraient jamais chanceler.

Adam la suivit en gémissant longuement, éjaculant dans sa chatte. Tristan n'était pas loin derrière, le corps tendu, il prononça son prénom les dents serrées. Quelques longues secondes plus tard, il se retira et se laissa tomber sur le matelas à côté d'Adam, qui la tenait toujours aussi fort.

Une bonne minute plus tard Adam relâcha Kat pour la laisser glisser sur le matelas entre eux.

Où elle avait l'intention de rester pour toujours.

FIN

NOTES

Chapitre deux

1. Puissant patron des syndicats sous Kennedy

Chapitre trois

1. Marque de sacs à main américaine

Chapitre sept

1. Le **GPA** est une note ou un "Grade" donné à chaque étudiant américain en fonction de la moyenne reçue dans chacune de ses matières étudiées au lycée ou durant vos études supérieures. C'est aussi un point de référence essentiel pour les universités américaines lors des processus de sélection.

Chapitre neuf

1. Unité d'élite de la marine américaine

Chapitre dix

1. Bonbons acidulés à la fraise

Chapitre douze

1. L'université Temple est une université américaine située à Philadelphie. On y étudie droit, éducation, média, communication, commerce, médecine, art, musique, etc.

Proposition indécente

Stephanie Julian

Publié par Stephanie Julian

Traduit de l'anglais (US) par Isabelle Wurth

Copyright 2014. Stephanie Julian

www.ingramcontent.com/pod-product-compliance
Lightning Source LLC
Chambersburg PA
CBHW070435170726
48291CB00002B/511